다시 부르는 자유의 노래

다시 부르는 자유의 노래

박정근 소설집

도화

목 차

작가의 말

　　삼 년 만에 두 번째 소설집을 낸다. 대학교수로서 정년을 기념하고자 기획했던 일이 드디어 완성된 것이다. 필자가 외부와 차단하게 된 코로나 덕분이기도 해서 다소 아이러닉하다. 한편으로 교수로서 학생들을 대면으로 가르치지 못하고 비대면으로 마무리하는 것이 무척 아쉬웠다. 반면에 소설집 발간을 계획하고 있는 작가로서는 천만다행이라는 생각도 들었다. 대면으로 처리해야 하는 모든 일들이 타의에 의해서 취소되고 방콕하며 글쓰기에 몰두할 수 있었기 때문이다.

　　필자는 문인으로서 소설쓰기를 꿈꾸며 여러 차례 계획을 했다가 불행히도 중도에 멈추는 일이 반복되었다. 교수로서 대학에서 강의를 하고 논문을 작성하느라 소설쓰기에는 엄두를 못 내는 처지였기 때문이다. 그만큼 소설을 쓰는 작업은 시간과 정력을 많이 필요로 한다는 것을 알고 있었다. 언젠가는 박경리 선생이나 조정래 선생처럼 대작을 한 번 쓰리라는 꿈도 꾸었다. 하지만 실제로 소설쓰기를 실천에 옮기는 것은 쉽지 않았다.

　　사실 문학을 접하고 가르치면서 소설은 항상 손에서 떨어지지 않았던 장르였다. 셰익스피어를 가르치는 전문 학자로서 무대를 즐기는 연극쟁이가 소설을 애독했던 것은 이 장르만이 가지는 스토리텔링이 재미가 있었기 때문이다. 역사를 역사책으로 접하는 것은 그리 매력적이 아니었다. 다만 그것이 대하소설로 마음을 사로잡을 때 비로소 엄청난 열정을 느끼며 밤을 새워 읽곤 했다. 박경리의 『토지』, 조정래의 『태백산맥』 등은 한국 현대사에 대한 깊은 애정과 더불어 깊은 통찰력을 주기에 충분한 대하소설이었다.

하지만 영문학자의 길을 걸어가면서 주로 영미작품을 원서로 읽게 되었다. 발자크, 하디, 버지니아 울프, 제임스 죠이스, 호돈, 멜빌, 헨리 제임스, 핏저럴드, 헤밍웨이, 존 스타인백, 포크너 등의 작품을 잠을 새워 읽고 또 읽었다. 사실 그런 독서는 문학을 연구하기 위한 노력이었다. 영혼을 담금질하는 목적이라기보다 학자로서 논문을 쓰기 위해 비평적 시각이었다. 그것은 작가로서 작품을 통해 세계관을 말하고자 하는 열정과 감동이 솟구치는 영감을 주지는 못했다. 오히려 작품을 가슴으로 읽지 못하고 학자로서 분석적으로 연구하는 것에 머무르게 했다. 이런 학구적 접근은 소설에 대한 갈증을 해소시키지 못하고 무언가 허전한 구석을 남길 뿐이었다.

사 년 전 필자는 학자로서 판에 박은 연구에서 벗어나 중앙아시아 카자흐스탄으로 연구년을 갈 수 있는 기회가 생겼다. 카자흐스탄에서 가장 오지에 해당하는 사막 도시 크즐오르다의 열악한 환경에서 일 년을 홀로 외롭게 보내야 했다. 거기서 스탈린에 의해 원동에서 이주를 당한 고려인들을 만날 수 있었다. 그리고 그들의 슬픈 고난의 이야기에 귀를 기울였다. 그것들은 개인적 비극이었지만 슬픈 민족적 서사이기도 했다. 시인으로 출발한 필자의 글쓰기가 여기에서 망설였다. 그들의 이야기를 시로 재현하기에는 서사성이 너무 강했다. 고민 끝에 오래 전부터 갈망했던 소설쓰기를 할 수 있는 절호의 기회라고 생각했다. 일주일에 서너 시간 강의를 마치면 하루 종일 고독과 씨름해야 하는 연구 교수의 삶은 채워야 할 빈공간이 너무 많지 않은가. 잠이 오지 않는 카작의 기나긴 밤은 소설쓰기에 너무 좋았다. 그렇게 일 년간 쓴 원고를 모아 첫 번째 소설집『파미르 가는 길』을 내게 되었다.

삼 년 전에 귀국해서 작가로서 정체성을 지킬 정도로 작품쓰기에 열중하려고 했지만 역시 대학으로 돌아오니 집중할 수 있는 시간이 충분하지 않았다. 평소에 꾸준히 이어온 셰익스피어 연극공연은 나이가 들어갈수록 힘든 작업이 되었다. 많은 시간과 재정이 필요로 하는 작업으로 소설쓰기의 걸림돌이 되었던 것이다. 하지만 연극작업은 소설에 대한 영감을 제공하는 보고이기도 했다. 카작에서 고려인들과의 연극작업이 그러했듯이 셰익스피어 연극작업들이 소설로 탄생하리라 확신한다.

이번 두 번째 소설집에는 중편소설 두 편을 전면에 내세웠다. 「리어 서울에 나타나다」와 「다시 부르는 자유의 노래」란 제목으로 드라마를 소설로 개작하는 방식이었다. 사실 십오 년 전에 국립극장에서 올렸던 〈리어〉를 현대적으로 패러디를 가미한 각색 대본으로 만들어 공연을 준비하고 있다. 그런데 드라마로 완성된 대본을 가지고 연습을 하다가 보니 이것을 소설로 다시 쓰고 싶은 욕심이 생겼다. 마침 두 번째 소설집을 준비 중이었으므로 당연히 「리어 서울에 나타나다」로 이번 작업에 포함되었다. 리어가 권력을 물려준 두 딸에게 배신당하는 플롯을 현대판 가족사회에 적용하여 배금주의가 휴머니티를 파괴하는 과정을 그리고자 했다. 물론 유산과 권력을 물려받은 딸들이 부친을 버리는 패륜을 그리고 있지만 전통적인 충효의 가치를 강조한 것은 결코 아니다. 오히려 사랑이란 가치를 수식적인 언어유희로만 인식했던 주인공이 그 허위성을 깨달아가는 과정을 그리고자 했다. 현대인들의 삶에서 사랑과 욕망이 뒤섞여 혼돈을 일으키는 경우가 비일비재하다. 사랑은 그저 욕망을 채우기 위한 수식어로 전락해있다. 사랑은 돈과 권력을 제공하는 자에게 주는 헌사에 불과하다. 부친을 배신한 두 딸은 권력을 미끼로 김 전무의 성적 매력을 취하고자 한다. 리어를 패러디한 재벌 조한필이 돈과 권력으로 딸들의 사랑을 획득하려는 행위나 두 딸이 권력을 미끼로 성적 욕망을 채우는 행위는 현대인들의 인간성의 상실에서 비롯된 것이라고 본다.

　올해가 김수영 시인 탄생 100주년으로 시극형식으로 기획되어 그의 전기와 작품을 바탕으로 「다시 부르는 자유의 노래」 대본 작업을 마무리하였다. 필자가 가장 좋아하는 시인을 소설로 다룬다는 것은 의미가 있었다. 물론 대사로만 만들어진 대본에서 생략될 수밖에 없었던 심리적 디테일을 자유롭게 상상력으로 가미하는 소설은 역시 매력적인 장르라는 것을 체험할 수 있었다. 사실 시인의 전기적 기록은 존재하지만 시와 관련하여 유용한 자료는 별로 의미가 크지 않았다. 소설 플롯의 큰 구조에 해당하는 전기적 사건을 일부 차용하고 시인의 시론과 작품을 자료로 하여 필자가 상상력을 가미하여 창작하였다. 의용군 강제 입대와 탈출, 거제도 포로수용소 입소, 4·19 혁명, 6·3 한일협정 반대 시위 등의 전기적 사실에 시인의 사고와 심리적 묘사를 곁들이는 방식으로 구성했다. 특히 자유정신을 시속에 구현하려고 했던 김수영 시인의 가치관과 시론을 바탕으로 그의 시적 콘텐츠를 극화하였다. 시인이 작품 속에 드러낸 실존주의와 새로움의 시학, 죽음의 시학 등을 시민이나 문인들과의 대화로 꾸며서 극적 플롯을 만들고자 하였던 것이다.

이번 소설집의 단편들은 첫 번째 소설집 이후 쓴 다섯 편의 단편소설이다. 첫 번째 소설집의 연속 작업으로서 사회비판적 참여소설을 목표로 창작하였다. 카작에서 연극작업을 하는 동안 나를 지근에서 통역을 해주었던 율여에 관한 단편소설을 『한국소설』 2020년 12월호에 쓴 바 있다. 지면 사정으로 일부 삭제했던 부분을 되살려 이번 소설집에 함께 엮었다. 율여는 한국에서 공부하기를 원해서 한국어를 공부하고 있는 고려인 처녀이다. 고려인들은 일제의 탄압으로 원동으로 이주했던 조선인들을 일컫는다. 겨우 원동에서 자리를 잡고 있었던 그들은 스탈린에 의해서 카작 사막 지역과 우즈베키스탄 등으로 강제이주를 당했다. 삶의 뿌리를 두 번씩이나 잘리는 비극의 주인공들이다. 그들은 발전한 조국으로 돌아올 권리를 가지고 있다. 오히려 조국이 이들을 구출할 의무가 있다고 본다. 그렇다면 고려인이 코리언드림을 가지는 것은 어쩌면 당연하고 주위에서 도와주는 것이 바람직하다. 하지만 코리언 드림이 인생의 만병통치약인 것처럼 인식하는 것은 문제가 있다. 배금주의가 판치는 세상은 돈이면 다 된다는 비인간적 가치가 지배한다. 그래서 고려인들이 가지고 있던 순수함이 금방 오염될 가능성이 높다. 결국 행복의 본질인 인간적 순수함이 사라져 버린 나머지 불행의 길을 갈 수 있다. 현재 한국사회는 물질적 풍요를 누리고 있지만 심각한 양극화와 최고의 자살률을 드러내고 있다. 이것은 코리언드림이 결코 행복의 열쇠가 될 수 없다는 것을 말해준다. 그렇다면 율여가 어떤 행보를 하는 것이 옳은 것인가. 필자는 율여 같은 코리언 드림을 꾸는 당사자들에게 일방적인 해답을 주고 싶지 않다. 삶의 선택은 각자의 몫이고 그 책임도 선택한 자의 몫이기 때문이다.

　필자는 진보적 가치를 추구하면서 환경과 생태의 중요성을 깊이 인식하고 있다. 특히 요즘 인간세계를 위협하고 있는 펜데믹의 시대에 문학이 감당할 역할도 중요하다고 보아야 한다. 코로나바이러스에 의한 감염으로 수천만이 고통을 당하고 수백만여 명의 사망자가 발생했다. 사망자 문제뿐만 아니라 봉쇄와 사회적 거리두기로 인해 경제적으로 엄청난 변화를 겪고 있다. 피해액은 가히 상상을 불허할 정도이며 어느 세계대전보다 더 많은 죽음과 고통이 수반되고 있다. 문제는 코로나 사태가 인간 스스로 자행한 환경과 생태 파괴로 인한 부작용이라는 것이다. 「헛탕」에서는 싱싱한 생선회를 즐기려고 낚시 여행에 따라나섰다가 마침 사회적 거리두기 상황으로 완전히 썰렁해진 여수, 금오도, 안도의 분위기를 재현하고자 했다. 주인공의 실제와 환상을 교차적으로 오가면서 둔감한 낚시꾼들의 낭패와 깨달음을 풍자적으로 그려보았다. 벌써 코로나 이후 시대의 엄청난 변화를 예고하고 있는 전 지구적 경종이 모든 국가에서 울리고 있는 상황에서 문인으로서 최소한의 책임을 감당하려고 했다.

이번 소설집에서 다뤘던 사회적 문제로서 교권침해를 다룬 「정교수 주기평가」은 대학사회에서 가장 뜨거운 감자였던 교수승진 비리와 강사법 관련 문제를 다루었다. 교수로서 정년을 맞는 시점에서 꼭 집고 넘어가고 싶은 주제였다. 지식인이면서도 사회적 약자로 전락한 대학 강사나 계약제나 교수평가제도로 입에 재갈이 물린 교수들에 대한 인사문제를 분석할 필요하다고 진단했다. 교수가 대학의 주체가 아니라 실적을 올리는 도구로 치부되는 대학

사회는 기존의 가치인 지성과는 거리가 멀다. 교수가 사회의 지성적 리더로서 인정을 받지 못하고 대학평가나 경영을 위한 하수인으로 폄훼되는 한국의 대학은 시장판의 배금주의에서 벗어날 수 없다. 대학의 재정문제를 해결한답시고 가족을 부양하는 강사의 목을 자르고 불법으로 주기평가를 통해 강의를 더하게 하려는 대학경영자들이 과연 교육 기관을 운영할 자격이 있는가. 이런 질문을 제기하기 위해 교육부와 노동부와 상대하면서 체험한 사건을 기초로 해서 매우 사실주의적인 작품을 쓰고자 노력하였다. 결국 끝까지 법적 투쟁을 하여 승소하는 결과를 가져왔지만 작품 속에서는 승소보다 노동부 사법경찰이 보여주는 어정쩡한 심문과정을 재현하는데 집중했다. 사회정의란 공허한 행정적 절차보다 약자를 위한 행정가들의 판단과 실행이 더 중요하다는 것을 말하고자 했던 것이다.

필자가 첫 번째 소설집『파미르 가는 길』부터 일관되게 추적하고 있는 테마는 '한국인 디아스포라'의 현실이다. 필자가 뉴욕주립대학교 스토니부르크에 연구 교수로 체류하면서 직접 체험했던 사건들을 중심으로 두 개의 작품「뉴욕의 이방인들」,「롱아일랜드에서 만난 한인들」을 썼다. 미국의 심장부인 뉴욕에서 한국인 디아스포라들이 살아가는 모습들은 매우 다양할 것이다. 미국사회에 동화되지 못하고 하부조직으로 기생하거나 한국사회와 연계되어 부평초처럼 떠다니는 이방인들이었다.

「뉴욕의 이방인들」에서 심 씨는 한국에서 건너온 무속인이다. 그녀는 D종단에 가입하여 자신의 신분을 무속인에서 한국의 신흥 종교 지부장으로 탈바꿈하고자 한다. 그녀는 D종단의 자본을 이용하여 지부를 설립하고 교포사회에 파고 들려고 하지만 D종단은 그녀를 하수인으로 만들어 그들의 선교영역을 확장하려고 획책한다. 그들은 교포사회에 어렵게 뿌리를 내린 심 씨를 세포 조직화하는데 성공한다. 그들은 버젓하게 뉴욕을 방문하여 미국과 한국 사이에서 방황하는 교포사회에 끼어들어 말초신경을 충족시키려 든다. D종단은 그들이 투자한 자본으로 뉴욕에 잠입하여 영향력을 미치려는 시도에도 불구하고 그들이 접할 수 있는 것은 문명세계의 껍데기일 뿐이다. 교포사회는 심으로부터 한국의 전통에 대한 향수를 맛보려고 기대하지만 영성을 상실한 뉴욕 문명에 기생하고 있을 뿐이다. 심 씨는 아들을 뉴욕에 초청하여 D종단의 자본을 관리하려들지만 D종단의 불합리한 정책은 그를 분노하게 만들고 실패한 이방인으로 전락시킨다. 필자는 패륜아가 되어버린 아들에게 버림을 받은 심 씨가 영성이 아닌 부도덕한 문명의 상징인 파칭코의 마력에 굴복한 패배자가 되어버리는 과정을 이 작품에서 재현했다.

마지막으로 「롱아일랜드에서 만난 한인들」은 미국으로 이민을 갔었던 한인 디아스포라들의 이야기이다. 화자가 만난 W교회 중심의 디아스포라들은 미국 주류사회에 적응하지 못하고 있다. 미주 한인들은 교회에서 새벽기도, 수요기도, 금요기도 등으로 스스로를 단련하여 주류사회로부터의 소외를 극복하고자 한다. 그들은 이민 전부터 가지고 있었던 기독교 신앙을 다시 소환하여 그들만의 종교적 공동체를 만든다. 특히 H 장로는 한인 특유의 근면성과 두뇌를 발휘하여 경제적으로 성공한다. 가족의 가부장으로서 한국에서 겪었던 경제적 고통을 극복하기 위해 초인적인 노력을 기울인다. 불행하게도 경제적 성공으로 해결할 수 없는 치명적인 암에 걸리고 만다. 그는 심신의 치유를 위해 플러싱의 큰 교회에서 작은 W교회에서 지휘자로서 봉사를 하면서 가지 못한 성직자의 길을 대체하고자 한다.

이 소설의 화자는 연구년 동안 W교회의 성가대를 도와주면서 자연스럽게 찬양과 성극 등을 지도한다. 교회 행사에서 그의 참여로 성공적인 결과를 창출하여 교회 공동체의 긍정적 체험을 하게 된다. 하지만 한인들은 그들 2세들의 성공을 위해서 경제력을 키우고자 한다. 젊은 김 목사는 영세한 W교회 사례금으로 해결하기 어려운 교육비와 생활비를 벌기 위해 아내를 공무원으로 취직하게 한다. 아내를 대신하여 할 수밖에 없는 자녀 양육 문제로 교회에 소홀하게 되어 한인교인들이 애지중지하는 새벽기도, 수요기도, 금요기도를 차례로 폐지한다. 한인교인들은 이런 정책을 그들의 영적 생명줄을 끊는 행위로 치부하여 신앙공동체의 파괴를 자초하고 만다. 결국 김 목사는 화재를 당한 교인에게 필수적인 심방을 하지 못함으로써 교회를 결정적으로 파열시키고 마는 것이다. 필자 또한 비극적 사건의 증언자로서 가족과 교회 공동체 사이의 딜레마에 빠진 디아스포라의 불가피한 갈등을 목격하고 심적 고통을 느꼈던 것이다.

리어 서울에 나타나다

한신 회사를 일으켜 굴지의 재벌로 성장한 조한필 회장은 그룹의 전략기획실에서 세 딸을 불러 앉히고 임원들에 둘러싸여 거드름을 피우고 있다. 그는 아직 건강하지만 얼굴에 주름이 깊어 나이의 위력을 실감하고 있다. 재벌회사를 일구어낸 자신의 업적을 지나치게 의식하는 한필은 다소 부자연스런 권위의식을 드러낸다. 조한필은 딸들에게 중대한 발표를 하려는 듯 비서실장을 시켜서 프로젝트 화면을 준비시켰다. 화면에는 재벌의 부동산과 사업별 구성도를 그린 다이어그램과 사진이 투사되고 있었다. 조한필은 시가를 입에 물고 뿌연 연기를 내뿜었다.

개천에서 용이 난 격이지만 한필의 언행에서 제법 권위가 묻어나왔다. 충직한 비서실장이 연실 굽실거렸다. 지시하신 대로 준비는 했습니다. 한신의 자산 구성도를 전면에 볼 수 있도록 설치를 했고요. 조 회장은 비서실장의 수고를 치하하고 스크린 앞으로 나서서 발표를 시작했다.

"자, 내 딸들아. 잘 듣거라. 너희들의 미래에 관한 것이니 경청하기 바란다. 너희들도 알겠지만 애비도 나이를 못 속이는 모양이구나. 팔순 잔치를 한 지 벌써 이 년이나 흘렀어. 이제는 알았던 것도 돌아서면 금방 잊고 만다니까. 마음이야 아직도 청춘이지만 여든세 살이라는 현실을 받아들이지 않으면 안 되겠구나. 지난번 정 회장, 이 회장, 구 회장과 함께 골프를 치다가 허리가 삐끗했다 싶었는데 밤새도록 통증으로 잠을 못 이뤘단 말씀이야. 평생 일을 하느라고 한가롭게 산책 한번 할 수 없었던 인생이 허무하다는 생각이 들었단다. 그리고 이 정도면 일도 할 만큼 했다고 생각했지. 그래서 사업은 너희들에게 다 나눠주고 좀 쉬어야겠구나. 첫째 딸 한빈아, 넌 애비의 제안을 어떻게 생각하느냐?"

조한빈은 조 회장의 장녀로 일찍부터 경영수업을 받고 호시탐탐 회장 자리를 넘보는 야심을 가진 사십 대 초반이다. 그녀는 조 회장의 신임을 받으려고 항상 그에게 안테나를 세워온지라 그의 머릿속에 무슨 생각이 일어나는지 금방 알아차리는 재주를 지녔다. 아버님께서는 우리 가문과 기업을 이토록 훌륭하게 키우셨잖아요. 어느 대기업도 넘볼 수 없을 정도로 굴지의 재벌회사로 성장시킨 것은 순전히 아버님의 역량이셨어요. 그런 아버님이 제안하신 거라면 충분한 근거가 있으리라 봅니다. 저는 항상 아버님

편이잖아요. 그녀의 아첨에 녹아나는 조 회장은 곧바로 한빈을 치켜세웠다.

이제 조 회장의 시선은 둘째 딸 조한주에게 향했다. 그러면 우리 둘째 딸 한주는 아빠의 제안이 어떠냐? 너무 갑작스러운 느낌이 들겠지만 너희들이야 일찍부터 유학을 보내고 회사에서 경영 훈련을 시켰으니 감당할 수 없다고 나자빠지지는 않겠지? 한주가 한번 말해봐라. 어릴 때부터 한빈이 조 회장으로부터 아첨을 해서 값비싼 선물을 받아내는 모습을 한주는 수없이 봐왔다. 저도 언니의 생각과 똑같아요. 아버님의 피를 물려받은 딸들이 어찌 생각이 다르겠어요? 저는 항상 아버님의 불같은 카리스마를 존경해왔어요. 앞으로 경영자로 나선다면 아버님의 모습을 그대로 본받아서 일사천리로 밀어붙이는 보스가 될 거예요. 아버님의 계획은 저에게 예상보다 빨리 경영자의 기회를 주시는 것이잖아요. 아버님께서 주장하시는 것이라면 제가 감히 토를 달겠어요. 한주는 조 회장의 의견에 무조건 동의한다며 그의 입맛에 맞는 말로 마무리를 했다.

두 딸이 먼저 그의 구상에 전폭적으로 동의하자 조 회장은 만면에 웃음을 지으며 막내딸 한솔에게 몸을 돌렸다. 조 회장은 무에서 유를 만들 듯이 거대한 도시에 하늘을 찌를 듯한 빌딩을 세운 자신이 신처럼 위대하다고 생각했다. 그는 막내로 가장 귀여워하는 한솔에게 나직하게 물었다. 그럼 나의 막내딸 한솔아, 넌 어떻게 생각하느냐? 하지만 한솔은 언니들하고는 성격이 판이하다. 아첨을 하지 않아도 어려서부터 귀여움을 독차지한 탓인지 모른다. 그녀는 아직 조 회장이 회장직에서 물러난다는 생각을 해본 적이 없다. 어느 청년 못지않게 건장한데 갑자기 일선에서 물러나시겠다는 이유를 알 수 없다. 그녀는 아빠의 큼지막한 사랑의 그늘 밑에서 안식하면서 살아가고 싶다며 조 회장의 갑작스러운 퇴장을 반대하고 나섰다.

조 회장은 어릴 때부터 한솔이의 당찬 성격을 이미 알고 있어 그리 당황하지 않았다. 오히려 한솔의 어깨를 다독이며 그의 어려운 결정을 따라달라고 어른다. 사람은 남의 그늘에서만 살 수 없는 거란다. 새가 알을 까고 나와서 날갯짓을 하면 둥지를 떠나야 하는 것이 자연의 순리란 말이다. 그는 조만간 한솔이가 그의 뜻을 이해하게 될 거라고 말하며 동의 절차를 마무리했다. 그는 세 딸들에게 자신의 퇴진 의지를 밝히며 당부했다.

"자, 나의 믿음직한 딸들아. 애비가 너희들에게 평생 일구어온 쩐의 제국을 물려주고 한가롭게 쉬려고 한다. 그 대신 너희들은 보답으로 가슴이 뭉클하도록 아름다운 목소리로 애비 조한필에 대한 사랑을 표현해주기 바란다. 얼마나 절절하게 느껴지는가에 따라서 너희들에게 물려줄 유산의 질과 양도 정해질 것이다. 사랑이란 보이지 않는 보석이라 할 수 있으니 표현하지 않으면 알 수 없느니라. 사랑도 멋진 언어로 드러날 때 비로소 느껴질 수 있는 법. 나의 자랑스러운 딸들아, 제왕처럼 쩐의 제국을 다스려 온 애비의 말을 알아들었겠지?"

한빈과 한주는 마치 일심동체처럼 고개를 끄덕였다. 우리가 누구에요? 아버님을 빼다 박은 한신재벌의 공주들이잖아요. 둘은 조 회장의 마음에 들 수 있다면 불속이라도 뛰어들 기세다. 조 회장은 배금주의자로 돈만을 쫓아다니다 성공했지만 가슴은 항상 황야처럼 텅 비어있다. 특히 아내가 죽은 후 어느 누구도 그를 사랑한 적이 없었다. 그나마 그에게는 사랑하는 딸들이 있어 다행이다. 그의 메마른 가슴을 적셔줄 사랑을 딸들이 채워주리라. 조 회장은 세 딸들에게 다가서서 자신의 재산과 사랑을 거래하고 싶었다.

"그럼, 나의 첫째 딸 조한빈, 너는 동생들보다 세상에 먼저 나왔으니 말도 먼저 배웠지 않았느냐. 너의 야들야들한 혀로 사랑을 노래하듯이 불러 보거라. 너의 사랑의 아리아가 애비에 대한 동생들의 사랑을 더 아름답게 잘 인도해줄 거야. 너의 맘은 그저 지나가면 없어지는 바람이 아니라 너의 곳간을 채워줄 금은보화가 될 수도 있어. 뿐만 아니라 너의 통장에 기록되는 금액이 되거나 주식의 숫자, 또는 하늘을 향해 치솟을 빌딩의 숫자가 될 수 있지. 아빠에 대한 사랑을 심사숙고하여 꾀꼬리처럼 노래해봐라."

한빈은 부친의 마음을 사는 방법에 능란하다. 그녀는 어릴 때부터 부친으로부터 배운 가르침이 있었다. 세상에는 공짜가 없다는 것이다. 비록 부친이라도 선물을 받기 위해서는 그 보답으로 재롱을 보여주어야 했다. 순간적으로 한빈은 조 회장을 녹여낼 수 있는 전략을 생각해냈다. 부친이 가르친 대로 사랑에는 공짜가 없다는 쩐의 이론을 강조하는 것이다. 그는 딸들이 재롱으로 사랑을 표현할 때 비로소 최고의 선물을 가슴에 안겨주었다. 그의 사랑교육으로 빈틈없이 단련된 딸들이라는 것을 환기시켰다. 그래서 사랑을 사탕처럼 달콤한 말로 전하라는 조 회장의 주문은 그동안 끊임없이 닦은 평소 실력으로 가능하다는 것을 알도록 강조하였다.

조 회장은 그녀가 첫딸의 자격이 충분하다고 인정하지 않을 수 없다. 그는 한빈이 자신의 가르침을 토씨도 틀리지 않고 정확하게 파악하고 있음을 알고 감탄했다. 그는 한빈에게 에둘러 말하지 말고 그가 요구한 사랑타령의 본론으로 들어가도록 요구했다.

"이 나라에서 가장 높은 바벨탑을 쌓으신 아버님이야말로 저에게는 신과 같은 존재이십니다. 아버님이 없는 세상은 등대가 없는 항구요, 앙꼬 없는 찐빵이에요. 자본주의라는 망망대해에서 아버님께서는 스스로 등대가 되어주셔서 저희들이 성공이라는 항구에 닻을 내릴 수 있도록 인도해주셨지요. 저는 아버님의 은혜에 보답하기 위해 젖 먹던 힘까지 다 바칠 작정입니다. 앞으로 아버님께서 세우신 바벨탑을 저에게 물려주신다면 그걸 키우기 위해 죽도록 노예처럼 일하겠습니다. 아침저녁으로 아버님께 문안을 드리고 그림자를 따라갈지언정 결코 아버님의 영광을 가리지 않도록 할게요. 그리고 성경 말씀처럼 주인의 재산을 수십 배로 늘려서 바치는 하인처럼 능력을 발휘하여 한신을 한국에서 최고의 재벌로 키워나가겠습니다."

한빈이 쏟아놓는 입에 발린 아첨은 조 회장의 귀에 들어와 감격적인 활력이 되었다. 그는 이런 기분을 느끼기 위해 돈을 벌어 재벌이 되었다고 자부했다. 큰딸에게 이런 찬사를 들은 이상 그 보답으로 선물을 주어야 할 의무를 느꼈다. 그는 스크린 쪽으로 다가가 자산 구조도를 보며 떠벌리기 시작했다.

"아, 달콤하기 짝이 없는 사랑의 표현이구나. 걸귀처럼 먹어대는 욕망의 입의 소유자라서 성은 다 차지 않지만 보스로서 겸양을 지켜야겠지. 혓바닥에서 녹아내리는 사탕처럼 달콤한 너의 사랑 표현에 만족하겠다. 너에게 우리 회사의 가장 큰 빌딩과 내가 사는 저택 그리고 회사지분의 삼분의 일을 줄 것이다. 또한 가장 중요한 사항으로 경영권 지배에 나설 권한을 보장하겠다. 장녀로서 한신의 회장으로 키우겠다는 애비의 의사 표명이다. 단 애비가 네게 물려줄 저택에서 일정 기간 함께 머물 것이다. 내가 인생을 즐기기 위해 친구들을 가끔 초대할 경우 호스트로서 애비를 보좌해 주기 바란다."

첫째딸 한빈의 사랑에 흡족한 조 회장은 한주에게 시선을 돌리더니 아직도 채워지지 않은 욕망을 채우기 위해 사랑타령을 계속했다. 우리 둘째 딸 한주, 너는 아빠를 얼마나 사랑하느냐. 너의 잘 빠진 몸매처럼 간드러지게 말해봐라. 가히 부성애와 이성애가

구분되지 않는 애매한 요구이다. 하지만 한주는 아랑곳 하지 않는다. 이미 조 회장의 심중을 너무 잘 읽고 있기 때문이다. 한주는 누구보다 부친이 갈구하는 부분을 긁어줄 자신이 있는 것이다.

"아버님께 한없는 사랑을 고백할 순간을 지금까지 고대해왔습니다. 하지만 오래 간직한 사랑이지만 막상 말하려 하니 가슴이 뭉클해져 입술이 떨리네요. 아버님에 대한 저의 사랑이 언니에 비해 결코 작지는 않을 겁니다. 아버님에 대한 저의 사랑은 산보다 높고 바다보다 넓다고 말하면 너무 상투적이라고 하겠지만 저에게는 진실이기 때문입니다. 흔히 묵주를 들고 신께 기도하는 신자처럼 저는 아버님의 초상을 늘 목걸이에 걸고 다닐 겁니다. 그건 제가 아버님과 일체가 되어 회사일이든 가문의 일이든 생각과 느낌을 늘 함께 하겠다고 고백하고 싶다는 것입니다."

조 회장은 한주의 아첨에 감격했다. 애비를 가슴에 품고 살겠다는 딸이 세상천지에 어디 있겠는가. 하지만 그는 가슴 언저리에 의심이 생겼다. 설마 네가 남편보다 애비를 더 마음에 간직하겠니? 내 마음을 사려고 하늘에서 별을 따오겠다는 식의 실천 불가능한 것을 부풀리지 마라, 알겠니? 그녀의 아첨에 기분은 좋지만 그것이 입에 발린 소리라면 자존심이 상할 것 같아 일침을 가했다. 한주는 자신의 사랑타령이 의심을 받는 것 같아 순간 당황했다. 조 회장의 가슴에 아첨의 못을 한 번 더 박아둘 필요가 생겼다고 생각했다.

"아버님, 부풀리다니요? 남편에 대한 사랑은 아버님에 비하면 새 발의 피죠. 제 마음을 너무 몰라주시니 서운합니다. 남편이야 아버님이 정해주셔서 결혼한 남자일 뿐이잖아요. 저는 남편보다 아버님의 뜻을 더 마음에 간직하며 미래 사업을 펼쳐나갈 작정이에요. 그래서 아버님께서 여전히 회사를 진두지휘하시는 양 그 입김이 온 회사에 퍼져나가도록 유지를 받들어 나갈거에요. 아버님은 저의 생명을 주신 주인이요, 이 거친 쩐의 초장에서 길러주신 보호자이시잖아요. 제가 가슴에 품고 있는 모든 사랑을 아버님께 기꺼이 바치겠습니다. 저의 사랑이 느껴지시나요, 아버님?"

한주는 이왕에 아첨의 첨단으로 나간 김에 육탄공격을 가하기 위해 한필의 품에 안겼다. 조 회장은 한주를 안은 채 그녀에게 일말의 의심을 가졌던 것을 거두어들이고 아첨이 주는 감격에 잠기어 선물을 준비한다.

"허허, 너의 달콤한 사랑이 나를 얼얼하게 만들었구나. 그 사랑의 물결이 쓰나미가 되어 마음의 강둑을 철철 넘쳐 흘러내리는구나. 너의 사랑의 보답으로 한신이 세운 두 번째로 큰 빌딩을 너에게 주마. 또한 회사 지분의 삼분의 일을 너에게 주겠다. 나로 인해 너의 사랑에 굶주릴 네 남편은 상무로 발탁하여 회사 일에 참여할 수 있도록 하마. 너에게는 한빈이에게 준 저택 못지않은 북한강 강변에 세워진 거대한 별장을 주겠다. 단 한빈의 경우처럼 애비의 두 번째 거주지로 해마다 일정 기간 애비의 숙소와 파티 장소로 사용해야 할 거야.”

한주의 사랑타령에 잠깐 도취했지만 조 회장이 가슴은 아직도 공허하다. 그가 가장 귀여워하는 한솔의 아첨이 필요한 모양이다. 그는 한솔에게 몸을 돌리며 지긋하게 바라보며 그의 바람을 말했다. 이제 마지막으로 나의 사랑하는 막내딸 한솔이는 이 애비를 얼마나 사랑하느냐. 어서 말해 보거라. 그런데 한솔의 분위기가 두 딸과는 다르다. 찬바람이 획 불어오는 느낌이다. 한솔은 그에게 시선을 주지 않고 정면을 응시하며 당돌한 주장을 할 모양이다.

“저를 막내로 낳아주시고 귀여워 해주신 아빠를 어찌 사랑하지 않겠습니까. 하지만 아빠에 대한 사랑은 부녀지간으로서 당연한 인지상정인데 그 천륜의 사랑을 어찌 말로 표현할 수 있겠습니까. 저는 딸로서 아버님을 존경하고 따르는 것 그 이상도 이하도 아니라는 말 이외에는 할 말이 없습니다.”

조 회장은 약간 당혹스럽지만 한솔이 더 고집을 부리면 안 될 것 같다. 그의 성미를 자신이 잘 알고 있기 때문이다. 아무리 귀여운 딸이지만 순종하지 않는 자식을 그냥 놔둘 수 없지 않은가. 아니 진정 더 할 말이 없느냐. 그는 한솔을 어린애처럼 부드럽게 얼러댔다. 내게 줄 사랑의 말이 없으면 줄 것도 없다는 것을 모르느냐. 넌 막내라서 어릴 적부터 내 무릎을 떠나지 않고 귀염을 독차지했건만 어찌 애비를 사랑한다는 말에 이토록 인색할 수 있다는 말이냐? 그는 귀여운 만큼 충분히 기회를 주었다고 생각했다. 하지만 한솔의 분위기는 여전히 바뀌지 않는다.

"아빠가 저를 사랑해주신 만큼 저는 아빠를 즐겁게 해드리지 않았던가요. 인간의 말이란 마음을 담기에는 너무 부족한 도구에요. 아무리 아빠에 대한 사랑을 말로 담아내려 해도 혀에서 떠나는 순간 사라져버리거든요. 어릴 적부터 아빠를 어느 누구보다 사랑해왔지만 마음을 담지 못하는 말을 저주해왔어요. 아빠, 저는 아빠를 사랑한다는 말을 할 수 없어요. 용서하세요."

참으로 순종을 모르고 고집이 센 딸이라는 생각에 벌컥 화가 났다. 조 회장은 도저히 참을 수가 없었다. 뭐라고, 아빠를 사랑한다고 말할 수 없다고! 이럴 수가 있나. 믿던 도끼에 발등을 찍힌다더니 너를 두고 한 말이었구나. 조 회장은 이쯤에서 한솔이 마음을 돌이키기를 기대했다. 하지만 한솔이는 조 회장의 디엔에이를 닮은 탓인지 고집을 꺾지 않겠다는 표정이 역력했다.

"방금 말씀을 드린 대로 제가 막내딸로서 아빠에게 받은 만큼 인류의 도리를 다하겠다는 약속은 드리겠습니다. 특히 아빠가 평생 일구신 재벌회사를 아직 정정하신 지금 거저 받을 생각은 추호도 없습니다. 저는 아빠가 주신 능력을 발휘해서 저의 손으로 부와 권력의 벽돌을 하나씩 쌓겠어요. 지금까지 키워주신 것만으로 감사드리고 언니들처럼 권력과 유산을 얻기 위해 마음에 없는 아첨을 번지르르하게 늘어놓지 않겠습니다."

이 정도면 부친의 명령에 복종하는 순종적인 딸에서 벗어나겠다는 선언이 아닐 수 없었다. 조 회장은 인내의 한계를 느꼈다. 아비로서 해줄 만큼 다 주었지만 자기의 길을 가겠다고 고집하는 한솔을 품고 있을 필요가 없지 않은가. 한솔에 대한 서운함도 있지만 날갯짓을 완벽하게 전수한 새끼 새가 둥지를 떠나려는데 잡을 수 없다고 자각했다. 차라리 부녀의 정을 끊어주는 것이 서로 좋겠다는 자괴감이 몰려왔다. 아예 유산문제에서 한솔을 배제하고 정리하기로 마음을 먹는다.

"아니, 네가 감히 애비의 권위에 도전하겠다는 거야! 자식이라면 애비의 명령에 무조건 복종해야 효도하는 것이다. 대가리가 좀 커졌다고 이런저런 논리를 내세워 애비를 능멸하다니 어찌 내게 이런 불효를 저지른단 말이냐! 이러고도 네가 그토록 귀여워했던 막내딸이라고 할 수 있냐고! 그래, 네가 공언한 대로 아비의 도움 없이 혼자 생존의 현장에 나가라. 너에게는 한 푼도 물려줄 수 없다. 꼴도 보기 싫으니 썩 물러가거라. 다시는 내 눈앞에 나타나지 말거라. 한주와 한빈이는 한솔이 몫까지 반으로 나눠서 더 줄 것이다."

조 회장은 한솔에게 손상된 체면을 보충이라도 하려는 듯 한주와 한빈에게 자상한 표정을 지었다. 그는 비서실장에게 유산 상속을 마무리하라고 실무적으로 지시했다. 연이어 그는 유산 상속에 관한 법적 절차를 철저히 준비하라고 당부했다. 그의 등 뒤에서 한주와 한빈이 서로 축하하며 희희낙락하고 있었다. 한솔은 여전히 우울하게 정면을 응시하며 자신의 행위를 굽히지 않았다.

조 회장의 불같은 성격을 알고 있는 비서실장은 한솔 쪽으로 가서 나직하게 조언했다. 한솔이 아가씨, 회장님께 용서를 구하고 유산을 동등하게 물려받으시죠. 하지만 그녀는 조금도 흔들리지 않는다. 할 수 없이 조 회상에게 매달리기로 했다. 회장님, 한솔이 아가씨를 한 번만 더 설득해보시죠. 그는 조금 전보다 더 단호한 표정을 지었다. 화해를 시키고 싶지만 고집이 센 부녀간의 딜레마에 빠진 형국이다. 이런 상황을 간파한 조 회장은 아비로서 체면이라도 지키려는 듯이 마지막 화살을 쏘아버린다. 내 사전에 말을 두 번 반복하는 일은 절대로 없어. 내가 시키는 대로 진행하라고. 허, 애비에게 한솔이 저년이 불효를 저지르다니. 사람 속은 정말 할 수 없구나. 모두 물러가거라. 비서실장은 상황을 더 이상 돌이킬 수 없다는 열패감에 빠져버렸다.

다음날 아침 비서실장은 회장실로 서류철을 들고 들어갔다. 조 회장의 표정은 아직도 굳어있었다. 어제 한솔과의 갈등이 남긴 응어리가 가슴에 남아있는 모양이다. 비서실장은 회장 앞에서 머뭇거리다가 다시 한번 한솔과의 화해를 시도하기로 했다.

"회장님, 제가 나서는 게 주제가 넘는 소행인 줄 압니다만 용서

하십시오. 전번에 한솔 아가씨에게만 유산 상속을 배제하신 결정은 상속법적으로 문제가 큰 거 같습니다. 최근 변경된 상속법에 의하면 회장님의 유산에 대해 자녀들은 동등하게 상속받을 권리가 있다고 합니다. 만약에 한솔 아가씨가 이 유산 상속 배제에 대해 이의를 제기하면 법정은 그걸 타당하지 않다고 판결을 할 것입니다."

조 회장은 웬 뚱딴지같은 소리를 하느냐는 표정이었다. 사랑타령의 제의에서 다 된 밥에 재를 뿌린 한솔이를 용서할 수 없다고 결심한 터이다. 그는 신경질적으로 비서실장에게 화를 냈다. 내가 일군 재산을 내 마음대로 하겠다는데 법원이 무슨 권한이 있다고 개입한다는 거야. 바보 같은 소리는 하지 말라고! 비서실장, 나의 제국인 한신에서는 조한필이 시키는 대로 처리하는 것이 자네의 임무야. 알겠나? 건방지게 감히 내 뜻을 꺾으려 들지 말라고! 평상시라면 어림 반 푼어치도 안 되는 소리를 할 위인이 아니었다. 그런데 비서실장이 오늘은 제법 다른 태도를 취하고 있다. 한솔이년이 그의 뜻을 꺾으려고 하더니 부하직원까지 회장에게 이의를 제기하고 있다고 보니 불쾌하기 짝이 없었다.

비서실장은 회사를 위해서라면 한 번 정도 직언을 해야 한다고 생각했다. 회장이 자기 뜻을 관철하기 위하여 법적인 문제까지 무시하고 있지 않은가. 피땀을 흘려가며 한신을 키웠다는 자부심 때문에 의사결정에서 독선적인 것은 아무래도 큰 문제가 아닐 수 없다. 한신의 장래를 위해서도 누군가는 총대를 메어야 할 것이다.

"대기업은 법적으로 사기업이 아니라 법인체입니다. 아무리 회장님께서 세우시고 키우셨다고 하더라도 의사결정을 회장님 단독으로 할 수가 없는 것입니다. 유산 상속이나 경영자 결정은 정족수를 충족시킨 이사회를 열어서 다수결로 결정해야 합니다. 이사회 법령에 의거한 의결과정을 거치지 않으신 모든 결정 사안은 무효가 된다는 것을 숙고해주시기 바랍니다."

조 회장은 그의 당돌함에 얼굴을 찡그렸다. 그의 말이라면 지옥에라도 갈 듯이 충성을 다한 친구가 오늘은 달라졌다. 순간 그의 충성의 공적은 머릿속에서 다 사라져버렸다. 자신도 모르게 소리치고 만다. 이런 건방진 친구 봤나. 한신이야말로 재벌인 내가 법이야. 모르겠어? 한번만 더 토를 달면 자네는 바로 해고야. 자네는 비서실장으로서 내가 시키는 대로 하면 돼. 확실하게 못을 박아두지 않으면 어디까지 기어오를지 모른다는 불안감의 표시이리라.

조 회장의 경고에도 불구하고 비서실장은 물러설 기미가 보이지 않았다. 회장의 부당한 처사에 대해 마지막으로 저항을 하겠다는 자세였다. 리어의 충신 켄트백작을 닮아있다. 회장님, 저는 해고된다고 하더라도 불법적인 유산 상속에 동의할 수 없습니다. 저의 반대는 회장님에 대한 불충이 아니라 이후에 발생할 회장님에 대한 법적 분규를 막으려는 충정이라는 것을 알아주시기 바랍니다. 조 회장은 비서실장의 진의를 알 수 없다는 느낌이 들었다.

조 회장은 비서실장에게 한번 물러서면 한없이 밀릴 것이라고 계산했다. 나중에 다시 불러들이더라도 자신이 선언한 것은 밀어붙이는 것이 그의 원칙이리라. 자네가 이렇게 고집이 센 친구라는 걸 몰랐구먼. 스스로 무덤을 판 것이니 해고는 내 탓이 아니라는 것은 분명히 하자고. 한신에서 중요한 것은 내가 명령하면 따라야 하고 그게 법이라는 것이야. 그는 회장과 비서실장의 관계가 최악에 이르더라도 어쩔 수 없다고 자위했다.

비서실장도 조 회장의 편협한 독선에 실망을 넘어서서 반감이 스멀스멀 올라왔다. 아무리 부하라도 충신을 몰라보는 그에게 복종해서는 안 된다고 결심했다. 목구멍이 포도청이라 할지라도 최소한의 자존심을 지키지 못한다면 그건 짐승의 대접을 받는 것이라고 생각했다. 그는 대차게 자신의 의견을 고수하기로 한다.

"저의 충언을 불충으로 보신다면 이 순간부터 비서실장의 옷을 벗겠습니다. 하지만 마지막으로 제가 말씀드리고 싶은 것은 이렇게 준비 없이 회장님께서 갑자기 물러나시면 안 된다는 것입니다. 이런 즉흥적인 결정은 회사경영에 어려움을 주게 됩니다. 물러나시더라도 따님들이 회장님의 뜻대로 회사를 운영하지 못하는 경우 다시 복귀하실 수 있는 안전책을 마련하셔야 합니다.

그런 신중한 결정이야말로 회장님께서 한신인들에게 보여주셔야 할 지혜라고 봅니다. 저의 관점에서는 셋째 따님께서 대단한 능력의 소유자임에도 불구하고 입에 발린 아첨을 하지 않았다고 해서 내치는 것은 한신을 위해서 큰 손실이라고 생각합니다. 저의 충정을 제발 알아주시기 바랍니다. 그럼 제가 돌보아드리지 못하더라도 회장님의 건강과 안녕을 기원하겠습니다, 안녕히 계십시오."

비서실장은 뒤도 돌아보지 않고 미련 없이 문을 닫고 나가버렸다. 조 회장은 그의 단호한 태도에 어이가 없어 물끄러미 뒷모습을 바라보았다. 분노보다 연민의 정이 앞섰다. 이렇게 물러나면 가족은 어떻게 부양하려고 그럴까 하는 걱정도 앞섰다. 그동안 나를 열심히 보필해주었는데 좀 안 됐군. 그놈의 고집이 뭐라고 지 밥그릇을 걷어차는 거지! 하지만 그는 곧 체념하고 고질적인 자존심을 세워야 한다고 고집했다. 그렇게 약해빠져서는 한신을 유지할 수 없다는 명분이 더 강하게 솟구쳤다. 하지만 별수 없지! 내 입에서 한번 뱉은 말은 절대로 다시 주워 담는 일은 없으니까. 앞으로 나는 현직에서 떠나서 한가롭게 골프와 파티를 즐기면서 충성스럽고 똑똑한 두 딸들의 사업에 자문이나 해주면 되는 거야. 이제 조한필의 새로운 시대가 온 것이지! 하 하! 조 회장은 스스로 새로운 문을 향하여 묵직하게 걸음을 옮겼다.

조 회장은 친구 최씨와 함께 골프연습장에서 골프채를 휘두르고 있었다. 회장직을 그만둔 지 석 달이 흘렀다. 골프채를 어깨 뒤로 젖혀서 강하게 치려다 갑자기 멈췄다. 그리고는 힘없이 골프채를 아래로 내리고 멍하니 표적을 바라보았다. 그는 옆에서 골프채를 휘두르고 있는 친구에게 고개를 갸웃거리며 말을 건넸다. 친구야, 일을 그만두고 한가롭게 골프나 치면 좋을 줄 알았는데 어쩐지 기분이 좀 이상하구나! 나도 내 마음을 잘 모르겠는데 자꾸만 우울하고 허전해진단 말이야. 자네는 어릴 적부터 죽마고우니까 내 마음이 왜 그런지 알 수 있겠나? 친구 최씨는 어처구니가 없다는 듯 넌지시 그를 바라보았다.

최씨는 짓궂은 표정을 지으며 그의 무지를 나무라지 않을 수 없었다. 그것도 모르면서 갑자기 유산분배를 했단 말이야. 스스로 빈털터리가 되려고 야단을 쳤냐고? 최씨의 눈에는 조 회장이 한참 어리석어 보였다. 지금까지 최씨가 이런 식으로 그를 좌시한 적이 없었다. 그가 회장직에서 물러났다고 이제 막 먹자는 짓인 모양이다. 한필은 냉소적으로 한 마디 건네지 않을 수 없다.

"내가 빈털터리라고? 딸들에게 물려줬지만 그 애들이 내가 원하면 뭐든지 들어줄 건데 예전과 무슨 차이가 있다고 그러나? 회사를 내가 가지든 딸애들이 가지든 마찬가지라고. 이게 바로 주머닛돈이 쌈짓돈이라는 거지. 나이가 들어 회사 운영과 같은 골치 아픈 일은 그 애들이 하고 난 그저 인생을 즐기면 된단 말씀이네. 자네는 나를 즐겁게 해주는 친구로서 그저 함께 골프나 치고 술을 마시면 된다고!"

한필은 쥐뿔도 모르면서 까불지 말라는 표정으로 최씨를 깔아 뭉개버렸다. 최씨는 한필이 현실을 제대로 못 보고 있다고 생각했다. 한필이 요즘 세태를 너무 모르고 있다고 파악했다. 자네는 지금도 회장인 줄 착각하고 있구먼. 자식들에게 한번 빠져나간 돈은 결코 다시 돌아오지 않는 법이네. 한번 지나간 바람은 머물지 않거든. 자네는 이제 한신의 주인이 아니라 과거 영광의 그림자에 불과한 거야. 있는 것 같지만 실체는 없는 그림자지. 최씨는 한필의 얼굴이 붉어지는 것을 보고 그의 반박을 예상했었다.

그는 본격적으로 최씨의 장난기가 어린 충고를 억박지르기 시작한다. 자네, 아무리 친구라고 하지만 어떻게 그렇게 날 비웃을 수 있단 말인가. 그는 지갑을 꺼내 카드와 지폐를 보여주었다. 이게 안 보이나? 그래도 난 한신의 명예회장이란 말일세. 나와 함께 예전처럼 흥청망청 즐기고 싶으면 나를 화나게 하지 말게. 난 자존심을 흔드는 어떤 말도 용납할 수 없으니까. 한신의 일인자라는 정체성을 한번도 의심해본 적이없다는 듯이 자신만만하게 토로했다. 난 한신의 그림자가 아니야. 한신의 알맹이요, 핵심 그 자체란 말일세. 한필은 결코 친구에게는 자존심을 상하고 싶지 않았다.

최씨는 예상보다 빠른 한필의 반응을 보며 그의 미래가 불길하게 보였다. 그가 제대로 생존하려면 곧 다가올 치명적인 현실을 인정하는 것밖에 방법이 없다고 생각했다. 그는 한필의 과민한 반응에 물러서면서 설득했다.

"그래, 자네가 그렇게 내 말을 곡해하면 더 이상 말하지 않겠네. 하지만 내 말을 명심하게. 한신에서 조한필의 자리는 이제 허울 좋은 명예일 뿐이야. 명예가 무슨 의미인가. 실권이 없는 명분만 주는 그림자란 말일세. 그림자란 무엇인가? 있는 것 같지만 해가 지면 사라지고 마는 허상일 뿐이지! 지금이야 한신을 차지한 딸들이 경영의 명분을 위해 자네에게 있는 듯 없는 듯한 석양의 빛을 잠시 허락한 거지. 조만간 자네의 노을빛은 지평선 아래로 사라지고 말 걸세. 그때 자네는 그림자조차 없는 거렁뱅이가 되는 거야. 자네와 좋은 우정이 금이 갈까봐 더 이상 말하지 않겠네. 다만 딸들이 약속한 것들이 잘 지켜지는지 나와 내기를 해보세."

친구 최씨의 내기 제안에 한필은 자신감을 보였다. 그거야 얼마든지 가능하지. 하나마나 내가 이길 거니까. 만약에 내가 지면 자네에게 멋진 곳에 가서 좋은 술을 한번 사겠네. 만약에 자네가 지면 어떻게 할 텐가. 한필은 이길 것을 예단하고 최씨의 얄팍한 지갑을 걱정했다. 최씨는 내기에 아무 걱정이 없다며 소탈하게 웃으며 한필의 손을 잡았다. 난 돈은 별로 없지만 쓴 소주라도 한잔 사겠네. 하지만 요즘 싸가지가 없는 젊은 자식들의 행태를 보면 내가 이기는 것은 따논 당상이나 다름없군. 허수아비는 자신이 허수아비인 줄 모른다네. 참새들이 도망가니까 자기가 살아있는 줄 안단 말이지, 허허! 최씨는 한필의 자신감이 어디서 나오는 것일까 생각에 잠겼다. 마음 한편에 머지않아 한필이 비인간적인 세대의 사고를 알게 되리라고 예감하며 불안할 뿐이었다.

내기를 하기로 했으니 더 이상 언쟁을 해봐야 무의미하리라. 한필은 끝까지 자신의 생각을 우직하게 고집하고 싶었다. 기어코 친구에게 자신의 판단이 옳았다는 것을 증명하리라. 자네는 내 딸들이 얼마나 애비를 사랑하는지 고백하는 걸 보지 못해서 이런 의심을 하는 걸세. 여하튼 길고 짧은 것은 대봐야 알 수 있으니 딸들의 효성을 실험할 수 있는 기회를 조만간 만들어서 자네와 함께 지켜보자고! 자, 그럼 내기도 걸었으니 골프연습은 이쯤 해두고 술이나 한잔하러 가자고. 한필은 최씨를 끌고 술을 한잔 걸치자며 이미 어둑해진 거리로 나섰다.

일주일이 지난 후 아침나절에 조 회장이 친구와 함께 첫딸 한빈의 응접실에 앉아있었다. 한빈이 방에서 나오기를 기다리는데 예상보다 늦어지자 한필은 약간 화가 난 듯 안방 쪽을 노려보았다. 잠시 후 한빈이 못마땅한 표정으로 늑장을 부리며 거만하게 나왔다. 그녀는 하품을 하며 이른 아침부터 연락도 없이 와서 잠을 못 자게 귀찮게 한다고 투정했다. 노인네가 잠이 없다고 새벽부터 설치면 어떻게 해요? 한필은 딸의 거친 말에 놀라지 않을 수 없었다. 아니 너 무슨 말을 그렇게 버르장머리 없이 하고 있어? 친구도 있는데. 한빈은 나무라려고 하다 최씨 앞에서 망신이라고 생각하고 나중에 이야기하자고 넘겼다. 하지만 늦잠을 자는 나태함에는 그냥 넘어갈 수 없었다.

"오늘 친구하고 골프를 치러 가는 길에 할 말이 있어서 들렀다. 지금 해가 중천에 떴는데 애비한테 이른 시간에 찾아왔다고 불평하는 거냐? 회사가 분할되었지만 회장이 이토록 늦잠을 자면 어떻게 한신을 경영하겠다는 거야?"

한빈은 짜증을 내며 어젯밤 늦게까지 회의를 하고 뒤처리하느라 너무 늦게 자서 늦잠을 잤다고 변명을 했다. 하지만 그녀의 사생활에 조 회장이 개입하는 것에 무척 불편해 보였다. 조 회장이 골프 차림으로 촌음을 아껴가며 일하는 그녀를 나무라는 것이 가당치도 않아 보였다. 요새 회사일이 한참 바쁜데 아버님께선 한가하게 골프를 치신다는 거예요! 어쨌든 아버님, 오늘 오신 용건은 뭔가요? 한필에 대해 그녀가 보여주었던 이전의 겸손한 의식은 자취도 사라지고 없었다.

다혈질인 한필은 한빈의 불손한 태도에 울화가 치밀어오지만 일단 참는 표정이 역력했다. 우선 딸이 보여주고 있는 수준 이하 행위의 진의를 알아야 하리라. 그는 흥분을 가라앉히며 용건을 말하기로 계산했다. 그래 애비가 오래간만에 왔는데도 반갑지 않은 모양이구나. 그래 오늘 찾아온 것은 이번 주말에 내가 너에게 물려준 이 저택에서 파티 좀 해야 되기 때문이다. 애비 나이가 팔십이 넘어가니 친구들이 보고 싶구나. 한필은 정원에서 가든파티를 열어 친구들과 오랜만에 정을 나누고 싶다고 제안했다.

한필의 말이 끝나자마자 한빈은 싫은 표정을 감추지 않았다. 아버님, 하필 이렇게 바쁠 때 제집에서 파티를 하신다는 건가요. 몇 분이나 초대하실 건가요? 그녀는 부친의 성정을 물려받은 탓에 감정표현이 다급하기 짝이 없었다. 하지만 한필은 아직 딸에게 맞대응하려고 하지 않았다. 일단 친구와의 내기에서 지면 그의 체면이 손상된다는 것을 의식한 탓이기도 했다. 그는 많은 활동으로 아무리 줄여도 이백여 명은 될 거라고 양해를 구했다. 게다가 식사 분위기를 살려줄 악단도 포함해야 한다고 덧붙였다.

초대손님의 숫자가 이백 명이라는 사실을 듣는 순간 한빈은 얼굴이 하얗게 변했다. 게다가 양미간이 찌뿌려지며 입술이 뒤틀어지기 시작했다. 거의 히스테리 수준이었다. 그녀는 날카로운 목소리로 거품을 물며 한필에게 대들었다.

"아버님, 팔순잔치는 이미 퇴임하시기 전에 해드렸잖아요. 아무리 아버님께서 제게 물려준 저택이지만 지금은 엄연히 제집이 아닌가요. 어떻게 남의 집에서 그런 대규모 파티를 열 생각을 하세요? 요즘 사업이 복잡해서 제가 신경이 날카로워졌어요. 전 아버님이 늘 좋아하시는 북적거리는 분위기가 딱 질색이거든요. 꼭 하시려면 친구분 숫자를 줄여서 백 명만 초대하세요."

백 명으로 줄이라는 한빈의 요구에 한필은 아연실색을 했다.

딸이 이렇게 거세게 반대를 하리라고는 꿈에도 생각하지 못했다. 한필이 누구인가. 한신에서 분노의 화신으로 정평이 나있지 않은 가. 한필의 얼굴이 험악해지고 한빈에게 소리치며 돌진했다. 부녀는 앞에서 보여주었던 아첨의 장면과 정반대의 모습을 연출했다.

"아니 뭐라고? 초대손님을 반으로 줄이란 말이냐? 초대장을 이미 보냈는데, 애비 체면이 망가져도 상관이 없다는 말이지. 아니 네가 내 팔순잔치를 해줬다고? 내가 돈을 다 대고 너희들은 그저 잔치의 들러리만 한 주제에 무슨 그런 헛소리를 할 수 있느냐! 그리고 이 저택은 다른 재벌보다 더 신경을 써서 내가 지은 집이다. 비록 너에게 물려주었다고 하지만 소유권이 나한테 없다고 할 수 없지."

"아버님께서 굳이 그렇게 말씀하신다면 백 명도 안 되겠어요. 꼭 파티를 하시려면 오십 명으로 줄이세요. 분명히 말씀드리고 싶은 것은 이 저택은 법적으로 저의 소유이고요. 아버님에게는 소유권이 조금도 없다는 것을 밝혀드립니다."

한필은 자신이 지은 저택에 대해 소유권이 없다는 한빈의 야유가 날카로운 칼이 되어 가슴을 찌르는 것을 느꼈다. 그는 정신이 아득해졌다. 누가 이런 상황이 오리라고 예상할 수 있었겠는가. 자식에게 저택을 물려준 지 불과 몇 달 만에 내쫓길 상황에 내몰린 것이다. 그건 말이 안 된다는 생각에 자기도 모르게 분노의 화산이 치밀어 올라왔다. 참을 수도 없지만 억누르려고 해도 저절로 불이 되어 치솟아 올라왔다.

"아니 내게 소유권이 없다고! 애비를 깡그리 무시하려고 하는 구나. 딸년에게 이런 불효막심한 모욕을 당하다니 내가 무슨 꼴인 가! 내가 예전의 조한필이란 말인가. 아니지 이렇게 무력한 자는 분명히 조한필이 아니야. 이건 내 그림자일 뿐이야. 내 손으로 만 든 한신을 딸년에게 주고서도 그림자만큼도 대접을 받지 못하다 니! 조한필은 이 세상에서 사라진 게 틀림이 없어! 내가 뱉은 말을 번복하면 손에 장을 지지리라. 앞으로 너는 내 딸이 아니다. 나에 게는 내 말이라면 신처럼 떠받드는 딸이 또 하나 있어. 다시는 너 의 얼굴을 볼 일은 없을 것이다. 애비를 배신하다니 천벌을 받을 년 같으니라고!"

한빈은 한필의 분노를 비웃어 버렸다. 오히려 그가 현실을 인 식하게 하려는 전략에 돌입하려고 나섰다. 어차피 올 것이 왔다는 생각이 들었다. 다만 조금 일찍 왔을 뿐이다. 내심 차라리 잘 됐다 는 자평을 했다. 어차피 구세대가 가야 그녀와 같은 신세대가 일 할 수 있는 것이 아닌가. 이것이 사업에 필요한 정글의 법칙이라 고 판단하고 마지막 수순을 밟기 시작했다.

"아버님이 한신의 회장이 아니신 걸 이제야 아셨나요? 좀 늦었 지만 다행이네요. 저도 아버님이 떠나신다니 앓던 이가 빠진 것 같이 시원하네요. 매일 술이나 마시고 떠들어대는 아버님을 모시 는 것이 이제 신물이 나거든요. 제집을 나가는 순간 다시 들어올 수 없다는 것을 명심하세요. 어서 한주에게 가서 엄청난 파티를 열어달라고 하세요. 떠나시는 분은 절대로 붙들지 않는 것이 저의 신조니까요. 부디 안녕히 가세요! 호호호…"

조금 떨어져서 부녀의 활극을 목격한 최씨는 기가 막혀서 말을 잃어버렸다. 어서 한필을 이 지옥 같은 곳에서 빼어내는 것이 현명하다고 뇌까렸다. 이런 망측한 꼴을 봤나! 어떻게 이런 일이 자네에게 일어날 수 있냐고! 두 사람이 저택에서 나가자 한빈은 시원하다는 듯이 끽끽 웃어 제키고 있었다.

한빈은 한필과 최씨가 사라지자 한주에게 전화를 걸었다. 조 회장이 엄청난 분노의 불길에 휩싸인 이상 쉽게 가라앉을 리가 없으리라는 판단했다. 아무리 법적으로 회장직을 내놓았다고 하지만 내부에는 조 회장을 따르는 임원들이 꽤 존재하고 있는 실정이다. 부회장인 한주와 연대해서 신속하게 한필의 영향력을 제거하기 위한 작전에 돌입했다. 먼저 한주에게 상황을 설명할 필요가 있다. 야망에 불타는 한주는 부친의 그림자를 지우는데 분명 찬동할 것이다. 그녀는 소파에 거만하게 앉아서 한주의 휴대폰 번호를 눌렀다.

"한주야, 그동안 별일 없었지? 큰 회사를 분할을 받아서 부회장으로 일하느라 분주하겠구나. 하지만 네가 부회장이 된 것은 다

내 덕인 줄 알아야 하지. 내가 허풍기가 많은 아버지한테 달콤하게 사탕발림을 하지 않았다면 노인네를 녹여낼 수 있었겠니? 네가 그런 간드러지는 아첨을 멋지게 할 수 있었던 것은 모두 나한테 배운 거란 말이다."

한주는 한빈이 아침부터 전화를 걸다니 의아해했다. 눈꼴이 시지만 회장직을 맡고 있는 한빈의 전화를 맞장구를 치듯이 반갑게 받았다.

"그게 다 언니가 어릴 때부터 아양을 떨어서 아버지한테 좋은 선물을 받는 걸 보고 배우긴 배웠지. 요즘 교육이라는 것이 착한 사람을 기르기보다 세상을 잘 등쳐서 자기 배를 불리는 기술을 가르치는 거잖아. 하여튼 변덕스러운 아버지가 유산정리를 하도록 유도한 것은 절묘한 타이밍이었어. 언니 참 고맙구료. 그런데 몇 달이 가도 전화 한 통 없는 언니가 오늘 웬일이우."

한빈은 저간의 사정을 신속하게 전달하려고 설명하기 시작했다. 한주가 틀림없이 그녀의 편을 들 수밖에 없다는 것을 간파하고 있었다. 두 자매의 싸움은 피할 수 없다고 하더라도 지금은 한필의 재기의 싹을 완전하게 잘라내야 안전하다고 보기 때문이었다. 한빈은 한주와 야합하기 위해서 호들갑을 떨며 전략을 설명했다.

"아버지가 드디어 특유의 변덕을 부리기 시작했어. 우리 집 정원에서 친구들 이백 명을 불러서 야단스럽게 파티를 하겠다는 거야. 숫자를 줄이라고 꼿꼿하게 들이댔지. 사실 일부러 화를 돋우어 이성을 잃어버리도록 약을 올렸어. 그 순간 아버지는 분노의 화산을 터뜨리며 나와 결별하고 네 집으로 가겠다고 야단이더라. 아버지를 내칠 기회라고 생각했지. 그래서 이번에 집 나가면 다시는 못 들어온다고 못을 박았단다. 공을 너한테 넘겼으니 이제 네가 골치가 아플 것 같아 전화를 해주는 거야. 친구들 끌고 다니면서 보스 노릇이나 하려는 아버지의 허영을 지금 못 꺾으면 평생고생할 거야. 이번에 단단히 버릇을 고치는데 힘을 합치자꾸나."

다변한 한빈의 제안이 끝나자 한주는 신속하게 화답했다. 그녀의 머릿속에는 아버지를 제거하려는 한빈의 전략이 마음에 들었기 때문이었다. 일찍이 한주는 언니의 교활한 머리를 셀 수 없이 경험했었다. 아버지로부터 하나의 선물을 받아내면 금방 싫증을 내고 다음 선물을 받아내려고 골몰하는 언니가 아니던가. 그래 언니가 내민 손을 빨리 잡는 것이 그녀의 이득이리라. 그녀로서는 피를 흘리지 않고 전투의 노획물을 차지할 최적의 기회라고 판단했다. 지금은 한빈의 노고를 치하하고 연합군을 구성하는 것이 좋을 것이다.

"역시 언니는 선수야. 받을 거 다 받았으니까 언니 몫을 철저히 지키자는 거지. 이제 아버지를 왕따시키는 기술에는 도가 텄구려. 걱정하지 말아요. 난 언니를 뒤따라가는데 도사니까. 언니가 골치 아픈데 난들 다르겠수? 이번에 함께 아버지를 철저히 길을 들입시다, 언니!"

두 사람의 내략이 원활하게 끝나자 한빈은 만족스러웠다. 당분간은 걱정을 안해도 된다는 안도감에 빠졌다. 더 이상 미래의 적인 한주와 통화를 이어 갈 이유가 사라졌다. 한빈은 한주에게 빠르게 작별을 고했다. 역시 머리가 잘 돌아가는 내 동생이구나. 그럼 우리 몫 지키기 전략을 성공시키자. 못 말리는 아버지를 잘 부탁한다, 사랑하는 내 동생아. 사실 셰익스피어가 창조한 악한 에드먼드 방식의 교활한 생각은 한주도 못지않으리라. 곧 한필이 도착할 것이니 대책을 세워야 한다는 생각이 스치고 지나갔다.

얼마 후 조 회장이 친구와 함께 얼굴에 붉으락푸르락 화를 내며 한주 응접실로 들어왔다. 그렇지 않아도 그를 기다리고 있던 한주가 야릇한 미소를 지으며 들어오는 부친을 맞이했다. 한필이 식식거릴수록 한주는 야릇한 쾌감에 빠져들었다. 부친을 괴롭혀야 그의 평상심을 잃게 하여 대결에서 승리할 수 있다는 학대증적 충동을 느꼈다. 한주는 앙큼하게 속마음을 감추고 한필을 스스럼없이 대하는 척했다. 아버님, 무슨 불편한 데라도 있으신가요. 왜 이렇게 연락도 없이 흥분하신 모습으로 저를 찾아오셨나요? 한주는 부친의 표정을 자세히 살피며 그의 감정의 상태를 주시하였다. 한필은 한주의 친절을 확인하고 하소연하려 덤벼들었다.

"한주야, 내가 지금 흥분하지 않게 됐니? 너의 언니, 한빈이년
이 날 배신했는데 내가 멀쩡하게 올 수 있냐 말이다. 돈도 권력도
그년에게 모두 넘겨준 애비에게 은혜를 저버리고 내 등에 비수를
찌르다니 용서할 수 없구나."

한주는 한필의 분노에 동조하면 나중에 빠져나가기가 어렵다
는 것을 예감했다. 그녀는 능글능글 한필의 입장을 이해하는 체하
면서도 한빈을 적극적으로 비난하지 않는 애매한 태도를 취했다.
그녀는 한필을 사랑하는 딸로서 그의 초상이 그려진 목걸이를 보
여주며 그의 심중을 더듬어 갔다.

"아버님, 흥분을 가라앉히고 차근차근하게 말씀하세요. 도대
체 무슨 일로 언니에게 화를 내시는 거죠? 저는 항상 아버님 편이
라고 말씀드렸잖아요. 전 이렇게 아버님 초상을 목에 걸고 다니는
효녀잖아요. 제가 무엇을 도와드리기를 원하세요?"

한필은 한주를 그의 편으로 착각하고 한빈을 저주하고 나섰다.
그는 이미 분노의 화살을 한빈에게 당기기 시작했다.

"내가 물려준 저택 정원에서 친구들 이백 명을 초대해서 파티
를 단출하게 열겠다는 데 반대를 할 수 있단 말이냐? 유산을 물려
줄 때 애비가 당부한 약조를 깨면서 말이다. 초대한 친구들의 숫
자를 반으로 줄이라고 협박을 하더구나. 천벌을 받을 년!"

이제야 한필이 분노하는 주요 원인이 초대 친구의 숫자라는 것
을 파악한 한주는 그걸 이용하여 한필의 화를 돋우는 전략으로 활

용한다.

"아니 아버님, 이백 명이 단출한 파티인가요. 이백 명을 초대한 파티는 엄청난 규모에요. 경비도 경비이지만 얼마나 소란하겠어요. 언니는 항상 조용한 분위기를 좋아하잖아요. 언니가 반대할만한 숫자라고요. 게다가 저택은 아버님이 물려주셨지만 지금은 법적으로 엄연히 언니가 소유하고 있으니 주인의 사정을 고려해야죠. 숫자를 줄여달라고 하면 아버님이 양보해서 줄여주면 될 것을 일을 이렇게 악화시킬 필요가 있나요. 요새 언니의 회사 사정이 좀 복잡해서 그랬을 거에요."

그의 편에 설 줄 알았던 한주의 속셈을 파악한 한필은 한주의 애매한 태도에 불처럼 화를 냈다. 한주, 너 지금 한빈이년 편을 드는 거냐? 애비가 재산과 권력을 모두 물려주고 나니 마치 볼장 다 봤다는 식의 불효년을 감싸고 도는 거야? 한주는 한필을 어떻게 처리하는 것이 좋을까 궁리했다. 부친의 초대자 숫자를 줄이는 일과 한필의 청을 들어주는 척하면서도 한빈과 불화를 일으키지 않는 것이 현명하리라. 일단 부친에게 자신의 생각을 전하면서 그 책임을 한빈에게 전가하기로 했다.

"아버님, 언니와 내가 아버님의 회사를 물려받아서 키우려고 얼마나 애를 쓰고 있는지 아시잖아요? 아버지는 둘 사이에 불화가 생기기를 원하시나요? 언니가 반대하는 아버님의 파티를 제가 덥석 찬성한다면 언니가 저를 어떻게 생각하겠어요? 저는 아버님을 사랑하지만 이 일로 자매간의 우애를 깨고 싶지 않아요. 게다가 언니가 한신의 회장이잖아요. 저는 언니의 명령을 따라야 할 의무가 있고요."

한필은 한주가 배신의 길에 동참했다는 것을 확신하고 분노의 불길을 한주에게로 돌렸다.

"한주야, 네가 애비에게 했던 사랑의 맹세를 잊었느냐. 애비의 말을 네 목에 걸린 묵주처럼 항상 간직하고 살겠다고 하더니 애비를 능멸하려고 하는구나. 네가 어떻게 이럴 수가 있단 말이냐!"

한주는 부친의 반발을 묵살하고 그의 공격을 누그러뜨리려고 애썼다. 무엇보다 초대자의 숫자를 줄여서 그녀가 파티를 떠맡을 경우 부담을 줄이려고 유도했다. 그 목적을 달성하려면 한빈과 타협하는 것이 좋다고 설득했다.

"일단 언니 집으로 돌아가서 아버님이 먼저 사과를 하세요. 아버님이 정 파티를 하고 싶으시다면 언니가 제안한 대로 반의 반, 아니 그 반으로 줄여서 하세요. 그럼 제가 언니의 양해를 받아 저의 정원에서 파티를 열어드리겠습니다."

계획했던 초대자를 사분의 일로 줄이라는 한주를 바라보는 한필은 폭발하고 말았다. 이제야 자신이 두 딸들에게 완전하게 배신당한 것을 깨달았다. 그는 이성을 잃어버리고 분노로 숨을 헐떡이며 한주를 저주하고 나섰다. 정신이 거의 분열증 수준으로 악화되었다.

"뭐라고! 반의 반의 반이라고! 이년은 한빈이년보다 더 악독한 년일세. 아, 조한필은 틀림없이 딸년들에게 능욕을 당한 허수아비로구나. 내가 이런 불효년의 발에 짓밟혀 헐떡거리는 늙은 애비에 불과하단 말인가. 도대체 내가 누구인가. 난 어디에 있는 건가. 저런 딸년들을 둔 애비가 왕년에 잘 나가던 조한필인가 아니면 이년들에게 짓밟힌 그림자일 뿐인가! 이건 분명 사람이 사는 세상이 아니야. 짐승들도 이런 짓거리를 할 수 없지. 이년들은 분명 악마의 화신들이야! 아니 악마보다 더 지독한 년들이야!"

차마 나서지 못하고 외면하고 있었던 친구 최씨가 한필에게 다급하게 다가섰다. 숨이 넘어갈 것 같이 위태한 상태에 이른 한필을 여기서 빼내는 것이 시급하게 보였다. 그는 한필을 가슴에 꼭 껴안고 다독이며 달랬다. 세상을 주무르던 한필이 이런 지경에 이른 것이 믿기지 않았다. 그가 아무리 요즘 자식들이 품고 있는 정신적 실태를 알려줘도 한사코 부인하던 그가 아니었던가. 지금은 그를 악의 소굴에서 빼내는 것밖에 길이 없어 보였다. 함께 세상을 욕하며 실컷 술이나 마시고 싶었다.

"한필이, 자네가 참게나. 화가 너무 지나치면 자네 정신이 온전하지 못할 걸세. 자네는 나와 약속한 내기에서 완패한 거야. 자네가 술을 살 일만 남았군. 자, 가세. 이곳은 사람 사는 곳이 아니야. 아무리 황무지라도 이보다는 나을 걸세. 이런 빌어먹을 세상 다 잊어버리게 술이나 왕창 마시자니까."

최씨가 아무리 달래도 정신적 충격을 받은 한필은 이리저리 비척거리며 소리를 질러댔다. 아, 세상이 빙빙 도는구나. 하늘이여, 이년들을 번갯불로 태워버리소서. 인간이기를 포기하고 배신의 악귀로 변한 둘째 딸년을 지옥불 속으로 던져버리소서. 한필은 거짓 사랑으로 그를 속이고 능멸한 한주에게 삿대질을 하며 다가가 악담을 퍼부었다. 너도 더 이상 내 딸이 아니다. 네년도 더 이상 내 딸이 아니라고. 네년들의 이름을 조씨 가문의 족보에서 영원히 지우리라. 이보다 추악한 부녀관계가 어디 있을까. 아무리 생각해도 그가 그토록 믿었던 딸들이 극단적인 악녀로 변질 된 이유를 알 수가 없었다.

최씨는 한주에게 저주를 악담으로 뿜어대다가 비틀거리고 있는 한필을 겨우 부둥켜 안았다. 썩은 냄새가 사방에서 퍼져 나오고 있었다. 아무리 비싼 향수를 뿌려댄들 썩은 인간이 내뿜는 부도덕한 냄새가 지워질 리가 없는 것 같았다. 그는 한필의 정신을 일깨우려고 머리를 흔들어댔다. 한필이 정신을 차리게. 이런 악마의 소굴에서 빨리 나가세. 썩은 냄새가 풀풀 나는 이놈의 집에서 어서 나가자고. 한필은 최씨의 부축을 받아 비척거리며 밖으로 엉금엉금 기어나갔다.

파티를 열겠다는 한필을 저택에서 내쫓는데 성공한 한빈은 본격적으로 회사를 장악하고 나섰다. 한편으로는 전 회장 한필의 영향력을 제거하고 또 한편으로는 부회장인 한주를 견제할 수 있는 장치를 만들었다. 한필의 피를 물려받은 덕에 권모술수에 능란한 면모를 발휘했던 것이다. 그녀는 회사 내의 권력을 휘어잡자 한필의 특별한 유산인 성정이 발동하기 시작했다. 그녀는 얼굴이 반반하고 성적 매력을 풍기는 김 부장을 전무로 승진시켰다. 경영에서 별로 특별한 능력을 보이지 못했던 김 부장이 전무로 승진했다는 소문이 났지만 특유의 카리스마로 잠재워 버렸다.

그녀는 신임 김 전무를 몰래 호텔방으로 호출했다. 오십대 후반으로 접어든 그녀의 남편이 그녀의 강한 성정을 만족시키지 못하자 승진을 이용한 성적 거래를 획책했던 것이다. 김 전무는 그녀의 음흉한 거래를 즐기기로 작정했다. 그는 승진을 통해 권력을 잡을 수 있다면 수단과 방법을 가리지 않는 마키아벨리 같은 작자였다. 사십 대 중반 여인의 육체가 연하의 체력파 김 전무에게 만족스러울 리가 없으리라. 하지만 그는 자신의 역할은 섹스를 스스로 즐기기 위한 것이 아니라 한빈이 성적 쾌락을 최대로 즐기게 해주는 것임을 잊지 않았다. 한빈은 김 전무의 성적 헌신을 가상하게 평가하곤 했다.

오늘은 김 전무에게 특별한 임무가 주어졌다. 한빈이 그를 전무로 승진해준 보답을 해주어야 했다. 환락의 밤을 잔뜩 기대한 한빈이 와인에 적절히 취해 그의 손길을 기다리고 있었다. 촉촉한 그녀의 몸은 김 전무의 세심한 터치에 민감하게 반응하며 떨고 있었다. 김 전무는 성감대를 노련하게 찾아가는 혀끝으로 한빈의 유두를 정성스럽게 애무를 해주었다. 강력한 남성의 힘에 목말랐던 한빈의 은밀한 늪은 농염하게 젖어들었다. 달콤한 늪을 노 젓는데 달인인 김 전무가 때를 놓칠 리가 만무했다. 그는 거침없이 한빈의 몸속으로 밀고 들어갔다. 한참을 밀고 당기는 두 몸은 드디어 절정에 도달하자 동시에 자지러지게 신음소리를 냈다. 만족한 육체가 내는 환희의 음악이리라. 한빈은 김 전무의 가치를 절실하게 느끼고 온 힘을 다해서 껴안았다.

쾌락을 쟁취한 두 남녀는 급속하게 다정한 분위기에 젖어들었다. 야한 조명은 한층 낭만적인 분위기를 만들어주었다. 한빈과 김 전무는 거친 애무로 흐트러진 머리를 매만지고 옷을 추스르며 앉았다. 그들은 아직도 방금 전에 가졌던 사랑의 미몽에서 벗어나지 못하고 나른한 기분에 젖어있었다. 한빈은 회장의 체면도 저버리고 요염한 자세로 김 전무를 유혹하는 장난을 마다하지 않았다. 그녀는 김 전무에게 이번 승진에서 자신의 손길이 중요했다고 강조하여 앞으로 자신의 손아귀에 남겨두려고 작정했다.

"김 전무, 한신에서 근무한 지 꽤 됐지. 인사서류를 살펴보니 이십 년이 넘어가더군. 당신도 이제 앞길을 생각할 때가 됐지. 아버지 밑에서 죽도록 일을 했지만 고작 부장직에서 헤매는 것을 내가 전무로 발탁했으니 망정이지 당신은 부장으로 끝날 뻔했어. 절대로 은혜를 잊어서는 안 돼."

한빈이 자신의 미래를 보장할 수 있는 멋진 카드라는 사실을 김 전무는 결코 의심하지 않았다. 그는 생각에 잠겨 잔머리를 굴렸다. 회장 한빈이 현재의 자리를 얼마나 오랫동안 유지할 수 있을 것인가. 사람의 운명이란 신만이 아는 불확실한 상자인데 한빈만을 믿고 있다가 상황이 바뀌면 곤경에 빠질 수 있으리라. 하지만 지금은 회장인 한빈의 호의에 대해 잔뜩 치켜세워야 했다. 상황이 바뀌면 적절하게 입장을 바꾸기로 하고 그녀에게 사랑의 맹세를 했다. 회장님께서 취임하신 후 저의 앞날이 고속도로처럼 확 뚫린 것 같습니다. 특히 회장님께서 저를 각별하게 사랑해주셔서 전무로 발탁된 것에 감사할 따름입니다. 앞으로 비가 오나 눈이 오나 회장님 곁은 제가 지키겠습니다. 그가 한빈에게 다가가 뜨겁게 입을 맞추자 한빈이 더 적극적으로 가슴에 안겨 사랑의 희롱을 한참 즐겼다.

사랑의 게임에 매료되었던 한빈은 김 전무의 얼굴을 애무하면서 점점 김 전무의 매력에 빠져들었다, 이제는 스스로 김 전무의 성적 노예가 된 처지를 고백했다. 오랫동안 지켜봤지만 김 전무는 참 매력적인 사내야. 잘 생기기도 했지만 정력이 남과 달리 황소 같단 말이야. 회사일이야 경영전문가에게 맡기면 돼. 김 전무는 그저 내 옆에서 가끔 날 사랑해주기만 하면 앞길이 환할 거야. 그녀의 유혹이 곁들인 고백에 만면에 미소가 피어오른 김 전무는 한빈에게 다시 찬사를 바쳤다.

"회장님은 아직도 여전히 아름다우십니다. 저를 승진시켜주시고 저의 앞날을 책임지시겠다는 회장님의 약속에 그저 감읍할 따름입니다. 제가 필요하시면 연락만 주십시오. 언제든지 달려와 회장님을 기쁘게 해드리겠습니다."

특별한 임무를 성공적으로 마친 김 전무는 승리한 전사처럼 자신감이 하늘을 찌를 듯했다. 그는 나른한 표정의 한빈에게 회사일을 마무리하러 물러간다는 작별인사를 했다. 김 전무는 침대에서 농염하게 포즈를 취하고 있는 한빈에게 진한 키스를 했다. 그는 임무가 끝난 보초병처럼 호텔방의 문을 살며시 열고 나갔다. 다음 밀회를 기약하는 한빈은 야릇한 미소를 던지며 손을 흔들고 있었다.

한 시간 후 김 전무는 회사건물 꼭대기 층에 위치한 전망 좋은 부회장 한주의 방에 들어섰다. 한빈과 헤어지며 핑계를 댄 회사일은 바로 한주와의 밀회였다. 한주는 부회장에 취임하면서 이미 김 전무를 눈여겨 본 터였다. 뱀처럼 매끈한 김 전무의 몸매는 한주를 단숨에 사로잡아버렸다. 그들의 밀회 장소는 부회장실에 딸린 휴게실로 한주가 낮에 잠깐씩 수면실로 이용하는 밀실이었다. 직관이 재빠른 김 전무는 한주의 강한 성정을 간파하고 은밀하게 접근하여 뗄 수 없는 연인으로 자리를 잡았다. 한신의 권력은 두 여인으로부터 나올 수밖에 없다는 것을 간파한 그는 두 여인을 오가며 달콤한 열매를 따먹을 심산인 것이다.

김 전무가 사무실을 거쳐 밀실에 들어서자 한주가 반갑게 맞아들였다. 그녀는 주저하지 않고 김 전무를 정력적으로 포옹을 했다. 김 전무는 한주의 타오르는 입술을 덮치며 빨아들였다. 두 연인은 숨이 가쁘게 손을 오르내리며 서로의 몸을 탐색했다. 김 전무는 한빈에게 보였던 판에 박은 애무를 넘어서 성애를 즐겼다. 그 모습이 자유로운 유영하는 수영선수를 닮아있었다. 이런 변칙적인 사랑이 그들이 추구하는 육체적 해방을 의미하는지 모른다. 침대를 벗어나지 못하는 고전적인 사랑은 그들의 변태적 욕망을 충족시키지 못하기 때문이리라. 그들의 폭발적인 성애는 쉽게 타오르고 빠르게 마무리되는 속성이 있었다. 한주는 김 전무의 땀을 닦아주며 욕망의 잔영을 즐기며 투정했다.

"김 전무를 기다리다 내 눈이 빠지겠어. 왜 오전 내내 전화를 받지 않은 거야? 그렇게 일이 바빴어? 아무리 바빠도 내 전화는 받아줘야 내가 안달이 안 나지. 김 전무를 만난 지 일주일밖에 안 됐는데 한 달이 지난 것 같아."

한빈에 대한 질투심으로 가득한 한주의 속마음을 읽은 김 전무는 빙긋 웃음을 지었다. 그는 한주가 만든 덫에 걸리면 쉽게 빠져나올 수 있는 전략을 구사하곤 했다. 그것은 그녀의 질투의 대상인 한빈에게 책임을 전가하는 것이다.

"회장님께서 저를 전무로 승진을 시키시더니 이런 저런 일을 자꾸 시키시네요. 전무 일에다가 회장의 사랑 치료사까지 하라고 하시니 그 앞에서 전화를 받을 수 있어야죠. 몸은 하나인데 회장님과 부회장님이 동시에 사랑을 요구하는 바람에 몸을 두 개 쪼갤 수도 없고 방법이 없군요."

김 전무의 작전은 금방 효과를 발휘했다. 김 전무의 책임을 신속하게 면제해 줄 뿐 아니라 한빈에 대한 한주의 증오를 키워 한빈의 성노예로부터 벗어날 수 있는 전망을 밝게 해주고, 한주의 질투심을 발동시켜 그녀가 던져줄 먹이를 배가해주었다. 또한 회장 한빈을 향한 그녀의 증오는 김 전무를 향한 애증의 갈증으로 발전했다.

"그까짓 언니의 사랑투정을 언제까지 받아줄 거야? 전번에도 언니의 힘을 이용해서 출세한 후 매력적인 나만 사랑하겠다고 약속했잖아. 언니의 용도는 전무까지만 유효하다고. 곧 내가 회장이 될 테니까 말이야. 김 전무를 나 혼자 차지하기 위해서라면 어떤 일도 불사할 거란 걸 잊어서는 안 돼."

김 전무는 노리던 효과가 생각보다 빨리 나타나자 그의 실리를 높이려는 수작에 돌입했다. 사랑도 물건에 불과하며 적절한 가격이 형성되어 팔리는 것이라고 그는 생각했다. 시장에서 퇴출되는 사랑은 힘을 잃고 버림을 받는 것이 자본주의 원리가 아니겠는가. 욕망에 바탕을 둔 사랑을 잘 아는 김 전무는 그의 주가를 최고로 올리려고 발버둥을 쳐왔다. 사랑의 시장에서 승자가 되기도 하고 패자로 전락하기도 했다. 패자가 되면 실패의 원인을 면밀히 분석하여 여인들의 욕망을 조작하는 방법을 끊임없이 훈련해야 했다. 김 전무는 한주의 질투심이 그의 전략에 있어서 중요한 요충지라는 것을 잘 파악하고 있었다.

"물건도 여러 곳에서 요구하면 그 값이 천정부지로 올라가는 겁니다. 마찬가지로 두 분이 동시에 저의 몸을 요구하시니 저의 몸값이 솟아오르는 느낌이 드네요. 하지만 저는 언제나 지금 여기에 있는 매력적인 여인 당신이 좋습니다. 부회장님 지금은 당신만을 사랑한다고 말할 수 있어요. 진정으로 사랑합니다."

김 전무는 연인을 너무 실무적으로 대하면 그의 속마음을 간파당한다는 것도 잘 알고 있었다. 그래서 그는 실리적 관점을 감추기 위해 동시에 육탄공격을 병용했다. 그는 한주를 힘껏 포용하고 한주의 미진한 부위를 공략했다. 드디어 한주는 그의 사랑 공격에 무릎을 꿇고 포로가 되어왔다.

"김 전무, 내가 당신을 진정으로 사랑하는 거 알지. 언니는 당신을 그저 성노리개감으로 아는 거야. 언니는 적어도 당신 때문에 남편을 버릴 수는 없어. 매우 보수적이거든. 난 달라. 당신이라면 남편을 버리고 재혼할 거야."

이것은 한주가 줄 수 있는 미래에 대한 최고의 보장이 아닐 수 없었다. 김 전무는 한주에게 사랑의 보상을 확실히 주고받는 단계

로 올라가자고 이끌었다. 그녀도 더 이상 거부할 수 없으리라. 부
회장님, 제 말이 이기적으로 들릴지도 모르겠지만 부회장님을 사
랑하는 만큼 저의 앞날을 확실하게 보장해주세요. 부회장님이 회
장이 되시면 저도 이혼하고 회장님과 결혼을 하겠습니다. 두 연인
은 권력과 애욕으로 서로 엉켜 포옹을 한 채 떨어질 줄 몰랐다. 그
들은 세상이 두 조각이 나더라도 겁이 나지 않으리라고 되뇌이고
있었다.

　　파고다 공원에는 노인들이 서너 명씩 그룹을 지어 모여 있었
다. 그때 공원 한가운데로 초췌한 꼴의 조한필이 친구와 함께 들
어왔다. 한빈과 한주, 두 딸로부터 받은 충격에서 벗어나지 못한
한필이 분열중 중세를 보이는 있어 친구 최씨가 보살피고 있었다.
갑자기 한필이 노인 그룹에 끼어들어 무슨 말을 하려고 다가섰다.
분열중이 심해지면서 말을 알아들을 수 없자 노인들은 그를 정신
이상자로 보고 밀어냈다. 서로 밀고 당기다가 포기한 한필은 다른
노인 그룹으로 방향을 돌려 걸어갔다.
　　최씨의 만류에도 불구하고 한필은 자꾸만 노인들 앞으로 나아
가 답답한 마음을 호소하려고 시도했다. 몸이 휘청거리고 있고 말
도 더듬었다. 저기 여러분들 저는 그림자 조한필입니다. 이제 사
람이 아니죠. 딸년들에게 쫓겨났으니 거지나 다름없군요. 기가 막

혀서 여러분들에게 호소하려고 여기 왔어요. 최씨는 안쓰러운 눈
길로 한필을 바라보며 설득했다. 한필이, 힘없는 노인들에게 말해
야 무슨 소용이 있다고 그러나. 다 잊어버리고 술이나 한잔 마시
자니까. 자네가 내기에서 졌으니까 멋진 곳에서 술을 사야 할 거
아닌가. 한필은 최씨를 뿌리치고 또 다른 그룹의 노인들에게 접근
해서 더 크게 연설투의 하소연을 시작했다. 그의 뇌리에는 지난날
에 대한 회오가 파노라마처럼 스치고 지나갔다. 어쩌면 평생 갑질
을 하며 살아온 벌이 지금 그에게 떨어지고 있다는 자각이 온 것
이리라.

"파고다 공원에 계시는 노인 여러분들, 제 말을 좀 들어보시라
니까요. 저는 얼마 전까지 한신그룹의 회장으로 떵떵거렸던 조한
필이라고 합니다. 온 세상을 안방처럼 주무르고 살았으니 어렵게
하루하루 살아가는 여러분들에게 참 죄를 지었네요. 한 번도 여러
분들에게 눈을 돌리지 못했으니 인생을 잘못 살았고요. 그저 돈을
물 쓰듯이 쓰고 가족들과 부하들에게 갑질을 하며 살아왔던 죄인
입니다."

한필의 증상이 악화하는 것을 목격한 최씨는 한필에게서 떨어
져 나와 한솔과 비서실장에게 핸드폰으로 전화를 했다. 더 이상
방치했다가는 어떤 상황이 올지 모른다는 불안감이 엄습해왔다.
직언했다가 해직당한 비서실장이지만 아직도 한신에 대한 충성심
은 여전했다. 특히 한필에 대한 각별한 애정을 품고 있었다. 그는

최씨의 연락을 받고 깜짝 놀라 바로 달려오겠다고 약속했다.

최씨는 비서실장과의 통화가 끝나자 한솔에게 서둘러 전화했다. 그녀는 한필과 결별한 후 집을 떠나 오피스텔을 빌려 독립을 했다. 부친으로부터 물려받은 천부적인 사업수완은 그녀의 벤처 사업에서 뚜렷하게 각인되었다. 인터넷을 이용한 지식정보사업은 소수의 뛰어난 인재를 영입해서 탁월한 프로그램을 개발하는 데 성공했다. 그녀의 사업은 초반부터 업계에서 큰 주목을 받았으며 짧은 기간에 엄청난 실적을 올렸다. 하지만 그녀의 마음 언저리에는 교활한 언니들에게 고통을 당할 부친이 항상 마음에 걸렸다. 들리는 소문에 부친이 딸들에게 왕따를 당하고 내쫓겼다는 이야기를 듣고 걱정이 태산 같았다.

마침 최씨에게 전화를 받은 한솔은 올 것이 오고 말았다는 생각이 들었다. 어릴 때부터 이기적인 욕망으로 가득한 언니들의 모습을 수없이 보고 자라왔다. 부친이 선물을 주면 자기 것보다 다른 자매 것에 더 호기심을 가지고 욕심을 내던 언니들이 아니던가. 조금만 좋아 보이면 기어코 자기 것으로 만들어야 성이 풀리던 언니들이었다. 자신의 자산을 모두 내어준 아비를 정성으로 모시기는커녕 귀찮은 존재로 내쫓았다니 도저히 참을 수가 없었다. 최씨는 다급하게 상황을 설명했다.

"한솔인가? 지금 자네 아버님이 파고다 공원에서 분열증을 일으켜 야단났어. 빨리 좀 와주어야겠어. 비서실장에게도 빨리 와달라고 전화를 했어. 아마도 분열증이 더 악화하면 가까운 병원 응급실로 갈 수도 있을 거야."

통화를 마친 최씨가 한필이 쪽을 바라보니 노인들에게 아직도 무언가 떠들어대고 있었다. 몸의 움직임이 계속 균형을 잃고 있었고 간혹 들리는 그의 언어는 볼륨이나 소리의 고저가 불규칙하게 흔들리고 있었다. 혼자의 힘으로는 덩치가 큰 한필을 삼낭할 수 없어 비서실장과 한솔이가 오기만 기다려야 하는 형편이었다. 귀를 기울이니 한필의 하소연이 언뜻 들려왔다.

"사업을 잘 하다가 이상한 변덕의 바람이 불어왔죠. 권태로 사업도 더 이상 싫었어요. 평생 기업을 살리는 일도 갑자기 시시해지더라고요. 모든 재산과 권력을 딸들에게 다 던져주었죠. 그냥 술이나 마시고 놀면서 살고 싶었어요."

한필의 하소연은 점점 격해지고 있었다. 두 딸에 대한 분노와 저주가 폭포처럼 쏟아지고 있었다.

"그런데 그게 아니더라고요. 말만 번지르르하게 사랑을 맹세했던 딸년들이 나를 배신했어요. 빌어먹을 년들이죠. 인간이 아니에요. 친구들과 즐길 파티 좀 하겠다고 했더니 애비를 집 밖으로 내몰았어요. 짐승보다 못한 악마들이죠. 자식이 부모를 집에서 내쫓다니 어찌 이게 사람이 사는 세상입니까? 그것들이 짐승이 아니라면 유산을 받아 챙긴 후에 안면을 바꾸고 애비를 개돼지 취급을 할 수 있습니까."

최씨는 한신의 민낯을 까발리는 한필의 폭로에 깜짝 놀라 그의 말을 가로막았다. 그가 회장으로 재기하거나 한솔이를 옹립한다고 하더라도 그 피해가 막심하기 때문이었다. 한필이 자네 이게 무슨 망신인가? 이 정도로 하고 그만 두게나. 자네 가문뿐만 아니라 한신의 이미지가 땅에 떨어진단 말일세. 한필은 반발하듯 최씨의 만류를 강하게 뿌리쳤다. 이미 파괴된 한신 공동체를 유지하면 무슨 소용이 있느냐고 그의 눈빛은 말하고 있었다. 삶에 대한 아무런 미련이 없는 허허로운 눈빛이었다. 이전에는 그의 눈은 항상 총기가 흐르는 발광체와 같았다. 하지만 지금 그의 눈빛은 거의 거무죽죽하게 탈색이 된 듯했다. 한필은 최씨의 설득을 귀담아듣지 않고 공원 빈터로 나가서 소리쳤다.

"아니, 지금 내가 가문이든 한신이든 이미지를 생각할 때인가. 조한필이는 불효막심한 딸년들의 배신의 화살에 맞아 이미 죽고 없어. 지금 여기 있는 나는 조한필이 아니고 나의 유령인 게야. 내가 조한필이라면 배신한 두 딸년들을 사랑을 거짓 고백한 죄로 입을 찢어버렸을 거야. 정신이 나간 늙은이지! 그따위 거짓말에 속아서 뱀의 혀를 가진 두 딸년에게 재산과 권력을 모두 주어버리다니. 그러고도 딸들에게 이런 대접을 받다니 그게 말이 되나. 이러고도 어찌 미치지 않고 살 수 있겠나. 아아, 세상이 팽이처럼 빙빙 도는구나. 빙빙빙 돈단 말이야!"

소리를 지르느라 기운을 소진한 한필은 이내 쓰러지고 말았다.

최씨는 딸들에게 너무 급작스럽게 물려주고 야인으로 돌아가겠다는 생각을 돌이키려 했지만 그냥 밀고 나갔던 한필이 너무 야속했었다. 결국 귀를 닫아버린 덕택에 이런 참담한 꼴을 당하고 있지 않는가 생각하니 한필이 너무 불쌍했다. 그때 내가 뭐라고 하던가. 자식들에게 한번 흘러들어간 돈은 다시 돌아오지 않는다고 말하지 않았나. 이제 잊어버리게. 곧 자네의 충직한 비서실장과 셋째 딸 한솔이가 올 걸세. 정신을 차리라고. 친구의 다독임에 감동한 한필은 자신의 오류를 인정하고 후회하기 시작했다. 하지만 이젠 너무 늦어버렸다는 회한이 밀려왔다. 그는 자기연민에 빠져 울먹였다

"내가 진정한 친구인 자네의 충고를 들었어야 했어. 이제 돌이켜보니 내가 스스로 무덤을 판 것이지. 그러니 난 고통을 받아도 싸네. 좋은 약은 입에 쓰듯이 날 위해 해준 충언을 거들떠보지도 않고 무시했으니 말이야. 충성했던 비서실장을 해고한 것도 용서받지 못할 실수였던 거야. 한솔이가 은퇴를 말렸건만 거짓 사랑 맹세를 안 한다고 유산 한 푼 없이 내쫓았지. 빌어먹을, 한심한 늙은이 같으니라구. 내가 무슨 염치로 막내딸 한솔이의 얼굴을 볼 수 있단 말인가. 지금 나는 땅속으로 꺼지고 싶네그려."

공원으로 들어와 쓰러져 울고 있는 한필을 발견한 비서실장이 달려왔다. 그는 반쯤 광증으로 빠져들어 가고 있는 조 회장을 가슴에 안았다. 카리스마가 넘치던 조 회장이 어쩌다가 이런 몰골로

전락했는가 생각하니 인생이 너무 덧없다고 생각했다. 그는 정신이 혼미해져 가는 한필의 몸을 흔들며 울먹였다.

"회장님, 이게 무슨 일입니까. 일이 이렇게 될 줄 알았더라면 제가 더 참고 회장님을 보살펴드려야 했었군요. 성질대로 바른말만 한답시고 회장님을 떠난 것이 불행의 씨앗이 되다니 후회막급입니다. 제가 잘못했으니 제발 마음을 강하게 가지십시오. 한신의 미래를 생각해서라도 정신 줄을 놓아서는 안 됩니다, 회장님!"

가까스로 정신이 돌아온 한필은 그를 안고 있는 비서실장을 알아봤다. 그에게 충성을 다했던 비서실장이 돌아왔다니 반갑기도 했지만 부끄러웠다. 자네가 여기에 웬일인가. 그렇게 오랫동안 나에게 충성했지만 내 명령을 안 따랐다고 해고한 몹쓸 인간을 왜 찾아왔나. 미쳐가는 나를 그냥 내버려 두게. 나는 자네의 도움을 받을만한 가치가 없는 작자일세. 한필은 비서실장의 얼굴을 정면으로 바라볼 면목이 없었다.

비서실장은 삶의 의욕을 상실한 한필이 재기할 수 있는 말을 던져주고 싶었다. 그에게 남아있는 유일한 희망은 단연코 한솔이었다. 한솔과의 결별은 그의 다혈질이 만든 비극적 결함일 뿐이었다. 한필은 그의 아내가 세상을 떠난 후 한솔에게서 위로를 받곤 했었다. 한빈과 한주와는 달리 한솔은 차분하게 빛나는 샛별 같은 존재였다. 유난히 사별한 아내를 닮은 한솔을 보면 아내가 다시 살아온 듯한 느낌을 받았다. 비서실장은 한필로부터 한솔에 대한 자랑을 무수히 들었던 것이다. 그렇다, 한솔이 다가오고 있다고 한필에게 들려주자! 조 회장은 죽음의 길목에 갔다가도 돌아오고 싶으리라.

"회장님, 지금 너무 절망하지 마십시오. 회장님에게는 막내딸 한솔 아가씨가 있지 않습니까. 따님은 지금 규모는 작지만 벤처사업으로 대단한 성공을 거두고 있습니다. 회장님의 도움 없이 스스로 힘으로 사업을 일구겠다는 공언을 착실하게 실현하고 있다니까요. 친구분께서 연락하셔서 곧 이리로 오실 겁니다. 그러니 조금만 더 정신을 차리세요."

친구 최씨도 비서실장의 말을 거들고 나왔다. 한필이, 비서실장의 말이 맞네. 한솔이가 곧 이리로 오기로 했다니까. 최씨와 비서실장은 꺼져가는 조 회장의 맥을 붙들고 늘어졌다. 순간 한필은 가까스로 정신을 차리더니 심각한 대인기피증의 증세를 보였다. 마치 자신의 수치를 감추려는 자처럼 당면해야 될 현실로부터 도피하려고 발버둥을 쳤다. 그는 두 손을 내저으며 어딘가로 숨으려고 애쓰고 있었다.

"아, 그 애가 온다면 난 쥐구멍이라도 찾아서 숨어야 할 걸세. 무슨 염치로 그 앨 만난단 말인가. 난 비서실장이나 한솔이를 만나서는 안 돼. 오갈 데 없는 이 노인들처럼 버려진 존재일 뿐이야. 지금까지 내가 두 사람에게 준 상처만큼 아니 몇 배로 고통을 받아야 된단 말이네."

절규하듯 참회의 말들을 쏟아놓은 한필은 주위를 돌아보며 무언가를 찾는 제스처를 했다. 그리고 자신을 내리치는 동작을 몇차례 반복했다. 회초리라도 있으면 주게. 난 죽어도 싸다구. 제발 날 내버려 두란 말이야! 한필은 순간 광적인 정신분열을 일으키며 쓰러지고 말았다.

조 회장의 상태가 급박하게 악화되자 한솔이 도착할 때까지 기다릴 수 없다고 비서실장은 판단했다. 우선 한필의 정신이 완전히 꺼져버리지 않도록 응급조치를 했다. 회장님. 정신 차리세요! 그는 코와 가슴에 번갈아 귀를 대어보고 심폐호흡을 시도했다. 심장마비로 심장이 멈추지 않도록 재차 가슴을 압박해서 충격을 가해보았다.

한필의 위험한 상황에 놀란 최씨가 그의 귀에 대고 소리를 질렀다. 한필이! 조금만 기다려, 한솔이가 오고 있다고! 그는 비서실장을 향하여 채근했다. 비서실장, 이거 이대로는 안 되겠구먼. 빨리 구급차를 불러 병원으로 가야겠어. 공원 입구에 긴급 출동한 엠블란스 소리가 들려왔다. 두 사람은 축 늘어진 한필을 등에 업고 서둘러 걸어 나갔다. 공원의 노인들 시선이 일제히 그들을 향하고 있었다.

열흘 후 한주는 거실에서 얼굴에 능글능글한 미소를 지으며 생각에 잠겨 있었다. 그녀는 중대한 결심을 한 듯 한빈에게 전화하기로 마음을 먹었다. 한빈 회장이 보이지 않아 의식적으로 자못 권위적인 표정을 지었다. 한주는 한빈과 함께 보여주던 이전의 협조적인 연대의식은 내버린 지 오래되었다. 그녀는 마치 눈앞에 한빈을 바라보는 듯 다소 도전적인 자세를 취했다. 오늘은 기어코 결말을 내야 된다고 생각했다.

그녀는 매주 토요일 늦은 오후 아무도 없는 틈을 타 밀실에서 김 전무와 밀회를 즐겨왔다. 하지만 부회장인 마당에 좀 구차한 생각이 들었다. 연인으로서 자유롭게 사랑을 나누지 못하고 남의 눈치를 보다니 한심했다. 이런 행태가 보이지 않는 구속으로 느껴져 부아가 치밀었다. 이런 자기 검열이 누구 때문인가. 모두 회장인 한빈의 보이지 않는 눈 때문이었다. 한빈은 회장이랍시고 김 전무와의 밀회에 아무런 제약을 느낄 필요가 없었다. 불공평하기 짝이 없었다. 하지만 정공법으로 그녀를 무너뜨릴 때까지는 참아야 했다. 전화번호를 모두 누르고 나서 한빈이 받기만 기다렸다. 번호 하나하나마다 그녀의 증오를 담아 보낸다고 상상했다. 드디어 한빈이 전화를 받았다. 그녀의 심중을 떠보기 위해 한솔의 유산에 대한 법적 문제를 넌지시 물어 보리라.

"언니, 어떻게 지내우? 아버지 회장 시절의 비서실장에게서 연락을 받았수? 조만간 한신그룹의 총회가 열린다고 하더라고. 아버지가 한솔이를 제외하고 유산을 물려준 것이 법적으로 하자가 있다고 하는구려. 상속법은 세 딸이 동등하게 분배해야 된다고 되어있다는 거야. 게다가 우리들의 불효에 화가 난 아버지가 잘못된 재산분할을 바로잡는 데 동의했다고 하네. 아버지와 분란을 일으켜 먼저 화나게 한 건 언니니까 이번 사태에 대해 단단히 책임을 져야 할 거야."

한빈은 이 전화가 그녀의 속을 살짝 긁으려는 한주의 전략이라는 것을 직관적으로 느꼈다. 교활한 년이라고 속으로 욕하면서도 한빈은 더욱 능청을 떨어야겠다고 머리를 굴렸다. 아마도 부친과의 싸움으로 일어난 문제를 그녀에게 모두 전가할 속셈이지만 한주를 공동책임으로 묶어놓아야 전력의 손실을 막을 수 있다는 결론에 다다랐다. 멍청한 년이 영리한 척한다고 마음속으로 이죽거렸다.

"아버지를 화나게 한 것은 너나 나나 피장파장이 아니겠니. 아버지 때문에 귀찮게 될까봐 그 양반의 가슴을 더 깊게 긁어놓은 건 바로 너야. 이제 일이 복잡하게 되니까 슬쩍 빠져나가려고 하는구나. 하지만 그건 좀 비겁하지 않니."

한주에게 불리할 때 한빈이 자주 이용하는 전략은 회사의 위계질서를 강조하며 권위를 내세우는 방식이었다. 지금이 바로 그걸 써먹을 최적의 타이밍이라고 판단했다. 아무리 네가 뭐라 해도 한신 그룹의 회장은 장녀인 나란 말이야. 아무리 네가 부회장이라고 하더라도 최종결정은 바로 내가 한다는 것을 잊어서는 안 돼. 아예 쐐기를 박는 것이 좋으리라. 한빈은 성공적으로 방어했다고 생각했는지 느긋하게 반응을 기다렸다.

한빈이 회장을 평생 해먹으려는 수작이라고 한주는 속으로 비웃었다. 회장이랍시고 혼자 잘난 체하더니 기껏 회장 자리에 연연하는 속물에 불과했던 것이다. 그냥 가만히 놔두어서는 그녀를 병신 취급하리라는 확신이 섰다. 언니가 제대로 본색을 드러내는구려. 한신의 회장도 임기가 있다는 것을 잊지 말라고. 다음 회장은 당연히 내 차례가 되어야 하지. 어떻게 하든지 내 지분을 늘려서 회장을 차지할 테니 다른 생각을 말라고. 전화로 통화하지만 목전에 있는 양 눈썹을 치켜뜨고 목청을 돋우었다. 순간 한빈의 평상심이 깨지면서 폭발음 같은 목소리가 터져 울렸다.

"언니를 무시하고 회장 자리를 넘나보는 네년을 내가 그만둘 것 같으냐? 건방이 하늘을 찌르는구나. 네년의 속마음을 내가 모르리라고 생각했다면 우둔하기가 곰 수준인 게지. 듣자하니 네년이 한신의 유능한 꽃미남 김 전무에게 꼬리를 친다는 소문이 파다하게 났더구나. 김 전무는 내 사람이야. 나를 잘 따르는 애인으로 일찍이 점을 찍어놓았는데 건방지게 네년이 끼어들면 뼈도 못 추릴 줄 알아라."

어차피 깨진 항아리나 다름없었다. 그 안에 담겨 있던 내용물은 조금도 남지 않고 빠져나가 버렸다. 가족이라는 혈연, 자매로서의 우애, 회사의 위계질서 등 어느 것도 온전하게 남아있는 것이 없었다. 이제 별수 없이 피터지게 싸우는 수밖에 없었다. 둘 중의 하나이든, 둘 모두이든 죽어야 해결될 수 있을 것이다. 한주도 이제 막말의 보따리를 풀어놓아야 했다.

"참, 어처구니가 없네. 아무리 언니라도 참는 데는 한도가 있는 법이야. 이쯤 되면 나와 전면전을 하자는 것인데 어떻게든지 내 앞에 무릎을 꿇고 말 테야. 누구를 사랑하고 말고는 김 전무의 선택이야. 나한테 이미 사랑을 고백했다는 사실을 잊지 말라고. 이쯤에서 자매 인연은 마무리하는 게 좋겠군."

한주가 일으킨 반란의 핵심은 김 전무를 독차지해야겠다는 욕망의 표출이었다. 권력의 정점에 서있는 두 자매가 혈투를 벌이는 원인이 한 사내를 소유하려는 욕망의 발로라는 것을 보면 맹수의 경우와 별반 다를 게 없었다. 한빈은 더 이상 전화를 붙들고 있을 필요가 없었다. 이제 두 여인은 자매는커녕 싸워서 쓰러뜨려야 할 적에 불과했다. 한빈은 단호하고 권위적으로 자매 관계의 절연을 선언하고 나섰다.

"좋아, 지금부터 너와의 인연을 완전히 끊겠다. 그야말로 한신이 콩가루 집안이 되었구나. 다시 얼굴을 보는 일이 없을 거야. 다시 볼 때는 네년을 그냥 두지는 않겠어. 행운을 빈다, 건방진 년!"

한주와 김 전무가 어두침침한 조명 아래에서 애무에 열중하고 있다. 그들이 주체할 수 없는 욕망이 화려한 꽃으로 피거나 마른 낙엽처럼 추락하는 밀실이었다. 한주는 가슴에 뜨거운 불을 품고 김 전무를 공략하지만 그는 차갑고 매끈한 피부로 식혀버렸다. 두 연인이 벌이는 쫓고 쫓기는 성애의 게임이 끝이 날 줄 몰랐다. 이 게임에서 김 전무가 주도하는 비결은 좀처럼 절정으로 치닫지 않는 놀라운 자제력이었다. 끓어올라 비등점으로 가기 직전에 김 전무는 한주의 불길을 문득 식히고 평행선을 달리는 것이다. 한주는 절정에 이르지 못한 것이 안타까워 다시 불을 달구어 올라가기 시작했다. 김 전무는 한주의 늪에서 느긋하게 유영하는 한 마리 뱀으로 욕정의 원주를 한없이 돌고 돌았다. 갈수록 한주의 갈증이 깊어만 갔다. 하지만 이것은 쾌락의 여정으로 짜릿하기만 했다. 한주는 김 전무의 매끈한 허리를 긴 팔로 농염하게 휘감으며 호소하듯 입을 맞추고는 탈진하여 늘어지고 말았다. 게임의 패자인 한주는 김 전무의 몸 위로 올라가 사랑에 목말라 했다.

"김 전무, 이제 당신 없이는 못 살 것 같아. 지금이야 내가 부회장이지만 조만간 한신의 주식을 몽땅 사들여 지분이 확보되는 대로 회장 자리에 도전할 거야. 김 전무가 누구보다 회사 사정을 잘 아니까 언니와 자리를 겨뤄야 할 때 내 편에 서주어야 해."

사랑 게임의 조율사인 김 전무는 한주의 전진 공격을 페인트로 넘기며 피해버렸다. 해답을 빨리 주는 사랑 게임은 재미가 없었다. 그는 속임수를 쓰는 마술사처럼 소매 속에 감추었던 속임용

패를 꺼내 게임판에 슬쩍 올려놓았다. 황홀경의 무릉도원에서 잊고 있었던 침입자를 연상하게 한 후 슬쩍 다른 마스크를 쓰고 숨어버렸다. 그리고 그는 사랑게임을 다시 시작하는 대가를 어김없이 요구했다.

"부회장님, 제가 무슨 힘이 있다고 그러십니까. 게다가 저에 대한 조한빈 회장님의 감시가 여간 심한 게 아닙니다. 저를 특별히 사랑한다며 부회장님과의 관계를 청산하면 사장으로 승진시켜주시겠다고 약속하셨거든요. 저의 입장이 매우 곤란합니다. 부회장님 편에 서게 하려면 확실하게 저에게 무언가를 보장해줘야죠."

두 연인이 사랑게임에 몰두하는 사이에 한빈이 문을 살짝 열고 아무도 모르게 들어왔다. 그녀는 밀실 커튼의 어둠 속에서 그들의 수작을 듣고 있었다. 한주와 김 전무는 그들의 애욕의 숲속으로 질투의 여신이 침투하여 주시하고 있다는 것을 알아차리지 못했다. 한주는 언제든 덮쳐올지 모르는 질투의 여신 메가이라의 존재를 망각하고 그녀에 대해 감히 평가절하를 시도했다. 그리고 게임만 즐기면서 치고 빠지는 김 전무를 영원히 낚아챌 몸값을 제시했다.

"김 전무, 언니는 나보다 나이도 많고 못생겼는데 꽃미남 김 전무가 설마 잘 빠진 나를 버리지는 않겠지. 언니가 제안한 그까짓 사장 자리에 연연할 거야? 난 김 전무와 관계를 가진 후부터 남편에게서 마음이 완전히 떠났어. 김 전무가 나를 진정으로 사랑해준다면 남편과 이혼할 거야. 그렇게만 되면 그까짓 사장 자리가 무슨 의미가 있겠어. 내가 회장이 되면 김 전무와 결혼해서 함께 회사를 좌지우지하면 한신은 김 전무 것이나 다름없지 않겠어. 그까짓 언니 잊어버리고 나만 사랑해줘!"

한주가 김 전무의 품에 푹 안겨오자 그녀의 가슴을 쓰다듬으며 그의 몸값을 확인했다. 그는 자신의 멋진 몸과 정력이야말로 무에서 유를 창조하는 황금열쇠라고 자신했다. 그래서 그것을 이용하는 모든 고객은 충분한 값을 치러야 한다는 것이 그의 불문율이었다. 그는 대가를 확인하자 상품의 효과를 느낄 수 있게 해주는 것이 그의 임무라고 선언했다.

"지금 약속하신 거 정말입니까. 저의 사랑이야 돈과 권력을 따라가니까요. 걱정하지 마십시오. 그럼 미래를 단단히 약속하셨으니 저의 사랑을 받아보실래요. 꽃미남 김 전무가 드리는 솜사탕 같은 사랑을 말입니다. 흐흐."

한빈은 두 연인이 벌이는 사랑게임을 눈꼴이 시어 두고만 볼 수가 없었다. 게임의 주체가 되어있어야 할 그녀가 관객으로 밀려나 있다니 자신의 존재를 반신반의하고 있었다. 한빈은 항상 게임의 중심이 되어 명령하고만 살아왔지 않은가. 보고만 있어도 달아오른 몸을 주체할 수가 없는 지경이었다. 저 환상적인 성애 게임에 뛰어들어 그녀의 욕정을 불사르고 싶었다. 그녀의 자리를 꿰차고 주도하고 있는 한주의 몸을 발기발기 찢어버리고 싶은 가학중 중세가 엄습해왔다. 더 이상 참았다가는 가슴이 터질 것 같은 질투심이 치솟아 오르자 그녀는 밀실의 중앙등을 켜버렸다. 갑자기 사무실에 조명이 환하게 들어오고 한빈은 잔뜩 화가 난 모습으로 두 사람을 노려봤다. 김 전무는 깜짝 놀라 옷을 주섬주섬 입고 뒤로 물러섰다. 한빈은 마치 불륜현장을 덮친 형사처럼 한주에게 증오심에 가득 차서 소리쳤다.

"이럴 줄 알고 네년 회사에 정보원을 심어두었지. 한주 네년이 마음도 없는 김 전무에게 꼬리를 치고 있다고 보고가 들어왔거든. 네가 감히 내 애인을 꼬시는 것도 모자라 이혼하고 남편으로 만들겠다고? 이러고도 네년이 사람이라고 할 수 있니? 아이들과 남편을 버리고 김 전무를 새 남편으로 삼겠다고 꼬리를 쳐댈 수 있는 거야! 네년은 한신의 명예를 더럽힌 화냥년으로 징계위원회에 회부하고 목을 잘라버리겠어."

한빈은 잔인하게 한주를 공략한 후 당황한 김 전무에게 다가갔다. 놀랍게도 그녀의 목소리는 쇳소리에서 달콤한 콧소리로 코드를 바꾸고 있었다. 마치 어미 호랑이가 새끼를 입으로 물어서 간질이는 듯했다. 그런데 김 전무, 내 앞에서는 나만을 사랑하겠다고 약속하더니 어떻게 된 거야? 저년이 애정을 강요한 거겠지. 그렇지? 그녀는 한빈은 자신을 게임의 장에서 제외시킨 행위가 한주의 책임으로 전가하고 싶었다. 김 전무는 그녀에게 살아가는 활기의 원천으로 조금도 상처를 주고 싶지 않았다. 김 전무는 상황을 빨리 간파하고 견디기 어려운 딜레마에서 빨리 벗어나고 싶었다. 성애 게임에서는 누구도 뒤쫓아 올 수 없는 최상의 스프린터이지만 도덕적 논란에서는 무력하기 짝이 없었다. 그가 체감하고 있는 바람의 방향은 한빈이가 주도하고 있다고 판단했다. 재빨리 애정의 방향을 바꾸는 것이 현명하다는 잔머리의 신호가 들어오고 있었다. 그는 한빈에게 농염한 시선과 말의 미끼를 던져 그녀의 부드러운 비난을 누그러뜨릴 준비를 했다.

"저야 힘센 부회장님이 사랑해달라니까 부하직원으로 따를 수밖에 없었죠. 사랑에 무슨 정조라는 게 있습니까. 사방에서 불어오고 팔방으로 흩어지는 바람처럼 그때그때 변하는 것이 사랑이죠. 저는 회장님이 부르시면 또 사랑의 정이 샘물처럼 솟아나니까요. 회장님에 대한 저의 사랑은 걱정하지 마십시오. 흐흐흐…"

애매한 이 상황이 게임의 분위기에 어울리지 않는다고 김 전무는 계산했다. 로마에서는 로마의 법을 따라야 한다고 하지 않는가. 회사의 권력자들이 경쟁하는 적자생존의 분위기는 만인의 연인에게 어울리지 않았다. 질투의 화신들이 벌일 전투에서 잠시 물러나는 것이 좋으리라. 어느새 옷을 차려입은 김 전무는 넥타이를 모양 있게 조이며 두 여인들에게 재빨리 작별인사를 고했다. 저의 사랑의 방향은 두 분께서 잘 합의하셔서 정해주십시오. 일단 저는 입장이 곤란하니 이 자리를 떠나겠습니다. 그럼 또 뵙겠습니다. 김 전무는 등 뒤에 박히는 두 연인들의 시선을 느끼며 휘파람을 불면서 밖으로 나갔다.

때아닌 침입자의 만행으로 자신의 성애 게임이 망가진 한주는 화가 머리끝까지 치솟았다. 게다가 자신의 프라이버시가 짓밟혀 만신창이 되었다는 자각에 이르자 한빈에 대한 증오심이 날카로워져 바위를 부수고도 남았다. 아무리 회장이라고 해도 그녀의 일거수일투족을 감시하고 있다니 분명한 인권침해가 아닐 수 없었다. 죽는 한이 있더라도 피가 터지게 싸우지 않으면 손상된 자존심이 회복될 수 없었다. 그녀는 히스테리를 부리며 한빈에게 선전 포고를 시작했다.

"언니는 무슨 권한으로 남의 사무실에 들어와 김 전무와 나누는 내 사랑을 방해하는 거야? 경찰에 주거침입죄로 고발해야 정신을 차릴 거야? 감히 내 회사 안에 나를 감시하려고 정보원을 심어 두었다고 씨부렁대는 거야! 이게 무슨 개수작이야, 쌍년 같으니라고!"

한주의 반격이 거세게 나오자 한빈은 움찔하지 않을 수 없었다. 아무리 회장이라고 해도 남의 사무실을 함부로 침입하는 것은 불법이지 않은가. 이렇게 궁지에 몰릴 때 써먹는 한빈만의 트레이드마크가 있었다. 그것은 회장의 권위이며 부하에게 내지를 수 있는 갑질의 비법이었다. 그녀는 회사의 기강을 잡아야 하고 질서를 유지할 책임이 있는 회장이었다. 우선 회장이며 언니에게 욕질을 하며 덤비는 부도덕하고 무질서한 언행을 그냥 넘어가서는 안 되었다. 회사의 기강을 무너뜨려 경영의 위계질서를 파괴할 것이다. 뿐만 아니라 회사 내의 밀실에서 불륜 행위를 하는 것은 분명 징계감이라고 확신하고 일단 한주를 제압할 필요가 있었다.

"넌 위아래도 모르는 년이야. 회장한테 반말이나 지껄이다니 한신에는 엄격한 질서가 있었어. 네년이 먼저 회장의 권위를 무시했으니 징계위원회에 김 전무에게 강제로 사랑을 강요한 짓으로 성추행 죄와 상관에게 함부로 덤빈 짓으로 상관모욕죄로 한신에서 잘라낼 거야."

권력과 쾌락을 손아귀에 집어넣으려는 두 여인들의 싸움은 점입가경으로 치달았다. 누구도 양보할 수 없는 죽고 죽이는 절박한 상황이었다. 한주는 여기서 밀리면 한신에서 그녀가 설 곳이 없다는 위기의식에 휩싸였다. 어차피 칼을 뽑았으니 내리쳐야 결판이 날 것이다. 그 칼에 자신의 목이 베일 위험이 다분했다. 그렇다고 여기서 머리를 숙인다고 용서할 한빈이 아니라는 것을 한주는 너무나 잘 알고 있었다.

"웃기네. 언니랍시고 함부로 혀를 놀리면 안 되지. 언니라고 제멋대로 동생을 무시하면 큰코 다치거든. 말로 안 되면 힘으로라도 내 사무실에서 쫓아내야겠어."

죽을 것을 각오한 한주는 한빈에게 덤벼들어 머리채를 잡고 뒤흔들었다. 한빈이도 전투에는 빠지지 않는 여전사였다. 싸가지가 없는 한주의 뺨을 거세게 갈겼다. 이것이 이전투구가 아니고 무엇이겠는가. 두 여인은 싸우다 바닥에 볼썽사납게 쓰러지고 말았다.

　S대 병실에서 아직 정신을 못 차리고 있는 조 회장이 누워있었다. 침대 앞에서 침울하게 서있던 한솔은 무력하게 누워있는 조회장을 껴안았다. 얼마 전만 해도 건강했던 부친이 시체처럼 누워있는 것을 보니 저절로 눈물이 흘러내렸다. 친구 최씨를 통해 부친이 유산문제로 너무 미안한 나머지 막내딸 보기를 꺼려했다는 이야기를 듣고 가슴이 아파왔다. 부녀의 관계가 유산으로 좌우되는 세태가 끔찍하게 소름이 끼쳤다. 그건 먼 이야기가 아니었다. 바로 그녀의 혈육인 언니들이 유산을 받으려고 갖은 아첨을 늘어놓는 꼴을 직접 목격했었다. 부친이 그녀에게 유산을 물려주지 않은 것을 미안해했다면 자신도 그런 부류로 인식했다는 이야기이리라. 그건 경우가 아니라고 고개를 흔들었다. 한솔은 부친과의 관계가 물질을 뛰어넘는 진정한 사랑으로 연결되어 있다는 것을 알려주고 싶었다. 그녀는 부친의 꼭 감은 눈을 바라보며 주술을 외우듯 담아두었던 설움의 말들을 늘어놓기 시작했다.
　"아빠는 어릴 적에 저에게 가장 큰 선물인 사랑을 주셨던 분이에요. 유산을 안 물려주셨다고 미안해하실 필요는 없어요, 아빠. 저에게 중요한 것은 그까짓 빌딩이나 저택이 아니니까요. 저에게 진정 필요한 것은 카리스마를 보여주면서 회사를 진두 지휘하시는 아빠의 모습이라고요. 돈과 권력을 좋아하는 언니들이 아빠에게 아첨하며 아양을 떠는 모습은 참 구역질이 났어요."

한솔은 부친이 회사를 키우기 위해서 동분서주하던 모습을 떠올렸다. 부친은 수많은 한신 가족들을 먹여 살리려면 자신이 부지런하고 솔선수범해야 한다고 강조하곤 했다. 모든 직원들이 회사를 삶의 터전으로 사랑하게 만들어야 된다는 것이 부친의 신조였다. 그런 자율적인 사랑을 솟아나게 하려고 새벽 일찍 일어나 회사에 제일 먼저 도착했던 부친이었다. 그 활력은 가슴속에서 퐁퐁 솟아오르는 샘물과 같았다. 한솔은 그런 이타적이고 헌신적인 부친을 무척 사랑했다. 다만 과묵한 성격 때문에 표현을 하지 않았을 뿐이었다. 이젠 그 사랑을 털어놓아야겠다고 결심했다. 담아만 두기에는 이제 시간이 너무 촉박하다는 절박감이 엄습했다

"저는 그때 아빠에게 느끼는 사랑이 너무 커서 도저히 말로 표현할 수 없었어요. 그런데 아빠가 죽어가는 이 순간만은 사랑을 말할 수 있어요. 다시는 아빠에게 사랑을 전할 수 없으리라고 생각하니 내 가슴에 참을 수 없는 사랑의 물결이 물밀 듯이 들어와요. 그래서 이렇게 아빠를 하늘 아래 어떤 것보다 사랑한다고 말할 수 있네요. 아빠, 제 말이 들리세요."

한솔은 그녀의 하소연에도 불구하고 움직일 줄 모르는 부친의 몸을 세게 흔들었다. 그때 조 회장의 손가락이 약간 흔들리더니 눈을 살짝 떴다. 그는 온 힘을 다해서 무슨 말을 하려고 안간힘을

썼다. 하지만 입술만 달싹거릴 뿐 소리가 들리지 않았다. 잠시 후 조 회장은 잠시 힘을 모으더니 천천히 한 마디 한 마디 뱉어갔다.

"한솔아, 마지막으로 말해다오. 이 아빠를 용서해주겠니. 그래야 내가 눈을 감을 수 있겠구나. 네가 용서해준다면 죽음으로 가는 내 발길이 가벼울 거야, 내 사랑하는 막내딸 한솔아."

조 회장의 말은 마디마디 눈물이 되어 한솔의 뺨을 적시고 가슴을 적시었다. 부친은 한신을 사랑하느라 어느 누구에게도 진정한 사랑을 받아본 적이 없다는 생각이 번쩍 들었다. 그 앞에 서면 실리적인 거래를 할뿐 인간적인 감정을 주고받을 수 없었다. 그것이 사업은 사업일 뿐이라는 자본주의 논리였다. 나이가 들어 늙어갈수록 그런 실리적인 거래가 허망하게 느껴졌다. 그래서 조 회장은 모든 사업을 딸들에게 물려주고 인간적인 삶을 살고 싶었던 것이다. 이제 한솔은 그런 부친에게 사랑한다고 말하지 못한 지난 일이 후회스러웠다. 부친이 숨을 거두기 전에 그녀의 마음을 전해야 한다고 생각했다.

"아빠, 누구도 당신을 아빠라고 부르지 않아요. 심지어 언니들조차도 아빠를 아버지라고 부르잖아요. 아빠는 누가 뭐라고 해도 한솔이만의 아빠라고요. 제가 가진 아빠에 대한 사랑은 지고지순해서 말로 표현할 수 없어요. 그래서 아빠를 어떤 방식으로 사랑한다고 말하지 못했던 거에요. 이상하게도 지금 아빠가 죽음의 길목에서 제 품에 안겨있군요. 차라리 다행이라고 생각해요. 제 가

숨의 고동소리, 슬픔에 빠진 숨결과 눈물이 아빠에 대한 사랑을
전해줄 수 있으니 말이에요. 아빠는 제가 용서해야 할 수 있는 분
이 아니에요. 그저 아빠에 대한 사랑은 너무 커서 용서를 주고받
는 관계를 훨씬 뛰어넘거든요."

조 회장은 한솔의 마음을 이해했다는 듯 고개를 끄덕이며 눈물
을 한 없이 흘리고 있었다. 그는 한솔이 그의 품으로 돌아온 것만
해도 모든 한이 이른 봄 얼음이 녹듯이 단숨에 풀리는 것을 느꼈
다. 이제 먼 저승길이라도 두렵지 않았다. 평생 쌓아 올린 바벨탑
이 조각조각 쓰러진다 해도 아깝지 않았다. 그가 그토록 목말라했
던 진정한 사랑을 맛보았다고 확신했던 것이다. 그는 사랑하는 막
내딸에게 죽음으로의 긴 여행을 떠나기 위해 작별인사를 하고 싶
었다.

"한솔아, 네가 아빠를 지극하게 사랑하는 줄 내가 몰랐다니 미
안하구나. 아, 저기 서쪽 하늘 언저리에서 천사가 나를 어서 오라
고 부르고 있어. 죽음이 가까우니 너를 볼 수 있는 시간도 얼마 남
지 않았구나. 비서실장의 말을 들으니 너를 상속에서 배제한 결정
은 법적으로 문제가 있다고 하더구나. 충직한 친구이니 잘 협의해
서 조한필의 진정한 딸로서 한신의 정통성을 이어가거라. 애비가
떠나더라도 행복하게 살아라. 부디 못난 애비를 용서해라…"

이내 얼마 안 있어 조 회장은 호흡이 가빠지다가 숨을 거두었
다. 한솔은 부친을 안고 조금만이라도 더 온기를 느낄 수 있고 싶

었다. 하지만 저만치 떠나고 있는 부친의 넋은 도저히 손을 아무리 뻗어 보아도 잡을 수가 없었다. 한솔은 식어가는 부친의 시신을 부여안고 부친이 가리켰던 서녘을 멍하니 바라볼 뿐이었다.

다시 부르는 자유의 노래

육이오 전쟁이 일어나 북한군 탱크가 삼팔선을 넘어 남침을 개시했다. 북한군은 파죽지세로 남으로 밀고 내려왔다. 여기저기서 북한군이 남으로 쏘아대는 대포 소리가 사방에서 들려왔다. 북한군의 남침에 대비하지 못했던 국군은 여지없이 밀리고 있었다. 서울을 사수하겠다던 이승만 대통령은 약속을 지키기는커녕 한강다리를 폭파하고 부산으로 떠나버렸다. 크게 동요하여 한강을 건너 피난길에 나서는 서울 시민들이 줄을 이었다.

　K 시인은 Y전문 출신인 영경과 돈암동에서 신접살림을 차리고 있었다. 당시 그는 진보적인 문인들이 결성한 조선작가동맹에 가입했었다. 진보 문인들은 임화를 중심으로 계급철폐와 분단으로 인한 민족모순을 해결하려는 목적으로 사회주의 사상에 영향을 받고 있었다. 전쟁이 발발하자 일부 급진적인 문인들은 자발적으

로 월북하거나 의용대에 자원하는 경우가 많았다.

북한군은 전쟁에 필요한 인적 자원을 확보하기 위해서 의용대를 조직하였다. 그들은 남침 후 남하하면서 남한의 진보적 인사들을 의용대에 가입하도록 유도했다. 자원입대가 여의치 않을 때는 모집책들이 강제로 징집하여 끌고 갔다. 마침 K 시인이 종로 2가에 있는 사무실에 들렀을 때 인민군 모집책 인민군들이 들이닥쳤다. 전쟁이 일어나 자원입대를 하려는 문인들은 가족들과 피난을 가려는 문인들에게 별로 달갑지 않은 시선을 던졌다. 양자 사이에서 전전긍긍하는 문인들도 꽤 있었다, 모집책들은 웅성거리는 문인들을 착석하라고 소리쳤다. 그 순간 험상궂게 생긴 모집책이 권위적인 자세로 문인들을 둘러보더니 한바탕 연설을 시작했다.

"조용히 하시오. 지금 우리 북조선은 조국 해방을 위한 위대한 전쟁을 하고 있소. 북조선은 미제 파쇼 정권을 물리치기 위해서 영웅적인 전쟁을 벌이고 있는 것이오. 동무들이 조국을 진정 사랑한다면 무엇을 해야 할지 알리라 믿소. 동무들에게 해방이 멀지 않은 절체절명의 시기에 의용군에 입대해서 헌신할 수 있는 기회를 줄까 하오. 지금 북조선은 조국의 해방을 위해 여러분의 지혜로운 선택을 묻겠소. 하지만 의용군에 입대하는 것은 피할 수 없는 동무들의 의무라는 것을 명심하기요."

그의 의용군 입대 권고는 동맹 문인들의 자율적인 선택을 말하고 있지만 그것은 단지 명분을 쌓기 위한 명분에 불과했다. 연설을 한 모집책의 강압적인 목소리는 동맹 문인들에게 심리적으로 압박을 하고 있었으며 섣불리 각자의 사정을 말할 수 없는 분위기였다. 동맹 문인 중에서 선배격인 김병욱이 나서서 자신의 입장을 밝혔다. 그는 당장 끌고 갈 것 같은 모집책의 표정을 보고 깜짝 놀랐던 것이다. 지금 당장 의용군에 입대하라고요? 그건 너무 급한 거 아닌가요. 준비도 해야 하고요. 그래도 가장인데 집에도 알려야 걱정을 덜하죠. 하지만 모집책의 표정이 험악해지자 이내 입을 다물고 말았다. 모집책은 가소롭다는 듯이 그를 내려다보더니 신랄하게 비판하기 시작했다.

"지금이 전쟁 중인데 무슨 그런 한가한 소리를 하는 거요? 조국 해방이 먼저요 아니면 동무 가족이 먼저요. 조국보다 가족부터 찾는 것은 바로 썩어빠진 부르조아 사고인 것이요. 조국의 부름을 거부하는 자들은 목숨을 부지하지 못할게요. 자, 빨리 선택하시오. 집에 다녀올 시간은 없소. 어떻게 하겠소?"

모집책들이 서두르자 K는 몹시 조바심이 났다. 신접살림을 차린 지 얼마 되지도 않아 아내가 놀랄 것이 걱정 되었다. 그는 모집책의 눈치를 살피며 조심스럽게 말을 꺼냈다.

"의용대에 입대하더라도 돈암동 집에 들러서 아내에게 인사라도 하고 가야하지 않겠습니까. 김병욱 선생의 추천으로 작가동맹에 이제 막 가입했어요. 의용대 입대는 꼭 거부하지는 않지만 좀 생각할 시간이 필요합니다. 조금만 시간을 주시면 빨리 다녀오겠습니다."

K의 말은 모집책에게 가장 거슬리는 문제였다. 만일 그의 말을 인정하게 되면 다른 문인들에게 빠르게 전염되리라고 보았다. 아예 처음에 싹을 잘라버리는 것이 현명하리라. 문인이란 작자들은 태생적으로 좌고우면하는 경향이 농후하지 않은가. 그들이 말꼬리를 잡고 늘어지면 골치가 아플 것이다. 매너가 좋은 신사인 척했다가 나중에 수습을 하지 못하면 다수를 끌고 가는 계획은 수포로 돌아갈 공산이 크다. 그는 옆구리에 찬 권총을 만지작거리더니 확 뽑아 들었다. 그리고는 총구를 작가들을 향해 한 사람씩 겨누었다. 총구가 움직일 때마다 문인들은 자라목처럼 움츠러들었다. 그는 나직하고도 강한 목소리를 내리깔며 말했다.

"그럴 시간이 없소. 밖에 트럭이 대기하고 있으니 빨리 타시오. 조국 해방을 위한 전쟁을 하는데 마누라타령을 하다니 반동 냄새가 펄펄 나는구먼. 우린 반동에 대해 즉결 처분권을 가지고 있소. 잔말하지 말고 소집 명령을 따르시오. 말이 많은 이 간나 동무 이름이 뭐랬지?"

K 시인은 사색이 되어 겨우 대답했다. 네, K 시인입니다. 모집책은 권총을 그의 관자놀이에 대고 위협적인 목소리로 물었다. 시인 동무, 의용군 소집 명령에 따를 거야, 아니면 반동처럼 거부할 거야? K는 그의 위협에 거의 사색이 되었다. 효과적인 소집을 위해 본보기로 즉결처분을 할 기색이었다. 가족을 생각하다가 목숨

을 잃을 수 있다고 느낀 그는 협박에 마지못해 소집에 응했다. 아, 알겠습니다. 별수 없지요. 의용군에 입대하겠습니다. 그의 긍정적인 반응을 확인한 모집책은 비로소 찡그린 얼굴을 폈다.

"시인이라더니 말귀를 잘 알아 듣는군. 날래 조국 해방을 위한 전장으로 가자우!"

강제로 징집된 작가동맹 문인들은 사무실에서 바로 인민군들의 지휘 아래 연천을 향해 출발했다. 그들은 연천에서 기차로 북한으로 넘어가서 재편된 후 전쟁터에 투입될 것이다.

작가동맹 문인들은 삼일 꼬박 행군과 야영을 거듭하여 겨우 연천에 도착했다. 그들은 연천 초등학교 교실에서 숙박을 하고 다음 날 아침 연천역에서 기차로 북한 깊숙이 들어갈 계획이었다. 여러 날 행군으로 온 까닭에 몸은 완전히 녹초가 된 상태였다. 하지만 그들이 타고 갈 기차가 아직 보이지 않았다.

의용군 징집자들은 점점 북한 체제에 대해 회의가 꿈틀거렸다. 조국 해방이란 거창한 슬로건을 내세우며 큰 전쟁을 시작한 자들이 그까짓 기차도 제대로 마련하지 못했단 말인가. 주먹밥으로 때우는 식사가 여러 날 반복이 되어 몰골도 엉망이란 걸 동료들의 얼굴을 보고 깨닫고 있었다. 비포장도로를 걷다 보면 남으로 향하는 차량들을 마주치기가 일쑤였다. 북한군들을 실은 차량들은 먼지를 일으켜 그들의 시야를 가릴 뿐 아니라 온몸에 먼지 세례를 하고 사라졌다.

교실과 운동장을 걷다가 우연히 마주치는 동료 작가들의 얼굴에 우울한 그림자가 드리워져 있었다. 그들을 이 전쟁에 끌어들인 자들은 어떤 구석에서도 의용군을 예우하거나 배려하는 기색이 전혀 보이지 않았다. K는 운동장 그늘에서 작가동맹의 급진적 경향에 매우 적극적이었던 박성집과 마주쳤다. 평소 같으면 사회주의 이상을 실현하기 위해 전장으로 향하는 현 상황에 대해서 신나게 손뼉을 쳐야 할 그였다. 그런데 지금은 전혀 다른 모습을 보이고 있었다. 그의 표정은 침울하다 못해 참담해 보였다. 그는 주위 사람들이 듣지 못하게 K에게 나직하게 자신의 심정을 자조적으로 털어놓았다.

"서울에서 출발하여 며칠 동안 제대로 먹지도 못하고 걸어왔어. 우리는 사회주의 이상을 이 땅에 실현할 수 있다는 꿈을 가지고 온갖 어려움을 무릅쓰고 참아왔다고. 기차를 타고 올라가면 새로운 세상을 만날 수 있을 거라고 믿었거든. 그런데 의용군을 완전히 머슴보다 못하게 대접하는 것 같은데 실망이구먼."

K는 가슴의 응어리를 털어놓지 못해 답답하던 차에 그의 심정을 들으니 금방 공감이 갔다. 그는 서울에서 의정부와 동두천을 거쳐 오면서 삼팔선 너머 이북지역의 모습이 초라해 보였다. 말로만 듣던 발전상과 동떨어졌다는 생각을 지울 수가 없었다. 그는

자신이 강제로 징집이 되었다지만 사회주의 국가에 대해서 장밋빛 환상을 지니고 있었다. 하지만 실제의 모습은 북한 체제가 선전했던 것과는 거리가 멀었다. 이 거룩한 전쟁이 제대로 된 것이라면 그의 능력과 재능을 발휘해서 무언가 의미 있는 공헌을 하리라는 막연한 꿈이 있었다. 그는 점차 자신의 꿈이 그저 꿈으로 끝날 것 같은 불길한 느낌이 자꾸만 엄습했다. 그는 박성집에게 속마음을 털어놓지 않으면 참을 수 없을 것 같았다. 그늘에 앉아서 멍청하게 먼 산만 바라보고 있는 그에게 K는 중얼거렸다.

"여기까지 오면서 지나쳐온 마을을 보니 생각보다 초라한 모습이었소. 이번 의용대에 참가하면 문인의 재능으로 조국 해방을 위해 선전대에서 일할 수 있으리라는 기대를 했는데 아무래도 잘못 생각한 것 같소. 박 선생의 추천으로 작가동맹에 가입했는데 생각이 좀 복잡합니다."

박성집은 K에게 좀 미안한 생각이 들었다. 작가동맹의 선배로서 사회주의에 대한 강한 의지를 가지고 후배들에게 작가동맹 활동에 참여하라고 권하곤 했다. 이 전쟁을 내심 찬동하고 참여하여 무언가 공헌을 하자고 한 당사자가 심한 회의에 빠져있다는 것 자체가 아이러니가 아닐 수 없었다. 그는 이런 심리적 변화에 대해서 자책감이 들었다. 일종의 도의적 책임감이 발동되었다고 할까. 그는 자신의 내적 모순을 해결해야 할 절박감에 사로잡혔다. 그는 K에게 기운을 내자고 다독였다.

"북한의 현실에 대해 회의가 생기고 있지만 그건 마루 전등을 켜려고 스위치를 눌렀는데 뜻밖에 변소의 전등이 켜지는 우연의 실수일 수도 있겠지. 앞으로 멋진 앞날이 펼쳐질 수 있으리라고 믿자고."

K도 아무리 박성집의 권유가 있었다고 하더라도 결국 결정한 자는 자신이라고 생각했다. 누구에게 책임을 전가할 문제가 아니라고 자책했다. 진보적 문인이라고 자처하면서 자본주의의 폐해를 처절하게 경험하지 않았던가. 자본주의가 보여주고 있는 속물근성에 대해서 신물이 나게 염증을 느끼고 그 대안으로 사회주의를 염두에 두었던 것도 사실이었다. 하지만 북한으로 넘어오면서 스스로 체험한 것은 사회주의의 이상이 아니라 초라한 실상이었다. 그것은 텍스트에서 볼 수 없는 미완성의 찌꺼기들이었다. 그렇다면 사회주의 이상은 미완성을 거쳐서 완성으로 가는 과정에서 필연적으로 나타나는 부작용일 수 있다는 자위적 진단을 위안으로 삼고 싶었다. K는 절망감을 밀어내며 박성집에게 절충점을 암시했다.

"아직 북쪽의 실상을 다 파악한 것은 아니니까 정확하게 판단할 수는 없겠죠. 하지만 남쪽에서 뽑아 올리는 의용군을 실어 나를 기차가 계속 미뤄지는 것은 좋은 징조는 아닙니다. 일단 기차가 올 때까지 기다릴 수밖에 없으니 눈이나 좀 붙이세요."

이제 사위가 잠잠해졌다. 내일 일찍 출발을 하므로 취침을 위해 소등이 되었다. 여하튼 시간은 흐를 것이고 내일 일은 내일 걱정하면 될 것이다. 의용군 징집자들의 절망에 아랑곳하지 않고 밤하늘에는 별들이 일제히 나타나 그들의 아픈 육신들을 어루만져주고 있었다.

K는 지난밤 나무에 기대어 선잠을 자면서도 혹시 새벽에 떠날 기차가 도착하지 않을까 하는 마음에 허공에 귀를 기울였다. 어스름이 내리는 저녁시간 대청에 앉아 시장에 가신 어머니를 마냥 기다리던 막막함이 밀려왔다. 기댈 것이 아무것도 없는 상황에서 그리운 이는 어머니뿐이었다. 그런데 꿈속에 어머니가 나타나 그에게 손짓하는 게 아닌가. 어릴 적 그가 무서운 꿈을 꾸다가 훌쩍이면 어머니는 아늑한 품에 그를 안아주고 다독여 주곤 하셨다. 그런데 오늘 밤 꿈속에 나타나신 어머니는 위태로운 낭떠러지에 있는 집에서 혼자 울고 계셨다. 깜짝 놀라 어머니를 부르다 잠에서 깨어났다. 동녘에 아침 해가 올라오는지 하늘 언저리를 붉게 물들이고 있었다. 멀리서 기다리던 기차가 칙칙폭폭 소리를 내며 드디어 도착했다. K는 두 손으로 눈을 부비며 기차로 접근하였다. 차가운 아침 기운으로 등이 시려왔다. 기차는 과학을 주창하는 사회주의 이상과는 거리가 먼 낡아빠진 몰골이었다. 그는 추위에 몸을 떨며 중얼거렸다.

"나 같은 약골이 이런 추운 데서 자고 나니 몸이 으스스하고 뼛 속까지 뻣뻣하게 굳어오는구나. 내가 무슨 힘이 있다고 의용대를 따라나섰을까. 새벽녘에 꾼 꿈 때문에 가슴이 미어지는구나. 낭떠 러지에 위태롭게 서있는 집에서 어머님이 서럽게 울고 있는 꿈을 꾸다니 무슨 일이 벌어지려는 것일까. 어머님은 이 전쟁 통에 어 떻게 지내고 계실까, 내가 불효막심하구나."

도착해서 정지한 객차 안을 둘러보니 그의 실망은 근거 없는 것이 아니었다. 그들을 싣고 갈 객차는 소련에서 쓰다만 차량을 수입한 것으로 엄청나게 낙후된 것이었다. 인민들을 행복하게 해 줄 정치를 한다고 표방하는 그들이 기껏 이 정도인가. 환멸감이 오물이 되어 목구멍으로 치밀어 올라오는 느낌이 들었다. 단지 기 차 하나만 보고 실망을 할 것은 아니지만 앞으로 그에게 닥칠 사 회주의 실상을 상징하는 오브제가 되리라는 불길한 생각을 지울 수가 없었다. 그는 반미치광이처럼 속으로 중얼거리고 있었다.

"저 기차를 보니 저들이 지금까지 주장했던 사회주의의 발전이 란 것이 진정 가능한 것인지 의심이 가는구먼. 우리를 싣고 가겠 다고 달려온 고물 기차는 허술하기 짝이 없구나. 사회주의는 발전 보다 퇴보라는 느낌을 지울 수 없어. 그들은 일본을 제국주의라고 한사코 욕하지 않았던가. 그런데 그들이 일제와 다른 게 뭐야. 과 학적 사고를 내세우는 사회주의가 겨우 이 정도란 말인가. 이런 고물 기차가 진보의 표상이라면 나는 서슴지 않고 침을 뱉으리라.

하지만 아직은 그들의 진상을 보았다고 보기에는 이르지 않은가. 일단 갈 데까지 가보자. 내가 내 눈으로 확인하면 미련 없이 떠나면 될 것이다.”

아침 식사를 마친 후 K는 작가동맹 문인들과 함께 기차에 몸을 실었다. 객차는 허술하기 짝이 없어 화물칸이나 다름없었다. 연천역을 떠날 수 있는 것만으로도 가슴이 후련한 것 같았다. 일단 연천까지 행군했던 고단함보다는 낫다고 모두 체념하고 창밖에 펼쳐지는 들판만을 말없이 주시하고 있었다.

K는 간단한 사격연습과 제식훈련을 거친 후 재편된 의용군으로서 전투에 참가했다. 인천상륙작전을 기점으로 유엔군이 참전한 후 전쟁은 밀고 당기는 양상이 반복되면서 지루하게 이어지고 있었다. K는 의용군으로 참여하는 이 전쟁에서 아무런 의미를 찾을 수 없었다. 인민군이 승리하면 분단된 조국을 통일하고 계급모순이 해소된 이상적인 사회주의 국가를 건설할 수 있으리라는 가능성도 보이지 않았다. 오히려 유엔군의 참여로 북한군은 밀리기 시작했고 점점 패색이 짙어갔다. 제대로 훈련을 받지 못한 의용대는 보급이 제대로 되지 않은 상태에서 전투에서 패전을 거듭했다.

오합지졸에 불과한 의용대에 머무르는 것은 아무런 명분도 의미도 없다는 것을 절감한 K는 적절한 시점에서 탈영해야겠다고 결심했다. 그는 평안도 순천에서 UN군 공격으로 혼란한 틈을 타서 의용군에서 탈출을 감행했다. 그는 녹음이 우거진 산속에서 잠시 몸을 숨겼다가 민간인복으로 갈아입었다. 총과 인민복을 땅속에 묻고 민간인으로 위장한 K는 산을 타고 남쪽으로 내려가기 시작했다. 하지만 그가 산을 벗어나기도 전에 마침 산 밑에서 경계를 서고 있던 인민군에게 발각되고 말았다.

갑자기 나타난 인민군이 도주하는 K의 등을 겨누며 소리쳤다. 이 간나 새끼, 꼼짝 말고 손 들라우. 동무 남조선 첩자지? K는 순간 걸음을 멈추고 돌아서서 손을 높이 들고 말했다. K는 인민군에게 자신이 인민군 의용대임을 침착하게 알려야 한다고 판단했다. 아닙니다. 전 인민군 의용대입니다. 미군 공격을 받고 부대가 흩어져서 길을 잃고 헤매고 있었소. 인민군은 K의 침착한 태도에 약간 의아해 했지만 그의 말을 믿으려 들지 않았다. 인민군은 따발총을 K의 가슴에 겨누고 그가 도주병이나 첩자로 확신하고 사정없이 윽박질렀다.

"잔말 말고 바른대로 말하라우! 우리 위대한 인민군들은 목숨을 걸고 이승만 미제 괴뢰들과 싸우고 있는데 동무래 어디로 도망을 가고 있는 거야! 이 간나 동무래 의용군에 거짓으로 들어왔다가 정보를 빼내어 도망치려는 놈이 틀림이 없지비."

K는 인민군이 자신의 정체를 첩자로 확신한다면 그는 죽은 몸이나 다름없다고 체념했다. 마지막으로 의용군으로서 정체를 밝

혀줄 수 있는 유일한 증거를 제시해야 곤경에서 빠져나갈 수 있으리라. 그건 땅속에 묻어둔 인민복과 총밖에는 없었다. 인민군의 위협은 그를 적으로 삼았기 때문이다. K는 겁에 질려 조금씩 물러서며 마지막으로 하소연을 했다.

"저는 틀림없는 인민군 의용대입니다. 우리 부대가 유엔군 공격을 받고 흩어졌습니다. 신분이 탄로가 날까봐 인민복과 총을 땅에 묻어두고 흩어진 부대를 몰래 찾고 있었소."

인민군은 K의 말을 한사코 믿으려고 하지 않았다. 그는 험악한 표정을 지으며 여차하면 즉결처분을 하려고 덤벼들었다. 이 간나 동무래 시뻘건 거짓뿌렁을 지껄이고 있구먼. 그렇다면 그의 말이 거짓뿌렁이 아니라는 걸 직접 확인하게 해주면 될 것이 아닌가. 그래 그와 함께 가서 땅에 묻어둔 총과 인민복을 찾아보면 될 것이다. K는 완고한 인민군을 침착하게 설득하기 시작했다.

"의용군에 자원해서 여기까지 왔고 승승장구하는 상황에서 왜 도망을 가겠습니까. 제가 증거를 보여드리겠습니다. 신분을 숨기려고 저 산에 묻어둔 인민복과 총을 찾아오면 될 거 아닙니까. 제발 총을 내리시고 시간을 주십시오."

인민군은 K의 얼굴을 한참 쳐다보더니 비로소 험악한 표정을 약간 바꾸었다. K의 침착한 태도에서 진정성이 느껴졌던 것이다. 그는 인민복과 총을 묻은 현장에 함께 가서 확인해도 좋다고 한 걸음 물러났다. 대신 K의 말이 거짓인 경우 즉결처분하겠다고 선언했다. K는 이제 살아났다고 쾌재를 불렀다. 결코 거짓말이 아닙니다. 만약에 못 찾으면 절 쏴도 좋소. 그는 다시 한번 자신이 뱉은 말의 진실을 확신시키고 그의 등에 총을 겨누는 인민군을 안내하며 묻은 현장으로 출발했다.

현장을 찾기 위해 산을 올라가던 K는 당황했다. 금방 현장을 찾으리라 생각했던 것은 착각에 불과했다. 그저 한번 거쳐 온 산은 대개 비슷해서 특별하게 표식을 하지 않았던 현장은 좀처럼 나타나지 않았다. 게다가 인민군을 대동하고 가고 있어 발견하지 못할 경우 어떻게 될까 생각하니 등에 식은땀이 흘러내렸다. K의 현장 찾기가 두어 번 실패하자 인민군의 표정이 다시 험악해졌다. K가 속이고 있다고 인민군은 생각하고 여차하면 총살을 하려는 자세를 취했다. K는 문득 현장을 떠날 때 발견한 큰 바위를 생각해냈다. 커다란 바위로 남근 모양이 독특하다고 미소를 지었던 기억이 난 것이다. 그는 미간을 긴장시켜 전방을 주시하며 남근바위를 찾으려고 애썼다. 다행히 산등성이에 남근모양의 바위가 눈에 들어왔다. K는 가슴을 쓸어내리며 이번에는 틀림없다고 인민군을 안내했다. 바위 가까이 가자 흙을 파고 다시 묻은 자리가 나타났다. 다른 곳에 비해서 습기가 있는 흙덩어리가 흩어져 도드라져 보였던 것이다. K는 서둘러 흙을 파내고 묻었던 인민복과 총을 꺼냈다. 그제야 비로소 인민군도 얼굴에 미소를 지으며 그의 진실을 믿어주었다.

"동무 말이 거짓부렁은 아니구먼. 동무래 운이 좋은 줄 알라우. 날래 동무 부대를 찾아가라우. 그럼 난 돌아가리다."

죽음 직전에 구사일생했다고나 할까. K는 꿈에 나타났던 어머니가 그를 구해준 것이라고 생각했다. 연천에서 꾸었던 꿈속에 낭떠러지에 있던 집에서 울고 계셨던 어머니가 그의 위기를 예고한 것이 아니었을까. 의용대의 전장에서 어머니가 그의 생명을 지켜주셨다는 생각에 눈물이 흘러내렸다. 이제 낮에는 으슥한 곳에 숨어 있다가 밤을 이용해서 남쪽으로 가기로 했다. 그는 능숙하게 거짓말을 해서 살아났다고 생각하니 스스로 한심한 생각이 들었다. 그를 기다리고 있을 아내와 가족들을 떠올리니 그가 꼭 살아서 돌아가야 하리라 다짐했다.

"정직을 입에 달고 살아온 시인이 목숨을 부지하려고 거짓말을 하다니 참 한심하구나. 사회주의 국가가 모든 민중들을 행복하게 해준다고 믿었다니 그것 또한 순진한 착각이었어. 수많은 민중들의 목숨을 해쳐서 조국 해방이 된다 한들 무슨 소용이 있단 말인가. 지금 당장은 정직보다 생존이 우선이니 거짓말이라도 해야지 별수 없구나. 가족을 만나야 하니 죽이려고 덤벼드는 인민군 앞에서 어쩌겠는가. 서둘러 돌아가자. 가족들이 얼마나 나를 기다리겠나. 보고 싶구나."

의용군에서 탈영하여 남하하던 K는 인민군의 손아귀에서 벗어나 서울에 겨우 도착했다. 꿈에도 그리던 집이 지척에 있는 충무로로 진입하여 비척거리며 걸어갔다. 그동안 제대로 먹지 못하고 되는대로 잠을 자며 도보로 내려온 그는 초췌하기 짝이 없었다. 수염은 길고 몸은 영양실조 상태로 몹시 수척해 보였다. 게다가 옷차림은 오랫동안 갈아입지 못해 거의 걸인의 수준이었다. 극도로 흐트러진 그의 차림새를 보고 수상하게 여긴 경찰이 다가왔다. K는 안전지대로 여긴 서울에서 경찰에게 불심 검문을 당한 것이다.

경찰은 K의 팔을 잡으며 신분증을 요구했다. 거기 당신 좀 봅시다. 경찰인데 신분증 좀 내보시오. K는 집에 거의 왔다고 안심하고 있다가 뜻밖의 검문에 당혹했다. 그는 말을 더듬거리며 호주머니를 뒤지면서 말했다. 지금 신분증이 없는데 왜 그러십니까. 멀리 좀 다녀오느라 신분증을 깜박했군요. 차림새가 수상한데 신분증도 없다고 하자 경찰은 잔뜩 의심을 품고 그를 쏘아보았다.

"뭐, 지금이 전쟁 중인데 신분증이 없어! 이 사람 수상하군. 당신 같이 수염이 길고 옷차림이 이상한 사람은 이북에서 내려올 가능성이 높거든. 바른대로 말하라고!"

경찰이 자신을 간첩으로 몰아가자 K는 더욱 당황해했다. 혹시 그의 행적을 알아차리자 않을까 걱정이 앞섰다. 그가 의용대에 끌려갔다는 것을 알면 당장 첩자로 몰아갈 수 있으리라. 그는 재빨리 집이 가까운 곳에 있다는 것을 강조했다. 저의 집이 바로 엎어지면 코 닿는 곳에 있어요. 돈암동이라니까요. 집에 가면 신분을 확인할 수 있어요. 믿어주세요! 경찰은 의심을 풀지 않고 그의 멱살을 잡고 뒤흔들었다. 당신 계속 변명만 늘어놓을 거야? 제대로 말하지 않으면 뼈도 못 추릴 줄 알라구. 그는 K가 도주하지 못하도록 곤봉으로 어깨를 내리쳤다.

K는 땅바닥으로 꼬꾸라지며 경찰에게 신분을 밝혔다. 아이고, 말할 테니 조금만 기다려주세요. 사실 저는 K란 시인이요. 경찰은 더 강하게 다그치며 물었다. K 시인이라고? 어느 단체에 속해있지? K는 자신이 종로2가에 있는 조선작가동맹에 소속해 있다고 밝혔다. 경찰은 자신의 의심이 근거가 없지 않았다는 듯이 강하게 몰아쳤다.

"뭐, 조선작가동맹이라고? 그렇다면 빨갱이 집단이 아닌가? 조선작가동맹이라면 좌익 글쟁이들이 만든 집단이라는 공문이 돌았어. 거기에 속한 글쟁이들이 의용군에 가입했다는 소문이 파다하다고! 이놈의 빨갱이 새끼, 지금 어디서 오는지 똑바로 이야기하란 말이야. 전시에 거짓말을 하면 즉결처분이야!"

K는 경찰의 위협에 깜짝 놀라 사정을 하며 그를 설득하고 나섰다. 우려했던 걱정이 눈앞에 펼쳐지자 절망이 앞섰다. 경찰이 작가동맹의 성향을 친북으로 파악하고 있다는 것에 놀라지 않을 수 없었다. 이제 그의 의용군 입대가 자신의 선택이 아니라는 것을

납득시킬 필요가 있었다. 제가 왜 거짓말을 하겠습니까. 작가동맹 사무실에서 붙들려 강제로 의용군에 끌려 나갔다가 간신히 도주해 나오는 길입니다. 제발 믿어주세요. 경찰은 그의 말을 들으려고 하지 않고 자신이 획득한 정보가 틀림없다는 것을 확신했다. 아마 일부 작가동맹 문인들이 자발적으로 월북했다는 정보가 경찰들에게 배포된 모양이었다. 경찰은 불신의 돌을 그의 가슴에 세게 던져댔다. K의 변명이 가당치 않다고 혀를 끌끌 찼다.

"그걸 믿으라고? 너 같은 빨갱이들이 조선작가동맹을 결성하고 제 발로 이북으로 넘어가거나 의용군에 입대했다는 것은 삼척동자도 알고 있는 사실이야. 그런데 빨갱이를 잡아들이는 나보고 그걸 믿으란 말이야? 이 빨갱이 새끼야!"

경찰은 금방이라도 방아쇠를 당길 듯이 권총으로 K의 머리를 겨누었다. K는 체념을 하고 눈을 감았다. 그는 가슴 깊은 곳에서부터 답답한 응어리가 밀려오는 것을 느꼈다. 도대체 그는 어느 체제에 속해 있단 말인가. 그는 갑자기 회색지대의 늪으로 던져져 허우적거리고 있었다. 왼쪽으로 고개를 돌려 보았지만 그를 도우려는 자는 아무도 보이지 않았다. 이어서 오른쪽을 둘러봐도 빈 메아리만 허공 속에서 울리고 있었다. 그가 돌아갈 수 있는 곳은 세상에 존재하지 않았다. 그는 체념한 채 경찰에게 반문했다.

"그럼 내가 누구란 말입니까. 제가 의용군으로 끌려가다가 목숨을 걸고 평안남도 순천에서 의용군 부대를 탈영한 것이 사실인데 한사코 아니라고 하면 어떻게 합니까? 도대체 어떻게 해야 내 마음을 경관께 시원하게 보여줄 수 있겠습니까?"

옆에서 K의 도주를 막으려고 경계를 하고 있던 다른 경찰이 그에게 소리쳤다.

"이 빨갱이 새끼, 아직도 주둥이는 살아있군. 넌 더 심문할 것도 없어! 바로 거제도 수용소로 보내야겠어. 넌 빨간 물을 빼내지 않고서는 사회로 돌아와선 안 돼! 자, 넌 일단 영창에 처박혀 있다가 거제도로 넘어갈 것이다."

경찰들은 K에게 덤벼들어 팔을 꺾고 수갑을 채웠다. 그들은 K의 팔을 끼고 파출소를 향해서 끌고 걸어갔다. 그들 등 뒤로 어둠이 함께 몰려가고 있었다.

K가 거제도 포로수용소로 들어온 지 석 달이 흘렀다. 하루가 멀다 하지 않고 친공 포로들과 반공 포로들이 싸우는 사건이 일어나곤 했다. 양측은 서로 욕지거리를 할 뿐 아니라 엉켜서 싸우는 볼썽사나운 모습을 연출하기 일쑤였다. 반공포로들은 "빨갱이들을 처단하라"라고 소리치고 친북 포로들은 "미제 파쇼들은 물러가라!"라고 아우성을 쳤다. 서로 밀고 당기고 실랑이를 하다가 육탄전을 벌이기도 했다. K는 양측의 아귀다툼에 시달려 극심한 신경증이 발발하여 고통을 느꼈다. 이런 지옥과 같은 상황을 피할 수만 있다면 못할 일이 없을 것 같았다. 그는 이념으로 극심하게

분열된 현실에 염증을 느끼다가 병에 걸려 쓰러지고 말았다. 그는 수용소에 있는 병실에 입원하여 치료를 받게 되었다.

K는 종일 침대에 누워있는 하루가 지겨워 한숨을 쉬었다. 오늘도 밖에서는 양측 포로들이 싸우느라 소란스러운 소리가 들려왔다. K는 신경증이 악화되어 정신을 차릴 수가 없었다. 싸우는 소리가 들려오는 쪽을 바라보다가 두 귀를 막았다. 정신이 아득해지며 신음소리가 절로 나왔다. 마침 괴로워하는 그를 발견하고 간호사가 달려왔다. 우아한 가운을 입은 그녀는 자상한 표정을 지으며 그를 바라보았다.

"환자분 많이 아프신가요? 저는 환자분을 보살필 간호사 우봉실입니다. 환자분은 성함은 뭐죠?"

"K라고 해요. 시인입니다."

시인이라는 그의 대답에 봉실은 의외라는 표정을 지었다. 시인이 포로수용소에 수용되었다는 것이 믿기지 않는 눈치였다. 환자분은 시인이라면서 왜 포로수용소에 오게 되었습니까. 어디를 다치셨나요. 몸이 아프신가요. 아니면 마음이 아프신가요. 그녀의 눈에는 다소 수척하지만 말짱해 보이는 K가 꾀병을 부리고 있다고 생각하는 모양이었다. K는 밑도 끝도 없는 자신의 마음의 병을 알아달라는 듯이 절망적인 미소를 지으며 말했다.

"몸도 마음도 다 아파요. 몸은 인민군과 경관에게 연이어 폭행과 고문을 당해서 아픈 거요. 이쪽저쪽에서 모두 날 거부하니 국적을 잃어버린 사람이 됐소. 게다가 마음은 가족이 보고 싶어 아프고요. 사랑하는 아내와 가족이 보고 싶어 마음에 큰 구멍이 난 거 같아요. 하지만 전 포로라서 아내를 만나러 갈 수도 없잖소."

봉실은 K가 처해있는 상황이 이해가 안 됐다. 시인이 전쟁에 나가 전투를 할 리가 없지 않은가. 시인은 사랑과 꿈을 먹고 사는 순수한 존재라고 믿고 싶었다. 지금 침대에 누워있는 K는 수용소에서 아귀다툼을 하는 다른 포로들하고 달리 보였다. 고상한 시인이 포로 신분으로 병실에 누워있는 것이 흥미로웠다. 전쟁터에 참여하는 군인도 아닌데 반공 포로라니 참 이상하군요. 게다가 시인이 전쟁 포로라니, 이런 부조리한 일이 있을 수 있나요? 군인으로 참전하셨나요? 봉실의 귀여운 질문이 재미가 있는 건지 K의 신경질적인 표정이 조금 누그러졌다. 그녀의 자상함이 치료제가 되어 K가 닫혔던 마음의 빗장을 풀자 그녀는 새삼 친절한 눈길을 주었다. 어느덧 K는 봉실에게 심리적으로 기대고 있었다.

"사실 강제로 의용군에 끌려갔다가 겨우 도망을 나왔죠. 집 가까이에서 불심 검문에 걸렸는데 전후사정을 아무리 설명을 해도 경찰이 믿어주지 않더군요. 결국 의용군에 입대한 자로 성분에 대해 의심을 받은 나머지 수용소로 오게 되었소. 환자가 제대로 된 병원에 가야 몸을 치료할 수 있을 것이고 보고 싶은 아내의 사랑을 받아야 마음이 풀릴 텐데 아무 것도 할 수 없지 않소이까."

봉실은 포로수용소에서 사랑타령을 하는 사람을 처음 봐서 그런지 그가 무척 귀여워 보였다. 시인은 진정 사랑을 먹고 사는 사람인가 보다. 사랑에 목말라 하는 환자에게 사랑치료제를 주는 것이 의무처럼 느껴졌다. 봉실은 K의 맑은 눈을 깊게 들여다보았다. 조금 전보다 훨씬 생기가 돌고 있었다. 시인은 사랑에 대한 감수성이 역시 예민하네. 시인에게 내 마음이 열리는 것을 어떻게 아는 걸까. 봉실은 K의 손을 잡으며 적극적으로 격려하고 나섰다.

"시인님, 제가 간호사이니 잘 아는 군의관에게 부탁해서 치료도 하고 정성껏 보살피면 몸은 좋아질 겁니다. 하지만 문제는 마음병이네요! 시인님의 아내가 없으니 마음을 치료할 수 없으니 말이에요. 제가 마음을 치료할 수 있다면 좋으련만 시인님의 아내가 아니니 어떻게 하죠? 호호!"

K는 봉실의 친절한 호감을 느끼자 장난기가 발동했다. 그녀라면 그의 제안을 받아들일 것 같았다. 그것은 봉실의 눈만 보아도 알 수 있었다. 간호사라고 한들 이 삭막한 수용소에서 간호만하면 얼마나 무료하겠는가. 이왕이면 다홍치마라는 말이 있지 않은가. 간호와 함께 사랑도 받을 수 있다면 숨통이 확 트일 것 같았다. 간호사 선생, 방금 좋은 생각이 떠올랐어요. 저의 병든 마음을 치료할 수 있는 묘안이 말이요. 먼저 간호사 선생이 저의 제안을 들어주시겠다는 약속을 해주세요. 그래야 저의 생각을 밝히겠습니다. K는 떼를 쓰는 어린애처럼 표정을 지었다.

봉실은 환하게 미소를 지었다. 모든 여성에게는 모성애가 있다고 하더니, K를 강하게 그녀의 가슴에 품어주고 싶은 충동을 느꼈다. 알겠어요. 시인님의 제안을 받아들여 마음이 치료된다면 무조건 받아들이겠어요. 말씀해보세요. K는 마치 연극배우처럼 약간 과장된 감정을 넣어 구애의 대사를 내뱉었다. 간호사 선생을 보는 순간 아내를 보는 듯 마음이 편안해지는 걸 느꼈어요. 선생이 아내 역을 맡아 나를 사랑해주시요. 그럼 내 마음이 당장 치료가 될 것이요. 농담과 같은 진담이라더니 K는 멋진 연기를 구사하고 있었다. 그가 일본에서 연극을 공부한 것이 쓸모가 있다고 생각하며 헛웃음을 지었다. 원래 K는 연극배우 지망생이었으니 비극을 희극으로 반전시켜 즐길 수 있는 성향이 다분했던 것이다.

봉실은 K의 구애가 너무 천진난만하다고 느꼈다. 그와 잠깐 나눈 대화로 가슴이 훈훈해졌다. 그는 분명히 사랑의 묘약을 지닌 시인이었다. 말이든 행동이든 장난으로 보이지만 삶의 진실이 절로 묻어나왔다. 봉실은 사랑을 나누고 싶다는 메시지를 말없이 눈빛으로 던지고 있었다. 이것이 바로 큐피드의 화살이리라. 귀여운 분이군요. 여자에게 이런 희롱을 해도 되는가요. 저에게 정식으로 구애하는 건가요. 농담이 아니죠? K는 아내에게 품었던 사랑을 나누지 못해 삭막해진 가슴에 오아시스가 흐르는 것을 느꼈다. 봉실의 사랑이 있다면 수용소의 사막도 그렇게 메마르지는 않으리라.

"사랑을 먹고 사는 시인이라 외로워서 죽을 지경이오. 봉실 씨마저 나를 버린다면 난 미쳐서 죽을 거요. 이제 말씀하신 대로 약속을 지키세요. 사막처럼 말라버린 이 뺨에 오아시스 같은 당신의 입술을 맞추어주십시오."

이제 봉실은 K를 외롭게 두지 않겠다고 결심했다. 봉실은 K의 뺨에 진하게 입을 맞추고 그를 가슴에 포옹했다. 이념의 노예가 되어 싸움으로 하루를 보내는 거제도 수용소에서 두 연인은 녹색의 숲을 발견한 것이다. 여기서 그들은 사랑이 가득한 장미꽃으로 피어나리라.

K는 돈암동 집을 눈앞에 두고 수용소로 강제로 끌려올 때는 자유를 완전히 잃어버린 사슴이었다. 유자철망 밖에 그토록 보고 싶은 아내와 가족이 있지 않은가. 권력자들이 그의 목에 사슬을 걸어 그들로부터 헤어지게 하고 증오와 싸움이 끊이지 않는 수용소에 가두다니 참을 수가 없었다. 그는 증오심의 독풀이 자라나 가슴을 뚫고 심장을 갉아 먹는 것을 방치할 수밖에 없었다. 언젠가 기회만 되면 저 철망을 넘어 자유를 찾아가리라고 다짐했다.

이가 없으면 잇몸으로 먹으면 된다고 했던가. 아내가 없으니 대신 봉실이 사랑의 샘이 되어주었다. K에게 수용소는 더 이상 구속이 될 수 없었다. 오히려 골치 아픈 책임과 의무가 그에게 다가오지 않았다. 이념의 추종자들이 지르는 소음은 봉실의 사랑이 만든 방패로 막아버렸다. 이제 봉실이 그의 사막에 오아시스가 되어주는 한 자유는 이념의 수식어가 아니라 사랑의 샘이었다. 수용소는 그의 자유를 빼앗은 저주의 공간이 아니라 자유를 지켜주는 상징 꽃으로 다시 피어났다.

K는 수용소에서 나름대로 사회적 활동으로 자신의 역할을 찾아갔다. 밖에서 돈벌이 도구였던 영어가 여기서는 소통의 열쇠가 되었다. 수용소를 관리하는 미군 장교나 의사들이 필요할 때 통역과 번역을 도왔다. 병이 들어 병상이나 지키고 있던 K가 없어서는 안 되는 소통의 도우미로 변화하였던 것이다. 인간의 모든 갈등은 소통의 부재로 발생하는 병적 증세가 아니겠는가. 모든 인간이 억울함을 느끼지 않는 자유세상이야말로 K가 추구하고 싶은 이상이었다. 그가 사랑과 소통의 봉사를 하면 할수록 그가 수용소를 나서서 자유 세계로 나가는 날은 가까워 갔다.

거제도 포로수용소에서 석방되자 K는 서둘러 돈암동 집으로 달려갔다. 영경이 목을 빼고 그를 기다리고 있을 생각을 하니 마음이 더 바빠졌다. 갑자기 그가 의용대 징집으로 사라진 후 영경은 어떻게 되었을까 궁금했다. 그를 원망하고 눈물을 흘리고 있었을 아내를 떠올려보니 K는 가슴이 미어질 것 같았다. 이것은 시대가 만든 비극이라고 그는 자위했다. 점점 집이 가까워지니 가슴이 몹시 두근거리는 것은 어쩔 수 없었다. 전쟁으로 엉망이 된 골목이며 부서진 잔해가 아무렇게나 흩어져 있는 대문 앞은 황량하기 짝이 없었다. 대문은 폐가처럼 열려진 채 버려져 있었다. 집안으로 들어갔지만 인적은 조금도 찾을 수 없었다. K는 눈물을 흘리며 아내의 이름을 불렀다. 대답이 있을 리가 만무했다.

K는 부산으로 가서 수소문을 해 찾을 수밖에 없다고 판단했다. 그래 수많은 사람들이 그곳으로 피난을 갔으니 찾을 수 있으리라. 그는 막연한 희망을 가지고 부산으로 향했다. 부산을 뒤지면 그녀를 찾으리라는 직감이 들었다. 그와 가까웠던 친구 종복을 찾아가면 그의 행방을 알 수 있을 것이다.

K는 부산에 도착한 후 거리에서 우연히 만난 친구로부터 종복에 대한 소식을 알아냈다. 그런데 그 소식은 K의 심장을 멈추게 하고 가슴을 갈기갈기 찢어놓았다. 아내 영경이 종복과 동거를 하고 있다는 것이었다. 이게 웬 청천벽력이란 말인가. 세상에서 가장 믿었던 아내와 종복이 그의 등에 칼을 꽂았다는 생각을 하니 눈에서 불이 났다. 당장 만나면 때려죽일 것 같은 분노가 목구멍으로 치밀었다. 어떻게 친구란 놈이 그의 아내를 낚아챘단 말인가. 그가 눈앞에 있다면 죽일 수도 있다는 살의를 느꼈다.

하지만 지금 그는 심리적 딜레마에 빠질 수밖에 없었다. 종복은 일본 유학시절에 K가 어려울 때마다 최선을 다해 도와준 선배였다. 그가 몹시 야속하고 가증스러웠다. 이런 신의가 없는 짓을 결코 묵과할 수 없는 일이었다. K의 여신을 정복하고 능욕하다니 용서할 수 없었다. 그는 이를 부득부득 갈며 선술집에 들어가 술을 취하도록 들이켰다.

다음날 취기가 깨기도 전에 K는 광복동에 있는 종복의 집에 당도하였다. 때마침 종복은 출타 중이었고 영경만이 멋쩍게 그를 맞았다. 기이하게도 영경을 보는 순간 종복과의 동거를 두고 느꼈던 분노와 서운함은 머리에서 사라졌다. 무엇보다 그의 긍지였던 여신 영경을 다시 만났다는 기쁨이 솟구치는 것은 어쩔 수 없었다. 참으로 용납할 수 없는 반전이었다. 아이러닉하게도 K는 그를 모욕하고 배신했던 영경에게 돌아오라고 호소할 수밖에 없었다.

"내가 의용군으로 끌려가서 돌아올 수 있었던 것은 오직 당신 때문이었어. 집에서 아이를 기르며 나를 반겨줄 당신만을 그리워했기에 그 험한 길을 뚫고 돌아올 수 있었단 말이야. 그런데 어떻게 당신이 나를 배신할 수 있었지, 어떻게 그럴 수가 있냐구?"

K가 배신감을 토로하자 영경은 그녀의 억울했던 상황을 말하지 않을 수 없었다. 위험한 전쟁에서 여자를 내팽개쳐두고 떠나버린 사람이 누구였던가. 오히려 영경은 K가 몹시 야속해서 원망했다. 그녀가 얼마나 끔찍한 전쟁 상황에서 자식과 함께 외로움과 두려움으로 힘들어했던가. 그녀를 버리고 떠났던 K가 그녀에게 배신을 운운한다는 것이 억울했다. 살아갈 방도가 막막한 영경은 사막에 버려진 한 송이 꽃이었다. 한 모금 물을 찾으러 온 사막을 찾아 헤매야 하는 그녀에게 도덕률을 거론하는 것은 이상주의자의 사치가 아닌가. 그저 살아남는 것이 당면한 문제였다. 그런데

K가 그녀를 배신자로 낙인을 찍으려고 하는 것을 알고 눈물이 앞을 가렸다.

"아무리 기다려도 당신은 돌아오지 않았어요. 날마다 언제나 당신이 돌아올까 대문만 쳐다보았어요. 금방이라도 당신이 대문을 두드리고 들어올 것 같은 착각에 빠져 달려 나가곤 했죠. 하지만 대문밖에는 당신의 허상만이 나를 기다리고 있었어요. 인내력의 임계점이 한참 지났지만 당신은 결코 오지 않았죠. 그런데 인민군이 들이닥친다는 소문에 별수 없이 부산으로 피난을 갈 수밖에 없었어요. 부산에 내려갔지만 정작 먹고 살 방도가 있어야죠. 수소문해서 종복 씨를 만나 도와달라고 부탁했어요."

K는 종복과의 동거가 당연한 결과였다고 주장하는 영경의 뻔뻔한 태도에 화가 났다. 전쟁의 어려움이 있다고 하더라도 모든 여자가 남편을 배신하고 다른 남자와 동거를 해도 된다는 것인가. K는 분노로 치를 떨며 영경을 나무랐다.

"도움을 청했으면 도움만 받아야지. 어떻게 친구인 종복이와 살림을 차릴 수 있어! 당신은 누가 뭐라 해도 내 마누라가 아닌가. 그런데 내가 죽은 것도 아닌데 어떻게 다른 남자와 살을 섞을 수 있냐구? 당신은 도대체 양심이 있었던 거야."

영경은 K가 크게 분노를 터뜨리자 한 걸음 물러났다. 하지만 종복과 자신의 동거가 어쩔 수 없는 선택이었다는 것을 K가 깨닫게 하려 했다.

"당신이 살아있다는 확신이 있었다면 그랬겠어요? 들려오는 풍문에 당신이 전쟁터에서 죽었다고 하더라고요. 살아갈 길이 없는데 종복 씨가 구애하는 바람에 어쩔 수 없었어요. 생활능력이 없는 아녀자가 이런 절박한 상황에서 무슨 선택의 여지가 있었겠어요. 하여튼 당신이 살아왔으니 다행이에요."

K는 아내를 집으로 데리고 가려는 마당에 종복의 집에서 지난 일로 왈가왈부하는 자체가 언짢았다. 그는 짜증을 내며 영경의 변명을 가로막았다.

"지금 종복이 집에서 더 이상 논쟁하는 것은 마음이 불편하구먼. 더더구나 전쟁 중에 벌어진 일을 시시콜콜 따지는 것도 무리가 있고. 그 이야긴 접어두지. 우선 당신 짐 싸들고 집으로 돌아가자고!"

하지만 놀랍게도 영경의 반응은 영 딴판이었다. 그의 제안을 거절하듯 돌아서는 것이 아닌가. 그건 안 돼요. 돌아가기엔 너무 늦었어요. 없는 것으로 하기에는 종복 씨와 너무 깊게 들어갔어요. 어떻게 하는 것이 좋을지 혼란스러워요. 저를 여기에 남겨두고 그냥 돌아가세요. K는 기가 막혀 어안이 벙벙할 정도였다. 너무 괘씸해서 뺨을 후려갈기고 싶었다. 이 따위 여자를 그의 긍지이고 여신으로 숭배했단 말인가. 영경의 거절은 그에게 엄청난 모욕이 아닐 수 없었다.

"뭐라고, 내가 당신을 얼마나 그리워하며 온갖 어려움을 이겨

114

내고 사선을 넘어 여기 왔는데 그냥 돌아가란 말이야? 이런 인정머리가 없는 여편네가 있나. 종복에게 의지한 것은 내가 없어서 일어난 일이야. 이제 내가 돌아왔는데 왜 돌아갈 수 없냐고?"

영경은 싸늘한 표정을 지으며 분노하는 K에게 대들었다.

"저도 감정이 있는 여자라고요. 당신이 없다고 종복 씨와 살고 당신이 왔다고 당신에게 갈 수 있는 기계가 아니라니까요. 남녀의 사랑이 바람처럼 이리저리 쉽게 움직일 수 없어요. 오늘은 그냥 돌아가요. 저도 좀 생각을 해보고 종복 씨와 솔직하게 대화를 해보고 결정하겠어요. 아이 문제도 있으니 깊게 생각해볼께요. 시간을 좀 주세요."

영경이 이렇게 나오리라는 것을 꿈에도 생각해본 적이 없던 K는 기가 막히는 표정을 지었다. 오랫동안 이 순간을 기다렸는데 행복의 새가 손아귀에 잡히는 순간 날아가버리는 것이 아닌가. 꿈이 아닐까 아무리 생각해도 분명 이것은 분명히 현실이었다. 그는 영경에게 확실하게 경고를 하지 않을 수 없었다.

"내가 꿈에도 그리던 당신을 겨우 만났는데 집으로 함께 갈 수 없다니 이게 무슨 개 같은 경우일까. 당신이 지금 나와 같이 안 가면 이전의 K는 사라지는 거야. 당신은 예전의 K를 영원히 잃어버릴지 몰라. 지금까지 당신은 나만의 영경이었어. 그런데 당신은 나의 긍지였던 여신 영경이기를 포기한 거야. 그걸 명심하라고. 오늘은 당신이 제정한 치욕의 날로 영원히 기억될 거라고."

K는 그토록 자부하던 긍지의 대문을 꽝 닫고 나가버렸다.

　부산 종복의 집에 다녀온 후 삼 년이 지난 1954년 어느 날 영경은 K에게 돌아왔다. K는 아무 말 없이 그녀를 받아들였지만 그의 사랑은 완벽하게 예전으로 돌아갈 수 없었다. 영경은 이미 K에게 긍지의 여신이 아니었다. 오히려 그녀를 보면 사랑의 진실성에 대해 고민하며 방황하는 처지가 되었다. 긍지의 효과가 사라진 여신은 그의 사랑에 대한 갈증을 풀어주지 못했다. 사랑을 먹고 사는 시인 K에게는 참으로 불행한 일이었다. 그는 사랑의 갈증을 풀기 위해 종종 수용소에서 애인으로 삼았던 봉실과의 밀회를 즐겼다. 심지어는 자유분방한 술집 여인과의 성적 관계를 마다하지 않았다. 모두가 긍지의 여신을 상실하면서 생긴 후유증들이었다.
　영경이 돌아온 후 K는 사랑에 대한 번민에 빠져 혼자 허공을 바라보며 중얼거리는 습관이 생겼다. 그렇다고 영경에 대한 절망을 개선하려는 노력을 하지 않은 것은 아니었다. 그녀가 돌아온 지 십 년이 되도록 사랑의 불꽃을 피우기 위해 각고의 노력을 기울였다. 하지만 매번 실패하고 말았다. K는 오늘도 사랑의 갈증으로 인한 번민에 빠져 바람을 맞으며 방황하고 있었다. 그는 가슴에서 끓어오르는 갈증을 풀어내려는 듯 사랑의 주문을 외우듯 중얼거리고 있었다.

"나를 버리고 종복과 살림을 차렸던 아내가 돌아왔고 나는 그 녀를 받아들였어. 그런데 내가 진정 그녀의 배신을 용서했던 것일까. 아냐, 난 그렇게 한없이 포용할 수 있는 성자가 아냐. 그럼 왜 그녀와 함께 십 년이나 살 수 있었나? 난 아내를 여신처럼 사랑했거든. 그런데 내가 없는 사이에 그녀가 다른 남자를 사랑하고 살림을 하고 있었단 말이야. 독선적인 여신이 열렬한 숭배자를 모욕한 꼴이 아닌가. 그 순간 내 가슴 속에 활활 불타고 있었던 에로스의 불길이 여신이 퍼부은 찬물로 참담하게 꺼져버린 거야. 지난 십 년 동안 아무리 그녀를 사랑하려고 몸부림을 쳐봤지만 가슴 속 깊은 심연에 있는 사랑의 샘은 물 한 방울 없는 사막과 같았어. 결국 나는 살아남기 위해 거제 수용소에서 나를 구원해준 새로운 여신 봉실을 찾아가지 않을 수 없었지."

번민에 빠진 K의 환상 속에 봉실이 다가왔다. 사랑의 갈증에 허덕이던 K는 그녀를 반갑게 다가가 포옹했다. 그 순간 봉실은 그의 긍지의 여신이 되었다. 순간 K의 눈은 빛이 나기 시작했다. 그는 무릎을 꿇고 여신이 된 봉실의 품에 안겼다. K의 번민은 여신 앞에서 사라졌다. 봉실은 사랑의 사도를 다스리는 여신처럼 K를 품에 안았다. K는 황홀함에 몸을 떨었다. K는 사랑의 의식이 끝나자 자신의 환상적 무대로 발을 옮겼다. 그는 여신에게서 몸을 돌려 바람을 향해 다시 나아갔다.

"나는 아내와 함께 살아야 하는 일상으로 다시 돌아가야 했어. 시를 쓰는 시인이고 나를 바라보는 타인들의 눈을 의식하지 않을 수 없었거든. 사내가 쩨쩨하게 전쟁 중에 살 방도가 없는 아내가 저지른 잘못을 용서할 수 없다고 하면 비정한 인간이라고 손가락질을 받을 게 아닌가. 문제는 사랑의 샘물은 도덕적 의무감으로 솟아나지 않는다는 거야. 그래서 사랑이 변덕스러운 것인지 몰라. 그토록 사랑했던 여인 영경이 눈앞에 그대로 있는데 사랑은 저만치 도망가서 다른 여인의 가슴 속에서 손짓하고 있으니 말이야. 하지만 그게 누구의 죄인가. 그리고 누가 벌을 받아야 하는가 말이야. 난 십 년간이나 다시 그녀를 사랑하게 해달라고 아프로디테 여신에게 애원했거든. 그런데 예전에 넘쳐흘렀던 사랑의 감정은 결코 다시 오지 않았어. 비 온 후 어느 날 아내와 같이 거리를 걷고 있었지. 아마도 이전에 그녀와 사랑에 잠겨서 걸었던 길이었는지도 몰라. 그런데 그 순간 마치 로봇처럼 걷고 있을 뿐 아무런 감정을 느끼지 못하는 목석이 되었다는 것을 깨달았지. 갑자기 아내에 대해서 분노가 치미는 거야. 난 참을 수가 없었어. 난 손에 쥔 지우산을 들고 아내를 향해 다가갔지. 그리고 나도 모르게 그녀를 벌하기 시작했어. 그게 내 죄인가 말이야."

K는 허공 속에서 손을 들어 서너 차례 내리치는 시늉을 했다.

길 위에 쓰러진 영경의 모습이 떠올랐다. 주위에 지나가던 행인들이 갑작스런 부부의 해프닝을 보려고 모여 들었던 모습이 머릿속에 스치고 지나갔다. 그 곁에서 아이는 울음을 터뜨렸다. 아내를 때리고 말았다는 수치심이 K에게 몰려오자 조각처럼 굳어져 먼 산만 멍청하게 바라보았다. 사랑의 여신은 허공으로 사라지며 그에게 손을 흔들고 있었다.

4월 혁명의 승리 이후 5·16 쿠데타로 자유가 후퇴하는 시국을 한탄하며 K는 평론가 이씨와 토론하며 술을 마시고 있었다. K는 문학이 현실에 대해 발언해야 한다는 참여문학의 입장을 시와 평론을 통해 줄기차게 주장해왔다. 평론가 이씨는 순수문학의 입장에서 참여문학의 선동성과 조야성에 대해 비판하는 자세를 취했다. 참여문학의 대부격인 K는 이 선생의 비판에 대응할 필요를 강하게 느끼고 못마땅하다는 듯이 문제를 제기했다.

"이 선생이 나의 참여시론에 대해서 이의를 제기하셨는데 도저히 동의할 수 없소. 문학이 사회와 정치에 대해서 발언하지 않는다면 사회에 대한 문학의 책무를 어떻게 이행하겠다는 것이요?"

이 선생은 선배인 K의 문제 제기에 대해 약간 주춤거렸지만 패기 있게 반론을 하고 나섰다.

"K 선생님, 문학은 사회와 정치 문제 말고 문학적 책임만으로도 충분해요. 왜 문학이 정치와 사회의 문제를 다 짊어지고 가야 하는 거죠?"

시인과 평론가 두 사람은 같은 시국을 맞으면서도 정반대의 입장에서 서로 비판하고 있는 것이 신기하기만 했다.

"이 선생, 문학은 휴머니티를 다루는 장르이고 휴머니티는 정치와 사회를 떠나서 존재할 수 없다고 봐요. 그걸 다루시 않는다면 어떤 것도 문학의 본질을 획득할 수 없소이다."

"전통적으로 문학이 다루어온 미학적, 도덕적, 철학적인 주제만으로도 벅찹니다."

K는 지식인으로서 민중의 피로 권력을 잡았던 권력자들의 배신을 토로했다.

"이 선생, 우리는 피를 흘리면서 4·19 혁명에 참가했고 장면정권을 탄생시켰소. 하지만 이 정권은 여전히 법치주의를 내세우며 국민들을 특권층만을 위한 부르주아 법률 안에 가두려고만 하고 있잖소. 혁명의 힘으로 권력을 잡은 정치가들이 특권층의 비대한 기득권을 약속대로 개혁하려고 하지 않는단 말이오. 문인이 이런 배신에 대해 발언하지 않는다면 누가 한단 말이오?"

권력과 정치의 왜곡 현상을 문학이 바로잡아야 한다는 K가 몹시 못 마땅한 이선생이 K의 참여시를 공격하고 나섰다.

"K 시인님이 주창하는 참여시는 사회주의 이데올로기에 갇힌 채 획일적인 이념만을 절대화했어요. 게다가 독자들을 감동시키기보다 프로파간다처럼 선동하려고 덤비는 거친 삐라에 불과해요. 저는 그런 불온한 참여시를 혐오합니다."

K는 순수문학의 형식미에 갇혀있는 이 선생의 편협한 사고가 안타까웠다. 과연 독재체제 아래에서 그가 쓰고 싶은 대로 쓸 수 있는 자유를 누리고 있단 말인가. 그렇지 않다면 그걸 가로막는 정치적 압박에 대해서 어떻게 해야 한다는 것인지 묻고 싶었다.

"문학이 정치적인 문제를 금기시하는 것은 시인의 사고를 억압하는 것이오. 우리가 왜 문학을 한다고 생각하오? 우리가 문인으로 살아가고 글을 쓰는 이유는 사상의 자유와 다양성을 누리려는 것이 아니오? 권력이 문인에게 특정한 이념만을 사고하고 쓰라고 하는 것은 비인간적인 폭력인 것이오. 시인은 항상 새로움을 찾아 나서는 아방가르드이어야 하는데 특정 이념을 생각하거나 쓰면 안 된다고 강요한다면 어떻게 창작의 자유를 누릴 수 있다는 것이오?"

K가 창작의 자유를 언급하자 이 선생의 주장은 주춤거렸다. 그는 문학이 정치의 도구로 전락하는 것을 우려한다고 주장하고 나섰다.

"문인이 창작의 자유를 가져야 하다는 당위성에 반대하는 것은 아닙니다. 그렇다고 정치적인 문제를 해결하기 위해서 문학을 전면에 내세우는 것에는 동의할 수 없습니다. 그것은 문학을 정치에 종속시키는 결과를 낳고 비문학적 목적의 하수인으로 전락하는 비극을 막을 수 없기 때문입니다."

K는 이 선생이 참여문학의 본질은 보지 못하고 부차적인 부작용에만 초점을 맞춘다는 것을 포착했다. 정당치 못한 권력은 문학을 절뚝거리게 만들어 온전성을 여지없이 파괴하는데도 선동이니 조야성 등의 문제를 지적하며 변죽을 울리고 있었다.

"이 선생은 문학의 순수성을 주장하면서 정치적인 주제를 다루면 불온하고 거칠어지니 아예 배제해야 한다고 보는군요. 그런데 그것이 바로 권력이 원하는 것이오. 사월혁명에 참여한 시민들은 독재정권을 무너뜨리고 시민들이 더 많은 자유를 누릴 수 있는 나라를 만들고 싶어 했소. 하지만 분단국가라는 이유로 시민들에게 반공주의를 강요하고 그것에 어긋나는 사고나 작품을 검열하고 있잖소. 게다가 권력의 금기를 작품화할 때 국가폭력을 이용해서 시민들에게 테러를 가한단 말이오."

문학에 대한 권력의 검열을 비판하는 K의 강한 발언에 정면으로 반대를 못하면서도 이 선생은 여전히 순수문학을 지지하는 고답적인 입장을 바꿀 생각이 전혀 없었다.

정치문제는 문학의 주요영역이 되어서는 안 된다는 것이다. 두 사람의 접합점이 나오기는 쉽지 않을 것 같았다.

"정치문제를 문학이 우선적으로 다루는 것은 옳지 않아요. 그것은 문학을 이념의 도구로 만들어 저열하게 만들죠. 정치문제는 정치인들이 다루어야 합니다. 문학은 독자들의 영혼을 살찌게 하고 아름다움을 창조하며 도덕적 오염을 정화시켜야죠."

K는 이 선생의 보수적인 문학관을 경멸로 가득한 표정으로 듣고 있었다. 부단히 새로움을 추구해야 할 비평가가 새 시대를 열기 위해서 투쟁하는 것을 두려워한다면 어떻게 하겠다는 것인가.

"권력이 문인들의 사상적 자유를 구속하여 길들이려는 음모를 꾸미고 있는데 이 선생은 문인들은 그저 고고한 존재로 남아야 한다고 고집하는군요. 문학에 대한 그런 보수적인 자세는 시인을 식민지 시대에 음풍농월이나 하던 무책임했던 문인으로 전락하게 했던 것이오. 시인이 새로운 실험에서 성공하려면 어떤 금기도 있어서는 안 되오. 나는 이렇게 노래할 것이오."

K는 자리에서 벌떡 일어나 그의 시를 낭송하며 외쳤다.

"'김일성 만세'/ 한국의 언론자유의 출발은 이것을/ 인정하는 데 있는데// 이것을 인정하면 되는데// 이것을 인정하지 않는 것이 한국/ 언론의 자유라고 조지훈이란 시인이 우겨대니// 나는 잠이 올 수밖에// '김일성 만세'/ 한국의 언론자유의 출발은 이것을/ 인정하는 데 있는데// 이것을 인정하면 되는데// 이것을 인정하지 않는 것이 한국/ 정치의 자유라고 장면이란 관리가 우겨대니// 나는 잠이 깰 수밖에. 이것은 문학의 금기를 부수려는 내 문학적 선언이오."

이 선생은 깜짝 놀라 외쳤다. K가 자유를 명분으로 이런 거친 시를 쓰는 것은 지극히 불온한 행위로 문학을 조야하게 만든다고 보았다. K는 장시간 이 선생과 토론을 했지만 서로 더 멀어지자 절망적인 기분이 들었다. 이 선생의 고답적이고 편협한 문학관이 안타까웠다.

"당신처럼 젊은 평론가가 이렇게 시를 편협하게 보는 것이 안타까울 뿐이오. 시인이 창작의 자유를 획득하기 위해서는 피를 흘려야 한다는 것을 알아야 하오. 혁명이 성공했다고 해서 완전한 자유가 오는 것도 아니오. 그래서 시인은 고독한 것이오. 그래서 이런 시로 노래하는 것이오."

공무원 차림의 직원이 장부를 들고 K네 집의 대문을 두드렸다. K가 나와서 문을 열고 방문자를 멀끔하게 쳐다보았다. 방문자는 자기 업무만 다하면 된다고 생각하는 동사무소 직원이었다. 그는 장부를 들추면서 K에게 묻기 시작했다.

"안녕하십니까. K씨댁이죠? 동회에서 나왔습니다. 적십자비를 내주셔야겠는데요."

K는 그의 말을 듣지도 않고 딴전을 피우며 말도 안 된다는 표정을 짓는다.

"왜 그걸 내라는 거요? 관에서 내라고 하면 다 내야 합니까? 나는 적십자비를 내기 싫소."

직원은 K를 위아래로 훑어보며 비웃으며 별 놈이 있다는 듯 쳐다보았다.

"적십자비는 모든 국민이 내도록 공문이 내려왔는데 무작정 거절하면 어떻게 합니까. 선생은 대한민국 국민이 아닙니까?"

동회 직원이 다그치고 나오자 K는 저항적인 표정을 지었다. 말단 공무원에 불과하지만 권력의 하수인 노릇을 하는 자에게 바른 소리를 해야 속이 풀릴 것 같았다.

"각자 시민들은 자기 행위를 결정할 수 있는 권리가 있소. 난 이 정권이 추진하는 반공주의 정책이 마음에 안 들어요. 그런데 무슨 자격으로 관에서 내 생각을 마음대로 조종하려고 하는 거요. 민주당이 정권을 잡은 후에 자유당에 비해서 뭐가 달라졌소? 그리고 5·16으로 집권한 공화당은 자유당과 똑같이 자본가 위주의 법으로 서민들을 압박하고 있단 말이오. 4월 혁명을 일으킨 것은 시민들의 자유를 더 보장하라고 요구했던 것이오. 그런데 민주당이든 공화당이든 정권이 바뀌어도 자유당의 적폐를 조금도 개혁할 기미가 보이지 않으면서 똑같은 세금과 공과금을 내라고 채근할 수 있단 말이오?"

직원은 K가 내뱉은 장광설이 우스꽝스럽다는 듯이 피식 웃었다. 그의 눈에는 K가 풍차에 덤벼드는 돈키호테처럼 보이는 모양이었다.

"쥐꼬리만 한 적십자비를 거두고 있는 말단 공무원에게 시시콜콜 정책에 대해 따진들 무슨 소용이 있습니까? 그런 소리는 청와

대 주인이나 국회의원들에게 하십쇼."

K는 자신의 주장을 무시하고 꼰대로 몰아가는 직원의 건방진 표정을 보고 마지막 일격을 가하고 싶은 충동을 느꼈다.

"나는 내 힘으로 도는 팽이요. 내가 하는 행위와 사고는 내 방식으로 하려는 사람이란 말이요. 당신에게 볼멘소리를 한 것은 내기 싫다는 적십자비를 내라고 강요하기 때문인 게요. 나는 부당한 세금을 거부했던 초월주의자 쏘로우처럼 당신이 거두려는 적십자비를 거부할 것이오. 당신이 적십자비 납부를 결정한 권력과 무관하다고 강변해도 정권의 하수인으로서 그 책임을 면할 수 없기 때문이오."

직원은 K의 끈질긴 공격에 진저리를 치면서 논쟁을 피하려는 눈치였다. 도대체 말단 공무원에게 이렇게 따진다고 뭐가 달라집니까. 선생님이나 나나 힘없는 서민일 뿐입니다. K는 적십자회비에 대한 비판을 피하여 은근슬쩍 빠지려고 하는 직원을 가로막으려는 듯 마지막 일격을 날렸다.

"그렇게 발뺌을 하지 마시오. 공무원이라면 각자의 처지에서 시민들을 위해 헌신해야 할 것이오. 차라리 어느 쪽에서 치우치지 말고 중용을 취하든지 말이요. 그런 시민의 자유를 보호하는 역할을 다하지 못하면 그건 답보이거나 무위인 것이오. 또한 피땀 흘려 이룬 혁명을 훼방하는 반동이란 말이오."

직원은 장부를 닫아버리면서 툴툴거리며 중얼거렸다. K의 장

126

광설로 폭격을 맞았다는 듯이 어이가 없는 표정을 지었다. 그는 마지막 말은 꼭 하고 가겠다는 듯이 K의 얼굴을 빤히 바라보았다. 오래 살다 보니 대단한 별종을 만났다는 암시이리라.

"참, 무슨 말을 하는 건지 알 수 없군. 적십자회비는 내든지 말든지 알아서 하세요. 알량한 적십자비 때문에 머리만 아파요. 재수가 없으려니까 별소리를 다 듣네요!"

동사무소 직원은 재앙을 떨어내려는 암시로 바닥에 침을 내뱉은 후 문을 박차고 나갔다.

직원의 뒤꽁무니를 한참 바라보던 K는 담배 한 개비를 꺼내 물었다. 한바탕 쏟아놓으니 가슴은 시원해졌다. 하지만 무언가 허탈감을 피할 수 없었다. 비판하려는 폭탄의 과녁이 맞지 않는다는 자책이었으리라.

"그래, 그 친구의 말이 맞을 지도 모르지. 피를 흘리며 외친 '자유'가 이런 것이었나. 종로에서 뺨 맞고 광화문에서 화풀이 하는 격이구먼. 장면 정부는 시민들의 핏값으로 권력을 얻었지만 우리가 원하는 '자유'는 줄 수 없다는 것이었지. 그렇다면 내가 분노해야 될 대상은 장면정권이나 공화당 정권이지 말단 공무원은 아니라는 것은 자명하군. 그런데 오늘 알량한 적십자비를 받으러 온 그 친구에게 화를 내고야 말았어. 화살이 엉뚱한 곳으로 날아간 거야. 혁명을 위해 목숨을 바친 시민들은 아직도 억압과 가난에 시달리고 있는데 아무런 공도 없는 권력자들은 배를 두드리고 있다니 이건 분명 부조리한 거야. 하지만 내가 권력자들에게 보내야 할 분노의 화살을 동회 직원에게 돌린 것 또한 부조리하지 않은가. 아, 자유여 넌 어디에 있는 것이냐…"

　술이 얼큰하게 취한 K가 주막에서 나와 펑펑 쏟아지는 눈발을 바라보며 상념에 잠겨 있었다. 그는 배뇨 기운을 느꼈는지 뒤로 돌아서서 소복하게 쌓인 눈밭을 향해 오줌을 갈기기 시작했다. 그는 한기를 느끼는지 몸을 약간 떨었다. 그의 옆 탁자에 술을 마시던 취객이 주막에서 나와 배뇨 기운을 참지 못하고 두리번거렸다. 그는 K 옆으로 다가와 오줌을 갈기며 미소를 지었다. 흔히 뭇 사내들이 그러듯이 함께 노상방뇨를 하며 느끼는 공범의식이었으리라. K가 멍하니 폭설을 바라보며 눈이 내리는 장경에 감탄사를 터뜨렸다.

　"눈이 엄청 내리네요. 산허리를 돌아서 몰아치는 눈발이 하늘을 휘덮고 세상이 하나로 보이는군요."

　취객도 폭설의 장경에 푹 빠져 눈길이 허공에 박혀 있었다. 눈이 내리며 만든 한 폭의 동양화에 입을 다물 줄 몰랐다.

　"와, 폭설이 내리니 산과 들, 마을과 도로의 경계가 모두 사라져 정말 하나가 되었네요. 술에 취한 선생님과 제가 하나가 되었듯이 말입니다, 흐흐…"

K는 눈 위에 오줌발이 만든 노란 자국을 가리키며 낄낄 웃어 제쳤다.

"허허, 저기 우리가 내지른 오줌발을 좀 보시오. 오줌의 온기로 잠시 눈을 녹인 듯했지만 다시 눈에 덮여 사라지고 없잖소!"

취객도 기껏 만든 인간의 자국이 사라져가는 것이 아쉽다는 듯이 맞장구를 치고 나왔다.

"흐흐, 눈이 저렇게 퍼붓는 데 오줌발이 아무리 센들 얼마나 버티겠어요? 저토록 어지럽게 내리는 폭설에 저항한답시고 오줌을 갈기든 가래침을 뱉든 그건 그저 사라지는 허무한 몸짓일 뿐이죠. 저도 지난 4월 혁명 때 거리로 나가 구호도 외치고 돌도 던져보았습니다만 세상은 하나도 변한 게 없더라고요."

취객의 화제가 오줌발에서 4월 혁명으로 바뀌자 K는 의외라는 듯이 표정을 진지하게 바꿨다. 그는 바람에 흩날리는 눈발들이 거리에서 함성을 지르던 시민들로 겹쳐 보이는 착각에 빠졌다.

"거리에 쏟아져 나온 민중들은 어쩌면 저 눈발과 같은 존재일지 모릅니다. 내가 쓰는 한편의 저항시는 무용할지 모르겠으나 떼로 몰려와 세상을 뒤덮어버리는 눈발 같은 민중은 엄청난 거대한 존재임에 틀림없었소."

취객은 K의 말에 공감을 한다는 듯이 고개를 끄덕였다. 그는 K가 분명 시인이라고 확신했다. 그는 K에게 강한 동지애를 느꼈는지 가깝게 다가왔다. 그들은 얼마 동안 하얗게 물들어 가고 있는 들판을 함께 바라보았다. 그들이 함성으로 함께 거리를 채웠다면 그들은 혁명의 동지임에 틀림이 없으리라. 그들은 승자이면서 동시에 패자가 되는 참담함을 느꼈다. 그들은 승리의 환희를 함께 느꼈고 권력자들의 배신에 대해 함께 환멸을 느꼈으리라. 취객은 K에게 친구 대하듯 편하게 핀잔을 던졌다.

"선생은 시인이신 모양인데 왜 본격적으로 썩은 권력에 대해 비판적인 시를 쓰지 않는 거죠? 난 그저 그런 서민이지만 상대가 누구든 할 말은 해요. 속이라도 시원하게 말이요. 그런데 유식한 시인이 쓰고 싶은 저항시를 못 쓴다면 그건 말이 안 되죠."

취객의 핀잔이 K에게 불편하게 들렸다. 그것은 K를 가장 아프게 건드리는 역린이었는지 몰랐다. 요즘 권력의 검열이 갈수록 심해지면서 스스로 움츠러드는 것을 느꼈던 것이다. 자신의 분신인 작품에 정직하지 못한 행위에 대해 분노가 치밀어 오는 경우가 한두 번이 아니었다. 그는 자책하며 취객에게 고해를 했다.

"당신이 비난할만하지. 요즘 시인은 갖가지 규제 속에서 시를 쓰니 말이요. 창녀를 사랑하면서도 그녀와의 섹스에 대해서 솔직하게 쓰지 못하고 고고한 척하기 일쑤요."

K가 검열을 정치에서 섹스로 돌려 암시적으로 표현하자 취객은 배신감으로 응대했다. 그는 K에게 더 적극적으로 시인의 책임을 요구하고 싶었다.

"그까짓 섹스 문제야, 시인이 노골적으로 드러내면 쑥스러워 그렇다고 칩시다. 사월혁명은 자유를 부르짖으며 일어난 학생들과 민중들이 피와 목숨을 내놓고 싸워 자유당 정권을 무너뜨린 거잖아요. 그런데 시인이 혁명의 주체인 시민들의 자유를 유보하는 민주당과 5·16 정권에 대해 발언하지 않으면 누가 한단 말입니까?"

K는 오줌을 갈기다가 우연히 만난 취객이 언젠가 토론을 벌였던 이 선생보다 더 날카로운 지성을 가졌다고 생각했다. 그가 지적하는 한 마디가 현실에 순응하며 순수니 미학이니 떠들어대는 몰역사적인 문인들보다 용기가 있다고 절감했다. 사회적 발언에 앞장섰던 K마저 검열에서 자유롭지 못하다는 자백을 그에게 들려주고 싶었다.

"민주당 놈들조차 자유당의 반공주의를 내세우며 시인들의 작품을 검열하고 있지 않소. 민주당이 자유를 확대하리라고 믿고 시민들은 이미 일상으로 돌아가 버렸죠. 이제 투쟁의 열정을 소진했고 혁명의 불길은 식어있어요. 그걸 아는 반공주의 권력자들은 그들을 조금만 비판해도 용공으로 몰아 가둔단 말이오. 5·16 독재 정권이 들어서면서 자유라는 말은 아예 사라져버렸고요. 그러니 권력자를 비난하려고 작품을 쓰면서도 핵심을 피해서 에두르는 속임수를 쓸 수밖에 없죠."

K는 문학적 속임수의 책임에 자신도 피할 수 없다는 자책감으로 얼굴을 찡그렸다. 그는 쓸쓸한 표정을 지으며 말을 이어갔다.

"이런 상황에서 시를 정직하게 쓸 방도가 없으니 속이 뒤틀려 시적 사고를 소화시키지 못하는 증상에 걸린 시인들이 태반이요. 이게 비판인지 아부인지 알 수 없고 그저 음풍농월에 슬쩍 풍자를 섞어놓은 소화가 덜 된 작품들을 항문이 아닌 입으로 쏟아내는 격 이요. 이거야말로 소화불량에 걸린 시인이 질질 흘리는 문학적 설사란 말이요. 그래서 설사를 틀어막으려 술 한잔 걸치고 푸념을 하고 있는 거지, 흐흐흐. 시인은 시로 이렇게 쓸 뿐이오. 이렇게 내리는 눈처럼 말이오."

K는 한바탕 한을 풀어내듯 푸념을 쏟아낸 후 자조적 비웃음을 지었다. 그것은 어쩌면 진실을 말하지 못하는 자신을 포함한 지식인을 향하고 있으리라. 그는 쏟아지는 폭설 속으로 천천히 사라져 갔다. 취객은 문학을 설사라고 푸념하던 K의 충격에서 벗어나지 못한 채 그의 뒷모습을 멍하니 쳐다보고 있었다.

박정희 공화당 정권의 치밀한 통제와 검열로 그토록 키우려고 애쓰던 자유의 풀잎들은 독재의 강풍에 납작 엎드려 있었다. 그러나 자유를 구가하려는 풀잎들이 강압에 의해 숙였던 고개를 쳐드는 역사적 순간이 다가오고 있었다. 이 사건은 6·3 항쟁이라고 일컫는 한일협상 반대 운동이었다.

공화당 정권은 경제개발자금을 확보한다는 명분으로 비밀리에 한일교섭을 추진하였다. 그들은 국민들의 반대를 무시하고 1964년 벽두부터 교섭을 조속 타결하려고 서둘렀다. 독선적인 공화당 정권은 여론을 고려하지 않고 3억 달러의 청구권 보상으로 협상을 마무리하려고 획책하였다. 심지어 한국 어민들의 생명선이나 다름없는 '평화선'을 일본에 내주려는 협잡을 마다하지 않았다.

김종필이 한일협상을 진행하기 위해 도쿄로 떠나자 고려대, 연세대, 서울대 등 서울 18개 대학 1만5천여 명이 데모를 시작하였다. 또한 재야 시민들이 가세하여 총 3만여 명이 거리로 몰려나와 격렬한 시위를 벌였다. 데모대가 국회의사당을 점령하기에 이르자 박정희는 6월 3일 밤 8시에 계엄령을 서울시 전역에 선포하였다. 한일협정 반대 시위를 하는 시민들의 함성이 다시 거리를 메웠다. 오랜만에 보는 자유를 위한 행진이었다.

K도 한일협정에 반대하는 시위에 참석한 후 뒤풀이로 거리 카페에서 앉아 있었다. 시민들은 자연스럽게 여기저기서 찬반토론을 열띠게 진행하였다. 카페 거리 저편에 돌보지 않는 꽃밭이 있었다. 초여름에 접어든 다양한 꽃들이 무성하게 피어있었다. 대학생이 나서서 격한 목소리로 한일협정을 추진하는 박 정권을 비난하고 나섰다.

"박정희 정권은 쿠데타에 이어 한일협정을 맺었습니다. 그는 일본의 식민통치에 대한 진정한 사과와 실질적 보상도 없이 치욕적인 협정을 조인했단 말입니다. 우리는 4월 혁명을 하면서 자유를 위해 경찰의 총부리에 맞서 행진을 했었죠. 식민시대의 엄청난 탄압과 착취를 그까짓 돈 몇 푼과 맞바꾸다니 우리의 민족적 자존은 어디에 있는 겁니까. 그걸 비판할 수 없다면 도대체 무엇을 위해 혁명을 했는지 회의가 생겨 참담한 심정입니다."

나이가 지긋한 시민이 대학생의 흥분한 발언을 듣고 조심스럽게 말을 걸었다. 한일협정에 반대하는 시민들을 의식한 탓인지 처음에는 신중한 태도를 취했다.

"하지만 자유가 무한대로 허용된다면 어떻게 될까요. 우린 분단국가인데 그 현실을 간과한 순진한 자유는 대단히 위험해요."

대학생은 그의 발언에 답답하다는 듯이 치고 나왔다. 그 논리를 현 정권이 국민들을 압박하는 전략으로 내내 이용하는 수법이 아니냐고 반문했다. 시민은 점점 흥분하며 학생이 너무 순진해서 그런 안이한 사고를 한다고 핀잔했다.

"육이오 때 공산당이 저지른 잔인한 살육을 겪어보고도 그런 주장을 하다니 유치하기 짝이 없군요. 박 대통령은 일본과의 갈등보다 북한의 위협 아래 우리의 생존을 위해서 안보를 택한 거죠. 경제발전을 위한 건설자금을 확보하기 위해 협정을 맺었고 자유는 어느 정도 유보해야 한다고 보는 겁니다. 북한의 총과 대포가 우리를 겨누고 있어 언제 죽음이 올지 모르는데 자유가 무슨 의미가 있겠습니까."

조용히 듣고만 있던 중년의 여인이 시민의 안보론에 이의를 걸고 나왔다. 그녀는 그의 주장이 이해가 안 된다며 날카로운 질문으로 발언을 시작했다.

"안보를 위해서라면 자유는 언제든지 억압을 받아도 된다는 건가요? 그런 논리는 분단체제를 이용해서 시민들의 자유를 억압하려는 권력자들의 권모술수에 불과해요. 실정을 거듭하는 권력자들은 비판하는 시민들을 용공으로 몰아서 제거해왔죠. 게다가 친일을 했던 경찰들을 그대로 채용해서 민족주의자들을 공산주의자로 조작하는 걸 잘 아시잖아요."

시민들의 토론을 경청하던 K는 자유라는 개념에 대해서 깊게 생각하며 새로운 접근을 시도했다. 그저 정치적인 자유만으로 필요충분조건이 되는 것이 아니라는 점을 강조하고 싶었다.

"분명한 것은 꼭 자유를 억압해야 박 정권의 권력자들이 말하는 안보가 가능한 것은 아니라는 겁니다. 독재정권은 자유를 지켜준다더니 억압하는 데 골몰하고 있어요. 4월 혁명 후 저는 자유를 외부보다 내면에서 찾을 수밖에 없다고 보고 사고의 전환을 했죠. 제가 「꽃잎」 연작시에서 노래한 저 꽃들을 보십시오. 아무도 지켜주지 않아도 꽃마다 생명력을 내품고 있지 않습니까. 저 꽃들은 인간이 보호하지 않아도 자유롭게 피어나며 나름대로 아름다움을 뽐내고 있거든요."

K의 말을 듣던 대학생이 아전인수격으로 데모에 나선 시민들을 위한 지지로 해석하고 싶어 했다.

"선생께서 꽃의 아름다움과 인간 보호의 관계를 말씀하신 것은 무슨 의미인가요? 자유와 안보는 꼭 반비례하는 것은 아니라는 말씀인 것 같군요. 오히려 자유의 소중함을 아는 시민들이 권력을 위한 안보가 아니라, 자신들의 삶의 의미를 완성시켜주는 자유를 위해 목숨을 걸고 싸운다는 것이겠죠."

사실 K의 의견을 폭넓게 보면 틀린 이야기는 아니었다. K는 박정권 안보론의 위해성을 잘 알고 있었기 때문에 대학생의 손을 들어주었다.

"정확하게 이해하셨군요. 혹자는 꽃이란 특정한 미적 조건을 갖추어야 아름답다고 시민들에게 주입시킵니다. 하지만 인위적인 꽃의 아름다움은 인간이 독선적으로 정의한 것일 뿐 꽃의 본질과는 무관해요. 여러분들의 눈에는 어떤 꽃이 가장 아름답게 보입니까?"

K의 질문에 중년의 시민이 나이에 걸맞은 보수적인 입장을 내세웠다. K를 두고 자신들에게 유리한 논리를 획득하려는 분위기였다.

"아무래도 꽃꽂이 전문가 같은 미적 감각을 가진 분들의 시각이 최고의 미를 만들어내지 않을까요. 나처럼 텁텁한 막걸리 파가 꽃을 고르는 방법을 어떻게 알겠소이까. 꽃의 전문가들이 예쁜 꽃을 골라서 최상의 미학으로 창조한 꽃꽂이가 가장 아름답겠죠. 그들의 작품은 미학적 원칙대로 제작한 것이니 아름답다고 믿는 것이죠. 전문가가 꽃의 자연미에 인공미를 가미했을 때 미적 가치도 최대화되기 때문이에요."

여인은 그의 의견에 동의하지 못하겠다며 손사래를 쳤다. 그의 고답적인 생각이 답답한 모양이었다.

"전 댁의 의견에 동의하지 않아요. 왜냐면 꽃꽂이 작품이 아름다운 것은 사실이지만 실제 꽃으로 느껴지지 않거든요. 아름다운 여인이 노예처럼 구속되어있는 것 같은 비애도 느끼죠. 온통 비싼 보석으로 화려하게 감싼 여인이 부러움을 살지 모르지만 서민들에게 이질감을 줄 수도 있고요."

K는 여인의 비유가 마음에 들었다. 그는 장식된 꽃바구니와 들꽃을 비교해서 그가 추구하는 자유를 설명하고 싶었다.

"좋은 지적입니다. 예를 들어 꽃바구니로 꾸민 장미보다 들판의 들꽃이 마음에 와닿는 것과 마찬가지죠. 꽃꽂이 전문가의 눈에는 하찮아 보이는 들꽃이 소박한 시민들의 가슴을 감동시킨단 말입니다. 그건 각종 소박한 들꽃들이 인간의 의지와는 무관하게 각자의 생명력을 왕성하게 표출하기 때문이에요. 크고 작은 꽃나무들이 이리저리 가지를 뻗어가며 꽃을 피우는 모습이 바로 시민이 원하는 자유의 표상이 아닐까요. 우리가 들꽃을 좋아하는 것은 그처럼 무한한 자유를 만끽하고 싶은 거죠."

K가 자유의 상징으로 들꽃을 거론하자 시민은 못마땅한 표정을 지었다. 권력이 시민들에게 요구하는 획일적인 질서에 익숙한

자들은 아무래도 자유가 거북한 것 같았다. 그에게는 들꽃이야말로 미가 아닌 추의 현상으로 보이리라.

"그렇지만 들꽃의 자유는 오늘 데모처럼 우리 사회가 경계해야할 무질서가 아닐까요. 그걸 한없이 허용하면 사회는 잡풀로 엉클어진 정원이 될 위험이 있어요. 거친 가지나 못생긴 꽃들을 가위로 정지작업을 해야 비로소 정원의 아름다움이 드러나는 것입니다."

그의 관점에는 자유가 질서를 해칠 수 있는 위험한 가치로 보이는 것 같았다. 대개 독재자들이 시민의 자유가 사회질서를 위험하게 한다는 의식을 주입함으로써 생긴 부작용이 아닐 수 없었다. K는 그의 편견이 민주주의를 유보하게 했다는 것을 깨닫게 하고 싶었다.

"아, 그건 가정된 무질서를 지레 두려워하여 우리 삶의 가장 중요한 자유를 규제하는 무리한 논리입니다. 그것은 허위적 외양을 위해서 실체적 내면을 버리는 모순에 빠지는 거에요. 저의 관점에서 예술은 외양보다 실체를 추구하는 것이 그것의 본질이니까요. 외양상 꽃이 아름답다고 그것이 정말 아름다운 것인지 의심해야 됩니다. 꽃은 아름다운 것 같은데 그 속에 해충이 숨어 있을 수 있거든요. 안보로 위장한 질서는 겉만 번지르르한 꽃바구니라고 볼 수 있겠죠. 하지만 별 볼 일 없는 소박한 들꽃이지만 척박한 땅에서 어떤 난관도 이겨낼 내적 건강성과 소박함을 지닐 수 있어요.

이 들꽃은 겉모양은 소박해도 강인한 인동초가 그러하듯 감동을 줄 수 있죠. 들꽃의 아름다움은 진실을 바탕으로 하기에 강한 진정성을 전달하는 겁니다. 무의식 속의 무위적 자연과 본능을 그대로를 보여주는 것이 진실에 가깝다고 봐요. 그래서 꽃의 기존 미학보다 들꽃의 무질서를 통해서 카오스의 역동적 세계를 추구하는 것이 시인의 진실과 관통한다고 할까요."

몇 달 후 K는 지방에서 초청을 받아 문학특강을 진행하고 있었다. 참석자들은 K가 일관되게 추구하는 일탈과 새로움의 시학에 관심을 보여주고 있었다. 그것은 K가 세상의 통념을 거부하고 무의식 속의 자유를 획득하려는 전략으로 독자들이 이해하지 못하는 부분이었다. 교수들과 시인들이 평소에 가졌던 의문을 풀겠다고 야단이었다. 토론자로 나섰던 한 교수가 먼저 질문자로 나섰다.

"K 시인은 소수 엘리트를 위한 형식적 미학보다 민중들의 혼돈의 미학이 더 진실에 가깝다고 말씀하셨어요. 그렇다면 K 시인은 꽃이란 절대적 하모니보다 비뚤어진 일탈을 보여주는 것이 더 진실한 꽃답다고 보시나요?"

K는 평소에 주장했던 일탈의 시학을 설명하려고 나섰다. 그럼요, 못난 꽃, 비뚤어진 꽃, 떨어진 꽃, 바랜 꽃 모두 나름대로 아름

다움과 의미를 가지고 있죠. 평소 보수적 입장인 작가가 팔을 걷어붙이고 K를 공격하고 나왔다. 그는 K의 시학이 이해가 안 된다며 고개를 내저었다. 시인의 「꽃잎」에서 거론되는 그런 하찮은 것들은 주위에서 얼마든지 볼 수 있어요. 대개 우리는 그런 것들에게 눈길조차 주지 않고 지나쳐왔잖아요. 아름다운 꽃들을 소재로 하지 않고 그런 추한 것들을 어떻게 예술이고 시라고 볼 수 있다는 것입니까. K는 사고가 관행적 틀에 묶여있는 그를 이해시킬 수 있는 전략이 무엇일까 궁리하다가 묘안이 떠올랐다. 그는 순자를 이슈로 내놓자고 생각했다.

"선생은 엘리트 예술에 익숙해서 일상적인 것들을 의식적으로 아름다움의 오브제에서 제외하는 겁니다. 그 의문을 풀어주기 위해 여러분들에게 제 「꽃잎」 연작시에 등장하는 한 소녀를 소개하리다. 내가 가장 진실하고 깜찍하다고 생각하는 여자죠. 여러분들은 우아하고 아름다운 여인을 기대할지 모르겠네요. 좀 어이가 없을지 모르지만 그 여자는 바로 우리 집 식모였던 순자입니다. 하하, 좀 이름이 촌스럽죠."

일탈을 설명한 K의 전략은 그들에게 주효했다. 우선 그들에게 충격을 줄 필요가 있었다. 바람직한 여성상에 관심이 있는 한 여류시인이 자리에서 일어나 의외라는 듯 어이없어하며 말했다. 아니, 가장 진실하고 깜찍한 여자가 식모라고요! 지금까지 시인님의 대부분의 말에 수긍을 했습니다만 이건 가히 상식 밖의 발상이네요, 호호호. 좌중에 있는 청중들도 재미있다는 듯 따라서 웃자 분위기가 한결 가벼워졌다.

K는 그들의 생각을 예견하는 듯 약간 능청스러운 표정을 지으며 반문했다. 왜, 그렇죠? 식모는 진실하고 깜찍하면 안 됩니까. 저는 말만 앞세우고 고고한 척하면서 이기적인 여자를 좋아하지 않아요. 여류시인은 K가 그녀를 두고 하는 말이 아닌가 하고 그를 냉소적으로 바라보았다. 그녀는 K의 아내 구타 사건에 대한 풍문을 이슈화하여 그를 곤혹스럽게 하려는 불순한 의도를 내비쳤다.

"식모 이슈는 시인님에 대한 풍문하고 좀 어울리지 않는다는 생각이 들어서요. 저는 페미니스트는 아닙니다만 풍문에 길거리에서 사모님을 지우산으로 때리셨다는 이야기를 들었어요. 약자와 소수 편에 서온 시인께서 그랬다는 건 여성 입장에서 놀랍고 실망했었거든요. 그런데 지금은 식모를 높게 평가하니 좀 엉뚱하네요."

조금 전에 질문했던 작가가 오히려 여성에 관해서는 K의 입장을 두둔하고 나섰다.

"아무리 사모님이라도 잘못을 하면 맞을 수도 있죠. 육이오 때 K 시인의 친구와 살림을 차렸었다니 말입니다."

여류시인은 시민의 발언에 발끈하고 나섰다. 시민이 K의 아내에 대한 구타사건을 당연한 일로 여기는 것이 여성에 대한 심각한 모욕으로 느껴졌던 것이다. 뭐라고요? 그렇다고 거리에서 약한 여성을 때릴 수도 있다고요? 그녀의 질문은 시민보다 K에게 더 곤혹스럽게 다가왔다.

"내가 아내를 때린 것은 내 개인적인 가족과의 사랑 문제이니 여성일반에 대한 문제로 비약하지 않았으면 좋겠고요. 그 이야기는 논의의 초점에 안 맞으니 넘어가죠. 하여튼 내가 왜 식모 순자를 진실하다고 보는지 오해를 할만 해요. 그건 사회적인 통념과 너무 다르기 때문이겠죠. 통상적으로 식모는 밉상이고 무식하고 뚱뚱한 밥순이라고 놀리곤 했으니까요."

작가는 K의 식모에 대한 통념을 당연하다고 보았다. 식모란 무식하고 못생긴 존재에 불과하다는 의미였다. 식모에 대한 사회적인 통념은 많은 경우의 공통분모를 묶어서 나온 것이나 꼭 틀린다고 볼 수는 없죠. 여류시인은 그 말의 당사자인 작가에게 경멸의 시선을 던졌다. 그렇다고 꼭 맞지도 않죠. 그의 경멸에 작가는 날카로운 신경질로 대응했다. 댁은 왜 내가 하는 말끝마다 반대하고 나서시오? 나한테 무슨 감정이 있어요? 사사건건 걸고넘어지니 말이오! 두 사람의 충돌이 심각해지자 K가 논의를 원활하게 하려고 중재에 나섰다.

"아, 진정하세요. 토론하다 보면 그럴 수도 있죠. 그는 기억을 되살리는 표정을 지었다. 순자는 열네 살에 우리 집에 들어왔죠. 생계를 위하여 마포 집에 양계장을 지어 닭을 길렀었는데 사룟값이 천정부지로 올라 큰 손해를 봤어요. 그래서 아내는 내가 없는 사이에 양계장의 닭을 다 팔아버렸죠. 그 후 옷 수선 사업을 시작했는데 일이 많아지자 감당할 수 없어 고용한 소녀가 바로 순자였지요."

여류시인은 진실한 여자의 표상이 바로 식모라는 K의 설명이 더욱 이해가 안 되었다. 게다가 기껏 하는 일이 옷 수선이라고 하지 않는가. 그녀는 의아스러운 시선으로 납득할 만한 증거를 제시하라는 듯이 K를 쳐다보았다. 그럼 소위 시다나 마찬가지군요. 겨우 옷 수선이나 하는 시다를 시인님이 특별한 여자로 평가할만한 이유가 없지 않아요? K는 그들의 궁금증을 풀어주기 위해 순자가 그의 집에 오게 된 경위를 설명했다.

"겉으로만 보면 그래요, 순자는 전라도 집에서 계모에게 몹시 구타를 당하고 고통을 당했더군요. 심지어 몸에 불로 지진 상처도 있었어요. 그래서 집에서 가출하여 서울로 도망을 왔는데 마침 우리 집에서 일하게 된 거죠."

작가는 순자가 가출한 소녀라는 이야기를 듣고 K의 의견이 가당치 않다는 표정을 지었다. 가출한 소녀라면 시인께서 진실하다고 볼 수 있는 근거가 더더욱 희박한 것 같은데요. 사회적 약자가 핍박을 받는다고 더 진실하다는 법이 없으니까요. 오히려 그 트라우마로 비정상적인 심리를 가지는 것이 다반사잖아요. K는 순자에 대한 편견을 해소하고 그녀의 진실성에 근거를 제시하기로 했다.

"그럴 수도 있겠죠. 하지만 순자는 어릴 때부터 인간의 최악 상황을 겪었던 탓인지 모든 일에서 최선을 다하더군요. 어린 소녀가 한강에 나가서 빨래를 하고, 집안일이나 옷 수선 무엇이든 딱 부러지게 했어요. 사실 어떤 교육이나 문명적 혜택을 받은 적이 없는 순진하기 그지없는 소녀일 뿐이죠. 그런데 그 애를 바라보면 인생의 밑바닥을 이미 알고 있다는 느낌을 받았단 말입니다."

여류시인은 순자에 대한 K의 칭찬을 인간의 진실성으로 연계시키는 것이 탐탁하지 않았다.

"그렇다고 순자가 시인께서 축적한 시적 성취나 지적 깨달음을 능가할 정도로 대단한 인간으로 묘사한 것은 좀 무리가 있는 것 아닌가요?"

그녀는 인간의 진실성이란 일종의 지적 능력과 상관관계가 있다고 보는 것 같았다. K는 순자의 진실성에 대한 그녀의 오류를 지적하기 위하여 통상적 관점을 전복시켜버렸다.

"내가 순자를 높게 보는 것은 어떤 지적 능력이 아니에요. 그 애의 시선이 누구보다 진실을 꿰뚫어 보고 있다는 거에요. 어떤 문명적 수식을 수용하지 않은 원초적 순수함이 순자에게 있거든요. 순자의 진실성은 꽃이 떨어지면 꽃잎이 시들고 결국 썩고 마는 존재라는 것을 알기 때문에 가능해요. 인생의 쓴맛을 미리 맛본 자만이 가질 수 있는 달관이라고 할까요."

인간의 진실성에 대한 그의 관점은 결코 지적 능력이 아니라고

K는 주장하고자 했다. 순자가 대단하다고 본 것은 죽음과 같은 인생의 밑바닥을 경험함으로써 일찍이 삶에 대해 달관의 경지에 이르렀다는 의미였다. 이제야 작가는 K의 말을 이해한 것 같았다. 순자의 고생과 순진함이 배운 여자들보다 진실을 보는데 더 자유롭다는 논리네요. 그럼 교육무용론을 주장하시는 건가요? 그는 K의 관점을 교육무용론으로 비약하고 있었다. K는 그의 논리적 비약이 삼천포로 빠질까봐 그의 말을 가로막았다.

"아, 그런 말이 아니고요. 소위 잘난 여자들은 꽃이란 아름답고 향긋한 존재일 때만 꽃으로 보는 경향이 농후하죠. 그런 이기적인 의식은 꽃을 본질적으로 보는 능력을 부정합니다. 모든 존재의 실존적 본질은 죽음에 이르는 과정인데 그들은 화무십일홍이란 꽃의 실체를 부정해요. 그들처럼 꽃이 만발하는 짧은 미학적 순간만을 보려고 하는 것은 정직한 자세는 결코 아니라는 거죠. 제가 직관으로 느낀 순자의 시선은 문명의 화려한 치장을 뚫고 민중의 응어리진 상처를 보듬고 있었어요. 그녀는 나의 의례적인 웃음조차도 담담하게 넘겨버릴 수 있는 지혜를 가지고 있었고요."

비로소 여류시인은 동감하는지 얼굴이 밝아졌다. 그래서 시인께서 식모 순자를 높이 평가하시는군요. 그런데 그 후에 순자는 어떻게 됐나요. 그녀는 순자의 이후의 삶에도 관심을 보였다. 서양적 사고에 익숙한 인간들은 직선형의 논리전개를 좋아한다. 어떤 장점이 있다면 그로 인해 긍정적 과정과 결과를 기대하는 것이다. 하지만 죽음과 실존을 추구하는 K에게는 인간의 노력과 삶의 세속적 성공의 상관관계는 별로 의미가 없었다. K는 쓸쓸하게 순자의 삶을 돌이켜 보았다.

"그 애가 장래에 자립할 수 있도록 야간 중학교에 진학하게 했죠. 순자 이름으로 통장을 만들어 나중에 대학에도 갈 수 있도록 계획을 세우기도 했고요."

K는 한참 말을 멈추고 아쉬운 표정을 지었다.

"헌데 그것도 순자의 운명이 따로 있는지 우리 곁을 떠나고 말았어요. 우리 집에서 이 년 정도 지냈는데 전라도 시골에서 부친이 혼자가 되었다며 찾아왔어요. 계모가 죽어 돌봐줄 사람이 없다며 순자를 데려가겠다고 하더군요. 처음에 순자는 부친의 청을 거절했죠. 하지만 부친의 처지를 이해하고 따라갔어요. 어느 누구도 원망하지 않고 담담했던 순자의 눈길을 잊을 수가 없군요."

여류시인은 이야기를 듣고 난 후 순자가 어떤 모습일까 궁금했다. K 시인님의 설명을 들으니 순자의 모습이 선하군요. 자신의 행복을 위해서 아버지의 불행을 받아들이지 않는 요즘의 세태하고는 너무 차이가 있어서 감동을 주네요. 그녀는 조용히 순자의 삶이 가져온 잔영을 음미하고 있었다.

순자 이야기를 마무리한 K는 작정했던 세미나의 주제로 발전시키려고 한 걸음 나아갔다. 그는 자신의 생각을 정리하며 주제와 연관된 풀잎의 이미지를 떠올렸다. 그리고 머릿속에 순자를 풀잎에 겹쳐보았다. 조금도 다듬어지지 않았던 소녀 순자는 가냘픈 풀잎이었다. 연약한 것 같지만 섣불리 덤볐다가는 도회인의 손은 쉽게 베이고 말 것이다. K는 본격적으로 순자를 거쳐서 민중에게로 걸어나갈 것이다.

"내게는 순자야말로 삶의 질곡을 묵묵하게 걸어가는 민중의 표상이지요. 민중은 무력하게 보여도 삶에 대해 진실하기에 힘이 있어요. 더 이상 빼앗길 것이 없으니 두려움도 없지요. 4월 혁명의 성공은 권력 지향적인 엘리트 덕분이 아니었어요. 오히려 지금까지 억압을 당한 민중의 분노 표출이었고 그 힘으로 혁명이 성공한 거죠. 지금 민중은 장면 정권의 배신과 5·16 쿠데타로 절망에 빠졌지만 풀잎처럼 잠시 바람을 피해 누워있을 뿐이에요."

민중을 풀잎으로 비유하는 K의 이야기에 여류시인은 숨을 죽였다. 4월 혁명에 함성을 올렸던 문인을 포함한 지식인들이 5·16 정권의 총칼에 입을 봉하고 바짝 엎드리고 있는 모습이 부끄러웠을까. 한일협정에 반대했던 대학생들의 시위에서 어느 정도 희망을 찾고 싶었을 것이다. 더 이상 엎드려 있기 힘든 한계점을 느끼는 민중들의 보이지 않는 파도를 눈으로 목격하고 싶은 심정일지 몰랐다.

"K 시인님은 군사독재에 숨죽이고 있는 민중들이 다시 일어나리라고 보십니까? 자유당보다 더 극심한 철권통치의 억압과 감시 하에 살고 있는 힘없는 민중들의 모습을 보면 눈물이 나요. 그래서 혁명도 참 부질없다는 생각이 들고요."

K는 그동안 왜곡된 한국 현대사가 너무 안타까웠다. 민족 모순과 사회적 모순이 뒤엉켜 갈등하는 한국 국민들이 너무 불쌍하다는 설움에 북받쳤다. 자신의 삶을 개척하려다가 부친의 손에 끌려 시골로 걸음을 돌린 순자가 다시 생각이 났다. 그는 허탈한 표정으로 대답했다.

"나도 마찬가지요. 바람이 부는 날이면 특히 더 그렇죠. 들녘에 나가 나부끼는 풀잎을 하염없이 바라보곤 합니다. 강풍 앞에 속수무책으로 넘어지는 풀잎을 보노라면 순자 생각이 나지요. 순자가 동병상련의 무력한 민중들과 어깨동무를 하고 있는 모습을 상상하죠. 세파의 강풍에 쓰러지고 넘어지는 민중들이 안쓰러워 눈물이 나면 감상에 빠져 울기도 하고요. 저 연약한 풀잎들이 다시는 일어서지 못하리라 생각하니 설움이 몰려오는 거죠."

K의 이야기가 염세적인 방향으로 흘러가자 교수가 의아스러운 시선으로 물었다. 그럼 K 시인은 풀들이 강풍에 쓰러져 자유를 잃고 죽는 허약한 존재로 보시는 겁니까? 절망적으로 울어버리다니요. 그는 K가 어떤 논리로 나아갈까 긴장하고 있었다.

"그렇지 않죠. 풀들은 대단히 유연해서 바람이 지나가면 바로 일어납니다. 바람이 채 지나가기도 전에 고개를 드는 풀잎들을 보세요. 마치 권력의 탄압에 쓰러졌다가 다시 혁명을 꿈꾸는 민중의 모습을 닮았죠. 바람이 지나가자마자 온몸을 곧추세우고 일어나는 저 풀잎을 보세요. 그리고 가만히 풀잎의 전율을 느껴보세요. 바람의 폭력에 일단 움츠러들었지만 그 상처 속에서 분노의 불길로 다시 일어나죠."

토론석의 교수와 여류시인이 고개를 끄덕이며 공감을 표시했다. K는 상상의 풀잎들의 움직임에 몰입하고 있었다. 숨이 격해지기도 하고 한숨을 내쉬기도 했다. 그는 풀잎들이 춤추는 환상에 눈길이 멈추어 있었다.

"하지만 풀들은 바람이 거세게 불어오는 저녁이 되면 다시 몸을 낮추고 눕죠. 아주 낮게 누워서 울기도 하고 웃기도 해요. 순자처럼 아버지의 운명을 받아들이고 고향으로 내려가듯이 겸손하게 시간과 운명을 속으로 깊게 받아들이는 거죠. 그런 모습이 종종 치욕으로 다가와 너무 고통스러워 죽음으로 나가고 싶어 합니다."

K는 강풍에 쓰러진 풀잎들을 환상 속에서 쓰다듬었다. 그의 몸짓은 청중들에게 매우 극적으로 보여 배우의 연기를 방불하게 했다. 그는 죽음의 시학을 암시하면서 핵심적 비유를 만들어내고 있었다.

"풀잎들은 밤이 만들어낸 어둠 속에서 서로 아픔을 쓰다듬으면서 신음소리를 내죠. 들릴 듯 말 듯 스스슥, 스르르륵 하면서 말입니다. 우는 소리인지 웃는 소리인지 분간이 잘 안 돼요. 민중들은 그 소리를 들으면서 깊은 내면의 심연 속에서 꿈을 꿉니다. 완벽하게 자유로운 꿈이에요. 권력자들이 틈탈 수 없는 무의식의 꿈 세계로 빠져드는 거죠. 죽음과 생명의 길목을 오고 가면서 삶의 진실을 체험할 수 있어요. 죽음의 강가에서 쓰러졌다 일어난 풀잎은 바로 혁명을 체험한 민중인 것입니다."

K의 말이 끝나자 토론자들과 청중들은 침묵 속에 빠졌다. 모두가 침묵할 수밖에 없는 것은 순간 각자의 풀잎을 떠올리고 그 아픔을 온몸에 느꼈던 것일까. 강풍에 엎드렸던 그들이지만 풀잎처럼 다시 일어나야겠다는 각성이 침묵 속에서 청중 모두에게 일어났으리라.

뉴욕의 이방인들

정주는 가족과 함께 열다섯 시간의 비행 끝에 뉴욕 JF 케네디 공항에 내렸다. 거대한 도시에 반겨줄 사람이 없다는 생각이 들었다. 망망대해에 떠있는 일엽편주처럼 막막한 느낌이 밀려왔다. 마침 후배 교수가 소개한 뉴저지에 사는 고등학교 후배가 뉴욕에 낯선 이방인을 위해 마중을 나와 주었다. 물론 삼년 전에 학생들의 어학연수팀을 인솔하여 엘에이에 다녀온 적이 있었고 여행으로 뉴욕에서 2주 정도 머문 적이 있었다. 하지만 뉴욕은 거대한 도시라서 그런지 생소하기 짝이 없었다. 후배는 정주가 준 주소를 보고 일차 숙소로 D종단 법인의 뉴욕 지부로 사용되는 잭슨 하이츠역 근방에 있는 큰 저택으로 안내해주었다. 차에서 내리자 십이월 하순에 들어선 연말, 뉴욕의 찬바람이 그들을 맞았다.

연구년을 가지기로 결정한 정주는 서울에서 인터넷이나 교포를 통해 롱아일랜드 아파트를 임대하려고 애를 썼지만 실패했었다. 그는 별 수 없이 법인 소개로 아파트를 구할 때까지 잭슨 하이츠 뉴욕지부에 머무르기로 양해를 받았다. 지부는 D종단의 지부로 잭슨 하이츠역 근처에 위치하고 있었으며 꽤 규모가 있는 저택이었다. 관리자는 칠십 대 초반의 미세스 심이라는 노파였다. 그들을 맞이하는 그녀의 표정이 어둡고 지나치게 불안해 보였다. 하지만 정주 가족은 장거리 비행으로 피곤하여 간단히 요기하고 바로 잠자리에 들었다.

다음 날 아침 정주는 천천히 집을 살피며 한 바퀴 주위를 돌았다. 심의 불안은 그녀가 한국에서 불러들인 아들과의 불화로 생긴 심리적 현상이었다. 관리자인 심이 건물을 아들에게 맡겼지만 관리가 엉망이었다. 수리할 곳이 여러 곳인 저택은 지저분하게 상처가 나서 군데군데 털이 빠진 늙은 개의 병든 피부처럼 보였다.

연구 교수인 그에게 연구실을 제공하기로 한 뉴욕 주립대 스토니부르크는 롱아일랜드에 있었다. 자동차를 몰지 않고 넓은 롱아일랜드 지역의 아파트를 직접 돌아본다는 것은 불가능했다. 마침 연말이고 겨울인지라 마땅한 물건도 나오지 않았다. 아파트가 나오는 대로 롱아일랜드로 이사하겠다고 심에게 공언했지만 차일피일 이사는 늦어지고 있었다. 약속보다 체류기간이 길어지면서 보상심리가 작동한 탓인지 정주의 아내 명심은 심의 아들에게 매일 식사를 준비하고 차려주기 시작했다.

어느 날 식탁에서 그녀는 아들의 식사를 시도 때도 없이 준비해야 하는 것이 힘들다는 말을 무심코 던졌다. 그녀의 말에 아들은 표정이 어그러지면서 식탁에서 벌떡 일어나 욕지거리를 하며 나가버렸다. 그 후 그는 광기에 사로잡힌 패륜아로 변해버렸다. 그는 정주 가족 앞에서 의도적으로 모친인 심에게 욕설을 시작했다. 네가 불러서 내가 미국에 온 거라고. 여기 오면 먹고 사는 일은 해결해준다고 하더니 완전히 할 일 없는 놈팽이로 만들어버렸잖아. 씨팔 에미가 되어가지고 아들 인생을 망쳐먹는 년이 어디 있어. 패륜아는 거품을 물면서 심에게 폭언과 폭력을 서슴없이 가했다. 그녀는 패륜아의 폭력에 속수무책이었다. 정주는 모자간에 벌어지는 괴이한 싸움에 개입하기가 쉽지 않았다. 어쩌면 이런 폭력이 오랫동안 지속되어온 사이코패스의 현상이라는 생각이 들어 자칫 패륜아의 범죄를 유발할 수 있다는 두려움이 밀려왔다.

패륜아는 정주 가족에 대해 드러내놓고 적의를 나타냈다. 우선 명심이 만들어주는 식사를 거부하여 분위기를 경직되게 만들었다. 또한 정주가 뉴욕에 연구 교수로 온 연유와 뉴욕지부에 체류하게 된 배경에 대해 의심을 하였다. 그놈의 종단은 집만 덜렁 사주고 관리비를 안 주면 어떻게 운영하라는 거요. 주택은 정기적으로 손을 봐줘야 하는데 씨팔 나보고 어떻게 하라는 거야. 한번 둘러보셨소? 봤으면 저쪽에 좀 이런 엿 같은 상황을 전하셔야지. 정주는 갑자기 허를 찔린 듯 대답할 수가 없었다. 상황을 봐서 한번 설명하리다. 정주는 지부에 대한 관심이 별로 없어 말꼬리를 흐리며 피했다. 패륜아는 마치 위협이라도 하려는 듯 그를 빤히 노려봤다. 그것은 이방인인 정주네 가족에게 정신적으로 압박을 가하는 속셈이었다.

그들 앞에서 패륜아로부터 예상치 못한 공격을 받아 체면이 철저히 구겨버린 심은 며칠 눈에 띄지 않았다. 심은 아예 집밖에 숙소를 두고 집으로 들어오지도 못하고 있었다. 어느 날 그녀는 패륜아가 외출한 걸 알고 저택으로 들어와 정주를 찾았다. 아들이 하도 포악해서 손님으로 오셨는데 대접도 못 하고 미안해요. 웰페어를 타 먹으려고 밖에다 조그만 방 하나를 얻어놨어요. 이렇게 큰 집에서 산다고 하면 그걸 안 주거든요. 저 불효자식이 미친 짓을 할까봐 가끔 비어있는 방의 옷장이나 다락에서 자기도 해요. 어쩌다가 이런 신세가 되었는지 모르겠어요. 심은 침울한 표정을 지으며 눈물을 글썽거렸다.

하지만 그녀는 가족의 치부를 드러내는 것이 부끄러운 듯 애써 웃음을 지어보였다. 법인에서 보낸 교수 가족을 제대로 돕지 못한 것이 마음에 걸리는 모양이었다. 그녀는 무언가 정주 가족을 위해 의미 있는 일을 하고 싶다는 듯 진지한 표정을 지으며 말했다. 조만간 애트랜틱 시티로 가서 카지노를 즐길 수 있게 해드릴께요. 스토니 부르크로 가시기 전에 좋은 추억을 하나쯤은 만들어 가셔야지요. 그녀는 말을 하면서도 불안한 듯 출입문 쪽을 힐끔힐끔

처다보았다. 패륜아가 갑자기 들이닥칠까 초조한 눈빛을 감추지 못했다.

저택의 한쪽 부속건물은 별도의 출입문이 달린 작은 원룸 네 개가 달려있었다. 가난한 외국 노동자들이 뉴욕의 허드렛일을 하면서 기숙하고 있었다. 출입문이 뒤편으로 나있어 저택 안쪽에서는 보이지 않았다. 직장이 없는 백수 패륜아가 어떻게 생존할 수 있나 궁금했는데 부속건물의 원룸들을 보니 짐작이 갔다. 그는 원룸에서 들어오는 임대료를 가로채서 생활비로 쓰고 있었다. 저택은 겉으로만 법인의 뉴욕지부일 뿐이지 실제로는 패륜아의 아지트라고 볼 수 있었다.

패륜아가 심에게 던진 폭언 속에서 파악한 이야기는 그의 현재의 모습과 판이했다. 정주는 그가 뉴욕지부에 오게 된 배경이 궁금했다. 그가 집에 없을 때 살짝 들어와 아들의 무례에 대해 변명하는 심의 이야기를 통해 알게 되었다. 그는 서울에 있을 때는 돈은 없지만 그런대로 의미 있게 살았다고 한다. 중소기업에 다니면서 주말에는 야학에 참여해 어려운 학생들을 가르쳤다니 요즘 보여주는 행태를 볼 때 상상이 안 가는 면모이다. 패륜아의 인생이 변화된 것은 심이 그를 뉴욕으로 불러들여 D종단 선교에 그를 이용하려고 한 것이 치명적인 실수였다. 나름대로 꾸려가던 선교활동이 패륜아의 방해로 어그러지며 비극의 원인이 되고 말았다. 법

156

인의 뉴욕지부 일로서 운전과 사무를 도와주면 일정한 월급을 주겠다고 약속했다고 했다. 하지만 법인이 심에게 한 약속을 지키지 않은 게 문제의 사단이었다. 패륜아는 봉급대신에 원룸의 임대료를 그의 수입으로 갈취하고 있는 것이다.

정주가 궁금하게 생각하는 것은 단지 패륜아에 대한 문제만은 아니다. 기독교라는 엄청난 권력이 장악하고 있는 미국에서 심과 같은 어리숙한 노파가 어떻게 D종단의 지부를 뉴욕 한 복판에 세울 수 있었을까. 게다가 제대로 교육을 받지 않은 심이 그나마 뉴욕의 한인사회에서 활동할 수 있었는지 궁금했다. 심은 한국에서 점괘나 운수 보는 일을 하다가 우연한 기회에 뉴욕으로 흘러들어왔다고 했다. 그녀는 나이가 지긋한 교포들에게 동일한 일을 하다가 플러싱 한인타운에서 서서히 이름을 알리게 됐다. 교포들이 아무리 기독교 국가인 미국에서 존재하더라도 살아가며 불안해지면 점괘도 보고 운수를 묻고 싶어지는 것이다. 완전한 무당은 아니더라도 신기가 있는 심에게 의존하고 싶은 마음이 교포사회에서 형성되었으리라. 역시 한민족의 정신적 뿌리는 샤머니즘이란 걸 느끼게 하는 대목이었다. 언뜻 보면 심은 미국에서 아무것도 할 수 없는 무지렁이로 보일 수 있다. 하지만 그녀는 영적으로 상당한 뚝심을 가진 여인이었다.

심이 대찬 여인이라는 걸 느끼게 해주는 부분은 자신의 꿈을 위해서 나름의 지략을 가지고 있다는 점이다. 그저 이리저리 떠돌며 점이나 운수를 봐주는 무속인 흉내를 내는 것으로는 신뢰감이 떨어진다고 생각했던 모양이다. 그녀는 신흥종교로서 한참 교세를 확산하고 있던 D종단에 접근했다. 그녀는 종단의 한 지부에 등록을 하고 신속하게 상급임원 위치를 확보하였다. 다음 단계로 자신이 뉴욕에서 벌이고 있는 사업에 접목시켜서 종단의 이름으로 지부를 발전시키는 아이디어를 착안했다. 이를 통해 그녀는 사신의 사업에 대한 종교 이론적 근거를 D종단으로부터 빌려올 수 있었다. 뿐만 아니라 D종단 관계자들을 미국으로 끌어들여 그들의 재정적 지원을 받아서 저택을 구입하고 뉴욕지부를 설립하는데 성공할 수 있었다. 누가 그녀를 하찮은 무지렁이라고 평가절하 할 수 있을 것인가.

뉴욕 한인사회에서도 심의 능력에 깜짝 놀랐다. 나이든 한인들에게 접근하여 점이나 운수를 봐주던 노파가 상당한 규모의 저택을 구입 할 수 있다니 놀라지 않을 수 없었으리라. 게다가 노령의 교포들은 자식들과 한국을 떠나왔지만 뉴욕에서 마땅한 일이 많지 않고 말도 통하지 않는 이국이 아닌가. 그야말로 정을 붙일 수 있는 것이 많지 않아 외롭게 살아오던 그들이다. D종단의 뉴욕지부는 그들이 한국에서 흔히 해오던 제사형식으로 입교와 절기 제사를 체험하게 했다. 이런 재래식 제사와 종교이론은 외로운 한인들에게 진한 향수를 불러일으켰다. 뉴욕 지부는 빠른 시간 내에 상당한 규모로 발전하게 되어 심 혼자서 이끌어 나가기가 벅찰 정도로 성장했다. 이런 상황에서 심은 자신의 일을 믿고 맡길 수 있는 사람이 바로 그녀의 아들이라고 판단했다.

심은 종단으로 등록하면 쉽게 종교인 비자를 얻을 수 있다는 것을 이미 파악하고 있었다. 그녀는 뉴욕지부가 성공할 수 있다고 확신하고 한국에 있는 아들에게 전화를 걸었다. 상배야 아무래도 네가 뉴욕으로 와야 할 것 같구나. 한국의 D종단이 뉴욕에 지부를 세우려고 큰 집을 샀단 말이다. 지부에 드나드는 한인들이 하도 많아서 도저히 나 혼자 감당하기 힘이 드는구나. 너 한국에서 하던 일 다 정리하고 뉴욕으로 빨리 오너라. 종단 사람들한테 말해서 너한테 월급을 주라고 할테니까 걱정하지 말라니까. 상배가 뉴욕으로 오겠다고 결심한 것은 심이 종단의 지원을 받고 그럴 듯한 지부를 꾸미는 능력을 보고 결심했던 것이다. 적어도 지부의 규모가 커지면 사무직원이나 기사가 필요하고 월급도 정상적으로 나오리라는 심의 계산이 전제되었으리라.

그런 전제는 철저히 심의 주관적인 생각이었을 뿐이었다. D종단은 비싼 저택을 구입해주었으면 그 종교 공간을 사용하여 신자들을 더 끌어들이고 오히려 잉여자금을 본부로 보내주기를 원했던 것이다. 종단 본부의 뉴욕 담당자는 뉴욕지부가 잘 된다고 소문을 내고 홍보용으로 다수의 신자를 대동하고 방문차 왔었다. 그들은 손님행세를 하며 실컷 대접만 받고 귀국했다. 상배는 종단 간부들의 뒤를 쫓아다니며 잔심부름을 마다하지 않았다. 그러나

법석을 떨던 종단 간부들이 떠난 후 그에 대한 지원문제가 전혀 보장되지 않았다는 것을 깨달았다. 종단은 버젓한 저택을 구입해 주었으면 스스로 독립적으로 운영이 가능하다고 생각했다. 오히려 뉴욕지부가 성장해서 저택 구입비를 상회하는 성금을 본부로 상납해야 한다고 기대했다. 상배는 기대가 컸던 만큼 실망도 커서 뻗치는 분노의 화살을 어머니 심에게 돌리게 되었던 것이다.

지부에서 불안한 하루하루를 보내던 중 어느 일요일에 심은 전에 약속했던 애트랜틱 시티의 카지노로 안내하겠다고 나섰다. 정주 가족은 심의 안내로 카지노로 가는 버스에 몸을 실었다. 뉴욕 시내에서 출발한 버스는 잭슨 하이츠와 플러싱을 거쳐 카지노 도시로 속도를 내기 시작했다. 손님들은 대부분 노인들이거나 무직자들이었다. 이것은 주정부로부터 복지기금을 받은 그들의 돈을 낚아채기 위한 비인간적인 상술이었다. 조만간 그들의 지갑 속에 잠자고 있는 복지기금은 카지노 자금으로 사라지리라. 가난에 쪼들리는 그들은 왜 카지노 회사의 유혹에 넘어가 생존기금을 쓸데없이 낭비하고 마는 것일까. 정주는 버스 좌석에 기대어 눈을 감고 있는 심과 다른 노인들에게 연민의 눈길을 보냈다.

애트랜틱 시티는 바다에 인접해 있었으며 카지노장이 설비된 호텔들이 해변을 끼고 즐비하게 서있었다. 이곳은 그야말로 파칭코나 룰렛 겜블링을 즐기는 관광도시였다. 호텔 앞에는 카지노를 홍보하려고 세운 네온싸인 전광판들이 종횡으로 휘황찬란했다. 해변을 따라 모래사장 위에 나무 데크가 기다랗게 뻗어있었다. 이 왕에 왔으니 여유 있게 경관을 즐기려고 아내와 딸을 데리고 해변을 따라 걸어갔다. 얼마나 많은 노인들과 가난뱅이들이 카지노에서 돈을 잃고 망연자실한 채 이 데크를 걸어갔을까 생각하니 가슴이 아파왔다.

정주 일행은 심의 안내로 카지노 방으로 들어갔다. 그녀는 각자에게서 받은 달라를 코인으로 바꿔서 분배해주었다. 정주 가족들은 코인을 다섯 개 정도 집어넣고 손잡이를 잡아당겨 보았다. 아까운 코인이 사라지기도 하고 서너 배 많은 코인을 따기도 했다. 신기한 것은 돈을 잃고 풀이 죽었다가도 어쩌다 한번 이기면 기운을 회복하고 승승장구할 것 같은 영웅심에 사로잡히곤 했다. 파칭코 기계는 마치 자본주의교 교주라도 되는 양 헛바람이 잔뜩 들어간 작자를 여지없이 징계하고 나섰다. 코인이 주머니에 가득해지면 신이 나고 표정이 의기양양해졌다. 하지만 승리의 기쁨은 그리 오래가지 못했다. 몇 번 따본 경험이 자꾸만 정주에게 헛바람을 집어넣었다. 자, 너도 자본주의의 심장에 들어와서 무언가 보여주어야지. 옆에서 대박이 난 갬블러는 소리쳤다. '브라보! 대박이다!' 정주도 그런 승리의 기운을 받고 싶었다. 에이 모르겠다. 남은 거 몰아놓고 땡겨보자. 정주는 돈키호테처럼 호기를 부리며 힘껏 파칭코 손잡이를 아래로 당겼다. 어찌된 일일까. 옆에서 들리던 승전가는 결코 들려오지 않았다. 주머니에 코인이 하나도 남아있지 않은 걸 깨닫자 풀이 죽고 말았다.

정주 가족은 거의 코인이 바닥이 나고 있는 상황이다. 심은 파칭코 기계를 여기저기 기웃거리더니 드디어 착석했다. 그녀는 스스로 파칭코의 여왕이라고 호언할 정도로 카지노에 대한 자신감을 보였다. 그런데 수입이 없어 웰페어로 살아가는 사람이 어쩌자고 카지노에 몰입한단 말인가. 패륜아 상배에게 학대받는 어미가 어떻게 남의 점괘를 봐주고 운수를 알려준다는 것인지 의아했다. 그녀는 종교적 가치보다는 자본주의의 상징인 돈에 묶여 있다고 보는 것이 옳으리라. 그녀는 종교인이라고 하면서 사회악인 노름에 중독되어있는 것이다.

심은 애틀랜틱 시티 카지노의 단골이라서 교통비, 숙박비, 식비가 공짜라고 자랑하였다. 어쩌면 패륜아에 의해서 샤마니즘의 제사장 자리에서 밀려나 카지노교의 노예가 된 모양이다. 파칭코 기계 앞에 앉은 심의 표정은 매우 진지했다. 그녀가 진행하는 D종단의 제의에 참여한 여제사장의 표정을 짓고 있었다. 그녀는 자신이 가진 모든 코인을 몰아넣었다. 후일을 도모하기 위해 안전판을 마련하는 기회주의적 모습이 전혀 없다. 코인이 바닥나 더 이상 남아있을 이유가 없지만 정주를 비롯한 명심과 딸도 숨을 죽이고 몰입하는 심을 바라보고 있었다. 심은 심호흡을 하더니 드디어 기계의 손잡이 위에 손을 얹었다. 어찌 된 일일까. 그녀의 손이 아래로 내려가자 코인이 우루루 쏟아지는 소리가 들려왔다. 동시에 잭 팟을 터뜨린 심을 축하하는 음악과 박수 소리가 울려 퍼졌다.

정주 가족이 오십 달러 정도의 코인을 다 잃고 허탈해 있었는데 마치 심이 복수를 해준 듯해서 속이 시원했다. 우선 그녀가 호언했던 것이 거짓말이 아니었다는 것을 확인할 수 있었다. 정주 가족은 심에게 다가가서 아직도 카지노의 꿈에서 현실로 돌아오지 못한 그녀의 손을 잡았다. 심 선생님 대단하십니다. 무슨 계시라도 받았나요. 어떻게 알고 이 기계를 선택했죠? 잭팟을 터뜨릴 무슨 징조가 있었습니까. 심은 어색하게 웃더니 일단 코인을 돈으로 바꾸자고 앞장섰다. 그녀는 호텔 쪽으로 가서 휴식도 취하고 음식을 먹자고 제안했다. 애틀랜틱 시티에 와서 한바탕 소란한 축제를 마친 탓인지 정주 일행은 다소 피곤을 느끼고 있었다.

카지노에서 엄청난 잭팟을 터뜨린 심은 그녀의 행운에 놀란 정주 가족에게 다소 체면을 차린 듯한 표정을 지었다. 뉴욕지부 책임자이지만 주인행세를 전혀 하지 못한 상황이 꺼림칙했던 것이다. 다행히 패륜아에게 짓밟혀 기가 죽었던 그녀가 잭팟을 터뜨리자 달라졌다. 정주 일행이 그녀의 찬란한 성취를 신비하게 보는 순간 그녀는 태도를 바꿨다. 그녀는 잭팟의 성공을 나름대로 비법이라도 알고 있는 듯이 연기하고 싶어 했다.

심은 과거를 회상하면서 잭팟의 비법을 설명하기 시작했다. 내가 오랫동안 카지노를 드나들었잖수. 다른 건 몰라도 카지노에서 여러 번 잭팟을 터뜨렸단 말이야. 이건 내가 발견한 비법 때문이지. 나는 달러를 코인으로 바꾼 후 절대로 서둘러 머쉰을 선택하지 않거든. 수많은 기계 중에서 어느 것이 잭팟을 터뜨릴지 누가 알겠어요. 여러분들이 저의 행동에서 보셨겠지만 저는 남들이 노름에 열중하고 있는 머쉰 주위를 계속 맴돌곤 하죠. 다른 사람들이 코인을 많이 잃고 있는 서너 개의 머쉰을 눈여겨 본 후에 다음 갬블러도 계속 잃고 있는 지 직접 확인해요. 그 중에서 돈을 잃는 빈도수가 제일 높은 머쉰을 최종적으로 선택해요. 아무래도 노름은 확률이라서 계속 돈을 딴 머쉰이 잭팟의 가능성이 제일 높다는 것을 알게 됐죠. 심은 잭팟에 대해 나름대로 확률에 바탕을 둔 이론을 장황하게 늘어놓은 후 말을 끝냈다.

오랜만에 잭팟 덕분에 돈맛을 본 심은 자신이 축적해놓은 포인트를 활용하여 정주 가족에게 멋진 저녁을 대접하며 기분을 냈다. 레스토랑은 호텔에서 운영하고 있어 룸이 제법 화려할 뿐 아니라 음식도 질이 좋았다. 정주 일행은 각종 위스키와 맥주를 마시며 수년 전 라스베가스에 여행을 가서 즐기던 분위기를 되살렸다.

사실 심은 정주 가족을 위한 것만 지불 하면 되었다. 그녀를 위한 음식비는 공짜나 다름없었다. 카지노 회사 측은 카지노에 자주 드나드는 고객들에게 포인트를 제공하여 게임을 하는 동안 숙식비가 부담되지 않도록 해서 고객을 유혹한다. 그것은 회사 측이 고객들에게 구사하는 고도의 전략이 아닐 수 없다. 특히 잭팟을 터뜨리고 돈을 챙겨가는 고객들이 호텔에서 하룻밤 쉬어가도록 유도하는 것이다.

돈을 따고 연인과 멋진 밤을 보내고 나면 슬롯 머쉰을 다시 당기고 싶은 유혹의 손길이 옆구리를 간질인다. 지난밤 돈도 땄으니 지갑도 두둑해진지라 부담도 없지 않겠는가. 돈을 딴 후 그걸 간수하려면 그냥 집으로 가야 된다는 주위의 충고도 그리 절실하게 오지 않는다. 갈까 말까 망설이다 일단 카지노 룸에 다시 들어서면 끝장이다. 간혹 연속으로 따는 사람도 있겠지만 처음에 긴장하여 이런저런 전략을 구사하던 지난번과 비교하면 사뭇 다르리라. 대부분의 갬블러들은 챙겼던 돈을 모두 털리고 대출로 빌린 돈까지 탕진하고 만다. 최악의 경우는 타고 간 차를 팔아 노름에 바친다고 한다. 심지어는 그를 구하러 온 와이프를 맡기고 노름을 한다는 이야기는 그곳에 가는 여행자들에게 심심치 않게 회자된다.

심은 식사를 하며 카지노로 인해 한인사회에서 벌어지는 여러 가지 불상사에 대해서 늘어놓았다. 오갈 데 없는 한국 노인들이 카지노에서 돈을 잃고 신용불량자가 되어 홈리스로 전락하는 경우가 허다하다고 했다. 그녀는 마치 노름을 하다 당하는 재정적 파산이 자신과 관련이 없는 체하지만 정주의 눈에는 심 자신의 이야기라는 느낌이 퍼뜩 들었다. 자식들의 뜻에 따라 태평양을 건너왔지만 정작 한국 노인들은 발을 붙이고 살 데가 어디 있겠수? 자식들은 가족을 부양하고 아이들 교육시키느라 정신이 없거든. 바쁜 미국 생활에서 나이 먹은 부모들이야 자식들의 눈에 보이기 어렵단 말이야. 한국 이민자들이 자본주의가 팽배한 미국 땅에서 늙은 부모들을 제대로 돌볼 수 없다는 이야기였다. 소외된 그들이 그나마 즐길 수 있는 곳은 교회나 복지기금 웰페어로 시간을 보낼 수 있는 카지노밖에 없는 것이다.

미국 내에서 한인교회는 교포 노인들을 돌보려고 노력하고 있다고 볼 수 있다. 문제는 교회도 성공한 자들의 성취를 자랑하는 사교장으로 변화하고 있다는 점이다. 심은 나름대로 한인교회의 문제점을 설명했다. 성공해서 헌금을 많이 내어 장로가 되고 그것도 권력이라고 휘두르는 것은 각자 마음이겠지. 하지만 약자의 눈에 그들이 베푸는 짓이 고마움보다 열패감을 조장해서 가슴을 후벼 판다고 하더라고. 성경에는 베푸는 손이 남에게 보이게 않게 하라고 가르치잖아. 그런데 이 사람들 열 개를 내놓고 백 개를 얻는 효과를 누리려고 한단 말이지. 그게 꼴불견이라고 교회를 그만두는 교포들이 많다는 거야. 심의 관점에서 이런 꼴을 본 약자들이 차라리 배고플망정 그런 꼴을 안 보려고 하는 것이 인지상정이라고 강조했다. 아마도 심은 자신이 D종단과 샤마니즘을 섞어서 선교를 하는 배경을 설명하는 듯했다.

심이 주최한 잭팟 축하 자리는 자신이 설립한 D종단의 뉴욕지부가 어떻게 몰락의 길을 가게 되었는가를 설명하며 마무리되어 가고 있었다. 그녀는 아들인 상배가 왜 패륜아가 되었는가에 대해 정주 일행이 의문을 가지리라고 짐작했으리라. 상배가 정주 가족에게 지금 가하고 있는 심리적 위협을 뉴욕지부의 책임자로서 당연히 해명해야 하기 때문이다. 심은 집에 들렀을 때마다 정주 가족이 보이는 불안감을 느꼈으니 말이다. 그녀는 한인교회를 비난하면서 뉴욕지부가 대안이 되어야 한다고 주장해야 하는데 그것 또한 여의치 않다. 그 걸림돌이 바로 패륜아인 아들이라는 것이 명백하게 드러났기 때문이다.

심은 어차피 털어내고 가야 할 것이라고 생각했는지 짐짓 진지한 표정을 지었다. 상배가 저렇게 엉망으로 되어버린 것은 D종단의 탓이 큽니다. 뉴욕지부가 그런대로 자리를 잡아간다고 보고했더니 Y구역의 임원이 대뜸 수임원을 끌고 온다고 연락이 왔지 않겠어요. 그때는 그들의 방문이 뉴욕지부를 한 단계 끌어올릴 기회라고 생각했으니 참 어리석었죠. 사실 뉴욕지부의 신도들은 민족종교에 대해 일종의 호기심을 느끼고 있었어요. 고국에 대한 향수를 느껴서 지부를 찾아오기도 했고요. 고향을 떠나온 노인들이 현대화된 교회보다 전통 제사 형식의 종교의식이 가슴에 와 닿았던 거죠. 사실 강증산을 한울님으로 모시는 D종단에 대해 제대로 이해하는 사람은 거의 없었고요. 이런 상태의 뉴욕지부에 확실한 영적인 힘을 가진 종단의 고위층이 오면 무언가 대단한 신뢰감을 주리라고 믿었거든요. 심은 그들의 방문이 오히려 큰 실망을 안겨주었다는 표정을 지었다.

Y임원은 종단의 거물을 끌고 와서 심을 도와주기보다는 결정적인 타격을 주었던 모양이다. 심은 괴로운 표정을 지으며 그들의 방문을 억지로 떠올리며 말을 이어갔다. 그 임원들이 뉴욕지부에 와서 종단 지도자로 특별한 면모를 보여주기를 기대했죠. 내가 종단의 종교적 이론에 대해 잘 몰라서 종단을 설명할 때마다 마음이 꺼림칙한 적이 많아요. 소위 종교의 지부장이 별로 아는 것 없이 흉내만 내던 꼴이었어요. 이론적 구멍을 메꾸어주면 저에 대한 뉴욕신도들의 믿음이 더 단단해지지 않겠어요. 그래서 신도들을 잔뜩 행사에 초대했죠. 그런데 웬걸, 반응이 별로 안 좋았어요. 뭔가 들을 만한 이야기를 해줘야 신도들이 뉴욕지부를 만만하게 보지 않으리라 계산했어요. 그런데 어느 누구도 딱 부러지게 얘기를 못 하는 거예요. 종단에서 제일 중요하다는 음양의 조화에 대해 언급하는데 너무 수준이 낮더군요. 정주는 심의 눈을 쳐다보며 뭘 기대한 거냐는 눈짓을 했다.

 심은 임원들의 방문이 얼마나 기대 이하인지 알려주려는 듯 정주에게 손사래를 쳤다. 종단이 제대로 이론을 세우려면 결국 강증산이 한울님으로서의 종교적 근거를 어느 정도 논리적으로 설명을 해주어야 할 텐데 그게 안 되더라고요. 빛이 있으면 그림자가 생기고, 수놈과 암놈, 남자와 여자가 조화롭게 사랑해야 아이나 새끼를 낳게 되는 음양 조화의 원리가 있지 않겠어요. 그런데 그게 나처럼 점보고 운수를 따지는 것에서 벗어나지 못하더라니까.

나이든 교포들도 미국에 와서 귀로 들은 풍월이 많지 않겠어요? 그래도 세계를 이끌어가는 미국물을 여러 해 동안 먹었잖아요. 종단 지도자들이 지껄인 설교가 형편이 없으니까 교포들의 반응도 시큰둥해지고 말았죠. 심은 뉴욕지부가 실패의 나락으로 떨어진 배경을 방문한 지도자들의 낮은 지적 수준으로 몰아갔다.

정주는 심의 설명을 진중하게 듣다가 이해가 안 되는 부분이 있어 물었다. 그런데 아드님은 왜 종단에 대해서 불만이 많은가요? 뉴욕지부 저택을 산 후 D종단과 별로 겹치는 부분도 없는데 말입니다. 어쨌든 종단이 저택을 사서 운영하도록 배려를 했지 않았던가요? 고맙게 생각해야지 마치 원수처럼 여기는 것 같더군요. 심은 정주의 질문에 약간 경계심을 표시하며 잠시 침묵을 지켰다.

패륜아 상배로부터 스트레스를 받고 있는 정주가 당연히 제기할만한 질문이 아닐 수 없었다. 그녀는 변명을 하듯 수세에 몰리면서도 상배의 행위가 나름의 근거가 있다는 표정을 지으며 말을 이어갔다. 저택을 사주었는데 무슨 불만이 그렇게 많으냐고 생각할 수 있겠죠. 상배가 처음부터 불만을 가졌던 것은 아니에요. 지부를 움직이기 위해 자동차도 구입해서 임원들이 뉴욕에 처음 왔을 때 공항까지 나가서 영접을 할 정도로 좋은 감정을 가졌었죠. 그 양반들을 모시고 뉴욕 시내 구경을 시켜주려고 안내도 했고요. 그 애가 무슨 믿음이 있어서 운전을 하고 심부름을 했겠어요? 그렇게 하면 뉴욕지부를 살리고 그놈도 살아갈 수 있는 바탕이 될 거라고 믿었기 때문이죠. 정주는 상배가 나서서 도우려고 했다니 신기했다. 마치 악마처럼 으르렁거리는 친구가 어떻게 남에게 친절을 베풀 수 있었단 말인가.

심은 차마 입에 담기 어려운 이야기를 해야 하는 상황인 듯 잠시 뜸을 들였다. 정주도 조금 긴장하지 않을 수 없었다. 심은 긴장한 듯 침을 삼키더니 말을 이었다. 걔가 임원들을 수행하면서 사람으로서 봐서는 안 되는 꼴을 많이 보았던 모양이에요. 그들의 행위를 보고 환멸을 느꼈는지 그들이 떠나고 나서 한바탕 소동이 벌어졌죠. 최고 임원이 상배를 부르더니 최고가의 의상에 대해 문더니 구매해달라고 했었데요. 하나에 이천만 원 정도를 호가하는 고급 패딩을 부탁하더라는 겁니다. 설마 했더니 역시나라고 깨닫게 된 거죠. 그걸 사다 주면서도 엄청난 분노가 치밀더래요. 신도들은 어렵게 헌금을 내면 종교지도자들은 바다 건너와서 딴짓을 서슴지 않는다고 확신한 거죠. 게다가 그놈도 지어미에게 얹혀서 사는 신세잖아요. 집만 번드레하지 모든 것이 허술한 뉴욕지부를 지원한다는 소리는 조금도 없고 그저 비싼 쇼핑에 몰두하는 임원들에게 혀를 내두른 것이죠. 정주는 뭘 그 정도를 가지고 그랬냐는 표정을 지었다. 한국에서 하는 꼴을 알면 눈이 뒤집어지겠군. 정주는 속으로 냉소를 흘리며 심에게 말을 흐렸다.

심은 임원들에 대한 비판의 화살을 멈추지 않았다. 무식한 자아가 드러날까 노심초사하던 모습은 사라지고 자못 신랄한 혀로 임원들을 핥기 시작했다. 거기에서 끝나면 좋았겠죠. 중간 임원쯤 되는 작자가 상배에게 맨하탄 시내에 데려가서 서양 여자들이 알몸으로 지랄하는 섹스쇼를 구경시켜달라고 했데요. 남자 구실을 못하는 사람들이 조그만 구멍으로 들여다보고 대리 만족하는 지저분한 핍쇼를 말이에요. 비싼 비행기값을 내고 물 건너 왔는데 본전을 뽑아야겠다는 심보지요. 글쎄 종단의 임원이란 작자들이 알몸의 여자들이 침대에서 남자들과 벌이는 섹스행위를 보겠다고 안달하는 모습이 얼마나 기가 막히겠어요. 그 사람들에게 무슨 종교적 존경심을 가질 수 있었겠냐구요. 소위 종단 임원들의 행태가 이 따위라면 종단의 근본에 대해 회의가 안 생기면 이상한 거죠. 심의 설명을 듣자 상배의 패륜적 행위가 단지 개인적 악의가 아니라고 정주는 생각했다. 종단 전체의 구조적 비리를 온몸으로 느낀 상배는 관련된 모든 자들을 부정하는 결과를 가져왔으리라.

　잭슨 하이츠 뉴욕지부로 돌아오는 동안 정주는 몹시 씁쓸했다. 그 역시 동일 계열의 법인으로부터 녹을 먹고 있는 교수가 아닌가. 사실 지부 저택을 일시 이용하는 것도 그들의 도움이 있어서 가능했었다. 흔히 종단이나 학교는 세속적 가치보다 그럴싸한 형이상학적 가치를 추구하는 집단이라고 간주된다. 그런데 그들의 뒷모습을 보여준 이런 행태를 확인하면서 허울 좋은 외양과 더러운 실체 사이에서 접합하기 어려운 간극을 느끼지 않을 수 없었다.

과연 인간의 구원을 주창하는 종교란 무엇일까. 소위 그들이 커다란 깨달음으로 획득한다는 종단의 개벽사상이 그들의 영적 세계의 기반이라면 그들이 보통 사람보다 더 세속적인 쾌락을 추구하는 것은 어울리지 않았다. 신도들에게 개벽이 다가오니 세속의 가치를 버리라고 가르치던 그들이 아닌가. 그런데 그들이 세속인보다 더러운 늪에서 물장구를 치고 있다고 생각하니 온몸에 소름이 돋아났다. 결국 보아서는 안 될 것을 보고 말았다는 환멸감이 정주의 마음을 휘덮었다. 그래, 이곳을 하루빨리 떠나자. 새로운 삶의 좌표를 찾아 이곳으로 왔는데 제대로 시작하지도 못하고 오염될 수 있다는 불안감이 스며들었다. 정주의 마음은 복잡한 뉴욕 시내를 떠나 푸른 숲들이 한없이 펼쳐져 있는 롱아일랜드로 달려가고 있었다. 다만 패륜아로부터 핍박을 당하고 있는 심이 끔찍한 악몽에서 벗어나기만을 기도할 뿐이었다.

롱아일랜드에서 만난 한인들

성진은 인구가 밀집된 플러싱 지역을 벗어나 롱아일랜드 숲속으로 달리는 기차에 몸을 실었다. 한시바삐 소음과 아귀다툼이 가득한 도심 시가지를 벗어나고 싶었다. 두 주 동안 그는 아파트를 구하기 위해 잭슨 하이츠 임시숙소에서 매일 기차를 타고 스토니부르크 지역의 부동산 소개소를 훑었다. 사실 교환교수들이 방문비자만으로 아파트를 임대하기는 쉽지 않았다. 이런 어려움을 피하기 위해 교수들은 연구년을 보낼 미국대학에 이미 등록된 한국교환교수와 사전에 접촉해서 그들이 살고 있는 집과 자동차, 가구 등을 그대로 물려받는 경우가 많았다. 성진도 스토니부르크 뉴욕주립대학교에 있는 한국학과 사무실을 방문해서 여러 가지 유용한 정보를 받을 수 있었다. 불행히도 그 정보는 철이 지난 것들이었다. 한국학과가 아닌 비교학과를 통해서 연구년을 진행한 그는 기존 교수와의 접촉이 한 박자 늦은 관계로 그들이 이미 떠났거나 다른 교수들에게 양도한 후였다. 하지만 늦게나마 한국학과에서 제공한 자료를 바탕으로 여러 차례 기차로 스토니부르크로 가서 부동산을 수소문했다. 결국 그는 스토니부르크 근처 레이크 글로 브에 있는 아파트를 구한 후에야 가슴을 쓸어내릴 수 있었다.

성진은 대학의 배려로 2학기가 막 끝나고 겨울방학이 시작한 시점부터 연구년을 이용할 수 있었다. 그의 가족은 다음 해 2월 말까지 거의 열네 달 정도를 미국에 체류할 수 있었다. 그 당시 교 수들은 아이들 교육문제로 연구년을 받으려는 경쟁이 매우 심해 서 가까스로 잡아낸 안식년이었다. 조금이라도 일찍 출국하려는 이유는 아이들의 개강이 일월 초에 시작되기 때문이다. 그는 연구 년 동안 다양한 계획을 염두에 두고 있었다. 드라마 작품을 번역 하는 일과 아내의 성인대학 등록과 딸 유학문제를 함께 해결해야 했다.

스토니부르크에서 첫 주일을 맞이하는 날 한국학과 사무실에 서 원주 소재 대학에 근무하는 최 교수를 만났다. 여교수인 그녀 는 일 년 전 뉴욕에 와서 연구년을 마무리하고 있는 시점이었다. 그녀는 아직 롱아일랜드에 대해 익숙하지 못한 성진에게 다양한 정보를 주었다. 이어서 롱아일랜드에서 거주하는데 필요한 인맥 을 만들기 위해 W교회에 가자고 제안해왔다. 그녀는 연구년을 마 치고 롱아일랜드 고등학교에 아들을 남기고 귀국하는 것이 걱정이 되는 모양이었다. 얼마 후에 알게 되었지만 성진에게 접근한 것은 아들을 돌봐달라고 부탁하려는 전략이었던 모양이다.

일요일 정오 그녀는 성진 가족을 픽업하여 롱아일랜드 스미스 타운에 있는 한인교회에 도착했다. 그 교회는 아직 자체 교회당을 가지지 못하고 미국교회 건물을 빌려서 쓰고 있었다. 11시에 시작하는 미국교회 예배기 마친 후 오후 1시에 한인교회 예배를 진행했다. 예배 전에 성진은 최 교수에게 그의 관심 분야인 성가대에 대해 물었다. 그녀는 그를 연습실로 데려가서 지휘자에게 소개했다. 그는 당장 함께 연습을 하자고 제안했다. 한인교회의 규모는 아주 작아서 성가대원의 숫자도 적었다. 연습하며 합창을 들어보니 화성의 질이 그리 좋지 않았다. 오랫동안 큰 성가대에서 단련된 성진은 그냥 지나칠 수가 없어 당장 부족한 베이스 파트를 도와주기로 했다.

지휘자는 연로한 H 장로가 담당하고 있었다. 그는 플러싱 한인 타운에 있는 큰 교회를 다니다 긴강이 좋지 않아 작은 교회를 다니면서 안식을 취하고 있다고 했다. 평소 교회음악에 관심을 가지고 있어 조그만 성가대의 지휘를 하며 마지막으로 교회를 도우려는 생각이었다. 그는 성가대원들의 약한 발성으로 음악을 만들기 어려웠던 차에 성진의 깊은 바리톤 목소리에 깊은 인상을 받았던 모양이다. 김성진 교수님, 목소리가 좋아서 그런지 우리 성가대 찬양이 갑자기 은혜롭게 들려요. 하나님 영광을 찬양하기 위해 교수님이 함께 해주면 좋겠네요. 연습이 끝나자 그는 성진에게 성가대원을 해달라고 부탁했다. H 장로는 성진의 노래를 듣는 순간 성가대에 잡아두어야겠다고 생각했다고 나중에 토로하였다.

연구년에 온 교수들에게 가장 큰 고생은 아파트를 구한 후 이사하는 문제였다. H 장로의 제안으로 레이크 글로브 아파트로 이사하는 날 젊은 김 목사가 교회 차를 끌고 왔다. 교수님, W교회로 오심을 환영합니다. 장로님도 말씀하시고 해서 거들어드리려고 왔습니다. 그는 아예 작업복을 입고 와서 팔을 걷어붙이며 일을 돕겠다고 나섰다. 성진은 성직자가 신도를 끌어들이려고 갖가지 봉사한다는 말은 들었지만 실제로 그런 모습을 보니 미안한 마음이 실짝 들었다. 목사님 저 혼자 해도 되는데 너무 고생하시니 제가 마음이 불편합니다. 이렇게 안 해도 W교회는 다닐 터이니 그냥 두고 가시죠. 천천히 혼자 하면 됩니다. 성진이 사양하자 김 목사는 손사래를 치면서 이사를 마무리하겠다고 덤벼들었다. 그는 한국에서 S대를 졸업하고 미국 신학교 웨스트 미니스터 신학대학을 나와 목사 안수를 받은 인재였다.

이민 가방 몇 개에 불과한 이삿짐이지만 이사를 떠나는 사람들이 버린 가구들을 모아둔 살림살이가 있어 적지 않았다. 스토니부르크 근방의 주택을 며칠 둘러보니 다른 지역으로 운반하면 이사비용이 많이 들어서 그런 건지 주택과 아파트 구석에는 버리고 간 가구들이 즐비했다. 가구나 물건들이 비싼 것은 아니지만 꽤 튼튼

하고 거의 새 것들이 많았다. 미국인들은 창고 세일을 할 정도로 실용적인 면도 많지만 가구들을 바꿀 때는 미련 없이 버리는 경향도 만만치 않았다. 이사 오기 전에 아파트와 동네를 돌아다니면서 부지런히 모은 가구가 웬만한 살림집 규모가 되었다.

정작 이삿날 현관 앞마당에는 안으로 들어 올릴 가구가 한 트럭분이 넘쳐나고 있었다. 공짜로 긁어모은 가구가 마치 신혼살림을 차린 격이 된 것을 보니 이제야 이국 생활을 제대로 시작한다는 느낌이 물씬 났다. 아파트 계단의 좁은 통로로 소파와 식탁과 의자, 짐이 가득한 이민 가방 여섯 개를 이층으로 들어 올리는 데 꽤 힘이 들었다. 좁은 목재 계단은 오르내릴 때마다 삐걱거리는 소리가 났다. 롱아일랜드에는 푸른 숲과 어울리는 3층 규모의 목조 아파트가 꽤 있었다. 무거운 철제구조 소파를 위로 끌어올리면서 아래에서 떠받치고 있는 김 목사의 이마에서 땀방울이 송골송골 맺혔다가 볼 위로 흘러내리고 있었다. 목사님, 이삿짐 도와주다가 몸살이 나면 설교하는데 지장이 있어요. 천천히 하세요. 성진은 미안해서 인사치레를 하지 않을 수 없었다. 김 목사는 약간 비만형이라서 조금만 힘을 써도 땀이 흘러내렸다. 성직자들은 육체노동의 경험이 없어 체력이 약한 탓이리라.

W교회만 해도 뉴욕주립대학 스토니부르크에 다니는 한국 학생들이 제법 나오고 있었다. 그들은 교회의 크고 작은 일에 솔선수범하여 봉사를 하고 있었다. 사실 가족을 떠나 유학생활을 하면

서 외로움을 달랠 수 있는 안전한 곳이 교회밖에 없었다. 학생들은 자의 반 타의 반 교회 공동체에 헌신하려고 나섰다. 그들의 목사에 대한 충성도가 상당히 탄탄해서 학생 중심의 활동은 활발한 것 같았다. 그만큼 김 목사의 학생 중심 교회 운영은 나름대로 순탄하게 진행되고 있다는 느낌을 주었다. 하지만 학생들의 경제적 능력은 너무 빤한 상황이라 교회 재정적 운영은 상당 부분 교포 신자들에게 의존할 수밖에 없었다. 학생들은 약간의 봉사를 하고 교회 활동을 하면서 외로움도 이겨내고 교포 교인들로부터 경제적 도움도 얻는 경우가 종종 있었다. 성진의 경우도 연구년 체류 기간 동안 그의 활동을 위해서 교회와 신자들과의 협력을 염두에 두고 있었다.

사실 한국에서 출발하기 전에 기왕이면 더 큰 한인교회로 가서 다양한 활동에 필요한 한인들을 많이 사귀는 것이 좋다는 충고를 받았었다. 하지만 김 목사의 감동 어린 봉사와 H 장로의 후의가 가슴에 닿아 이 교회로 가지 않으면 사람의 도리가 아니라고 생각했다. 결국 성진은 성가대를 보강하려는 H 장로가 던진 낚시바늘에 꿰어버린 꼴이었다.

H 장로는 처음부터 성진에게 치밀하고 따뜻하게 대했다. 기껏해야 15명 정도의 평신도 성가대인지라 소리가 좋을 수가 없었다. 별로 훈련되지 않은 교인들이 예배 전에 간단하게 찬송가를 연습해서 찬양하는 수준이었다. 사실 성가대의 소리는 철저히 연습의

양에 좌우된다. 하지만 오후에 예배를 보기 때문에 H 장로는 예배 전과 후의 짧은 시간을 활용했다. 성진은 음악을 전공하지 않은 H 장로의 지휘 실력에 놀랐다. 독학으로 공부한 음악으로 나름대로 예배 찬양을 만들어내기 위해 심혈을 기울여 준비하는 그에게 찬사를 보내지 않을 수 없었다.

H 장로는 교회를 참석한 지 3주 정도 되자 플러싱에 있는 자택으로 성진 가족을 초대했다. 그의 아내 H 권사는 정성스럽게 음식을 장만해서 저녁상을 내놓았다. 한국을 떠난 지 두 달 만에 제대로 된 한식을 먹어보니 그야말로 꿀맛이었다. 식사하면서 H 장로는 그의 인생에 대해서 찬찬히 설명했다. 성진을 움직이려면 자신의 삶을 이해시키는 것이 지름길이라고 생각한 것이다. 장로로 떵떵거리고 살고 있는 지금 조그만 한인 교회의 성가대 지휘에 집착하고 있는 이유를 설명하고 싶었던 모양이다.

그는 미국으로 건너가기 전에 침례교 신학교를 졸업했다. 그는 어린 시절 홀어머니인 전도사를 따라 여러 시골 교회를 전전하며 살았다. 어머니의 철저한 기독교 교육을 받았기에 뼛속까지 믿음이 스며들어 있었다. 문제는 시골 전도사의 수입이 너무 형편이 없어 경제적인 궁핍을 벗어날 수 없었다. 교회 일과 전도에 몰입하는 어머니의 눈에는 자식들의 안락은 안중에도 없었다. 밥을 굶는 것은 아예 일상이 되어 맏형으로서 동생들의 배고픔에 가슴이 미어지곤 했다. 신학교 4학년을 마치고 목사안수를 받아야 했으나 그는 신에 대한 사명보다 가족의 가난을 해결하는 것이 장남의 도리라고 보았다. 결국 돈을 벌기 위해 도미하기로 결심한 그는 목사안수를 포기하고 말았다.

H 장로는 뉴욕에서 정착하면서 가발장사에 뛰어들었다. 그는 모발에 대해 열등감을 가지고 있는 흑인들의 심리적 경향을 파악하고 이 사업에 대해 자신감을 가지게 되었다. 시험 삼아 한국에서 수입한 가발을 가지고 자그만 가게를 열어 운영해보기로 했다. 뉴욕 롱아일랜드 남부의 흑인 거주지역과 시카고 남부의 흑인 거주지역을 목표로 정하고 영업을 시작했다. 예상대로 흑인들은 질이 좋은 한국산 가발에 초미의 관심을 보였다. H 장로는 갈퀴로 돈을 긁어모으듯이 대박을 터뜨리는 것은 시간문제였다.

그는 사업을 본격적으로 확대하기 위해 유치원 교사 출신의 여성과 결혼을 하였다. 수더분한 아내는 소리 없이 H 장로를 도왔다. 역시 백지장도 함께 들면 가볍다는 말이 실감이 났다. 그의 아내는 H 장로의 그림자가 되어 사업과 집안의 빈곳을 빈틈없이 메꿔 주었다. 가정이 안정되니 사업은 날개를 단 듯 순조롭게 굴러갔다. 한국의 가발공장과 장기계약을 맺고 가발 수입상으로 업체 등록을 마쳤다. 사업계획과 가발 완성품을 공급할 거래처가 확보되자 드디어 사업의 시동을 과감하게 걸었다. H 장로는 기독교 신앙으로 다져진 단단한 정신력을 가진 데다가 선천적으로 긍정적인 사고를 지니고 있어 성공에 대한 확신이 서있었다.

H 장로는 뉴욕에 본사를 두고 뉴욕주, 시카고와 일리노이주를 주거래지로 삼아 타이어가 닳도록 자동차를 달리고 달렸다. 뉴욕이나 시카고는 흑인들이 많이 거주하고 있어 그들을 주요 고객으로 만들었다. 꼬불꼬불한 곱슬머리를 가진 흑인들은 백인들의 직모에 대한 깊은 콤플렉스가 있었다. 일본산 원사를 사다가 한국에서 가공한 아름다운 가발은 불티나듯이 팔려나갔다. 그는 사업이 순풍에 돛 단 듯이 풀려나가자 아우 부부도 미국으로 불러들였다. 다시는 가족의 어느 누구도 가난과 배고픔으로 고통을 당하지 않게 하겠다는 H 장로의 다짐이 하나씩 실현되었던 것이다.

그의 성공은 사업뿐만이 아니었다. 자식들은 하나 같이 머리가 뛰어났다. 고등학교에서 두각을 나타내었고 아이비리그 대학에 입학을 하였다. 큰딸, 작은딸 둘 다 유명 메디컬스쿨을 졸업하고 최고의 병원에 의사로 취직을 하였다. 셋째 딸 역시 아이비리그 대학을 나와 연구학자로 풀브라이트 기금을 받아 대만과 한국을 오가며 미술사를 연구하고 있었다. 막내아들도 콜롬비아대학교를 나와 선교활동 경험을 하며 미래를 준비하고 있다. 누가 봐도 대단한 축복이 아닐 수 없었다.

H 장로는 자신이 걸어온 긴 인생의 성공적 여정을 설명한 후 한숨을 내쉬었다. 그는 성진의 얼굴을 빤히 바라보며 말했다. 하나님은 행운만을 주는 것이 아니에요. 젊은 시절 정말 허리띠를 조이고 열심히 일했어요. 그 보상으로 사업에서 성공을 해서 이제

좀 행복을 맛보았다 싶었죠. 그런데 이게 웬 날벼락입니까. 딸이 근무하고 있는 병원에서 우연히 받은 건강진단에서 간에 좁쌀만 한 암이 생겼다는 통보가 날아왔어요. 정말 하늘이 무너지는 충격을 받았죠.

자신의 인생역정을 설명하는 그의 얼굴에 짙은 그림자가 드리워지고 있었다. 성진은 H 장로의 인자한 표정에 끼여 있는 우수를 이제야 이해할 것 같았다. 열정을 바쳐 키워온 가발회사를 경영하려면 체력이 필요한데 문제가 생긴 것이다. 그는 고민 끝에 회사를 전문경영인에게 맡기고 손을 뗐다. H 장로는 오늘 성진에게 전하고 싶은 메시지를 이해시키려고 절정으로 몰아갔다. 여러 병원에서 치료를 받았어요. 딸들이 권하는 암치료로 유명한 최고 병원에서 최신장비를 동원해서 암을 극복하려고 온갖 치료를 시도했어요. 하지만 조금 나아지는가 싶다가 다시 재발하는 악순환을 거듭했죠. 심지어는 서양의학이 별 효과가 없자 중국 의학의 치료를 받으려 대만까지 날아갔어요. 한동안 효험이 있어서 상당히 호전되기도 했죠. 가족들도 희망을 가지고 좋아했으니까요. 불행하게도 그 희망은 더 큰 절망을 몰고 왔죠. 살얼음을 밟듯이 조심하며 건강의 싹을 키우려고 했다가 갑자기 떨어진 우박에게 짓밟히는 꼴을 당하자 쓰라린 아픔이 몰려왔어요. 완전히 절망하고 인생을 포기하고 싶은 상태에 이르렀어요. 그런데 그 절망의 순간 H 장로의 얼굴에 평온한 빛이 깃들기 시작했다.

성진은 무엇이 H 장로의 표정의 변화를 가져왔는지 의아했다. 건강의 회복을 장담할 수 없는 상황에서 왜 그는 성가대 지휘를 자원했을까? 플러싱의 큰 교회 장로로서 행정을 해오다가 건강의 이유로 안식년을 선택한 그가 아닌가. 웬만한 사람이라면 모든 것을 내려놓고 공기 좋은 시골이나 요양원을 찾아가는 것이 정석이다. 그런데 그는 오히려 매주 멜로디의 음정과 사부합창의 하모니를 만들어야 하는 성가대 지휘를 하고 있는 것이다.

성진은 이왕에 H 장로가 털어놓은 김에 확실하게 이해하는 것이 좋을 것 같았다. 장로님, 건강도 여의치 않은데 성가대를 떠맡은 이유가 특별한 이유가 있으신가요? H 장로는 눈을 잠시 감고 있더니 평온하게 말을 이었다. 사실 교수님에게 그걸 말씀드리려고 오늘 우리 집에 모셨습니다. 지금까지 저는 누구보다 성공의 가도를 달려왔어요. 하지만 단 하나 가슴이 아픈 것은 어머님의 소원을 이루어드리지 못한 것이죠. 목사로서 교회 섬기기를 원하셨던 어머님의 뜻을 수용하지 못해 평생 불효를 저질렀어요. 그것이 가슴에 응어리가 되어 어떤 물질적인 성공도 그걸 풀어헤치지 못하는 겁니다. 그래서 어머님이 원하시던 목사의 사명은 할 수 없지만 못지않게 하나님을 기쁘게 해드릴 일은 찬양하는 거라고 생각했어요. 제가 언제 죽을지 모르는 지금 마지막으로 매달릴 수 있는 것은 바로 하나님께 영광스럽게 찬양을 드리는 겁니다. 그 일을 잘 수행하도록 김 교수님이 도와주셨으면 합니다. 성진은 그의 말이 떨리는 것을 느끼며 감동에 휩싸였다.

H 장로의 성가에 대한 진정성과 죽음 앞에 서있는 실존성은 성
진의 마음을 휘어잡고도 남았다. 장로님, 제가 뉴욕에 체류하는
일 년 동안 성가대를 위해서 최선을 다하겠습니다. 오랫동안 성가
를 했지만 장로님만큼 절실하게 헌신하는 모습을 본 적이 없습니
다. 큰 교회에 가지 않고 이렇게 작은 교회로 오게 된 것이 하나님
의 뜻인 것 같습니다. 성진의 호쾌한 대답을 듣고 H 장로는 만족
해했다. 비록 작은 성가대이지만 깊은 종교성을 담을 수 있다면
어머니가 바라던 못다 이룬 소명을 이룰 수 있다고 생각했으리라.

성진은 주중에 대학 도서관에 있는 연구실에서 주로 보냈다.
삼층 연구실 창밖으로 전망이 좋아 캠퍼스가 멀리까지 내려다보
였다. 가끔 시를 쓰고 싶은 낭만에 젖기도 했다. 하지만 가급적 그
는 연구년 프로젝트인 희랍 드라마 번역에 집중하기로 했다. 어
느 누구도 방해하지 않는 연구실의 분위기는 차분해서 작업능률
이 좋았다. 아내가 싸준 도시락을 먹는 점심시간 이외에는 좀처럼
밖으로 나가지 않기로 했다. 번역의 진도가 생각보다 빨리 나가고
있었다. 여유가 생긴 성진은 한인교회를 위해 또 하나의 봉사를
하고 싶었다.

남는 시간에 어떤 일을 하는 것이 귀국 후에 가장 기억에 남을
까. H 장로와 나눈 대화가 계속 머릿속에 맴돌고 있었다. 그의 인

생에 남은 시간이 얼마나 될 것인가. 그의 삶의 시간이 가장 값지게 사용될 수 있는 콘텐츠를 구상하고 싶었다. 그의 전공이 드라마이니 관련 활동을 하는 것이 가장 효과가 있으리라는 계산이 앞섰다. H 장로가 벌이고자 하는 성가대 활동과 드라마를 연합하는 형식이 되었으면 좋겠다는 생각이 번뜩였다. 그것은 오라토리오 형식이었다. 오라토리오는 성경을 기반으로 대본을 만들지만 코랄과 서사를 번갈아 배치하는 방식이다. 합창 사이에 오페라의 레치타티보에 해당하는 부분을 해설로 처리하여 합창의 배경에 대해 관객의 이해를 돕는 것이다.

성진은 김 목사와 H 장로가 함께 모이는 교포 교인들의 기도 모임에 참석하기로 했다. 성진에게는 다소 낯선 모임이지만 일을 도모하기 위해 토론하고 공유하기에 좋은 자리임에 틀림이 없었다. 교포마다 일주일 동안 겪은 어려움이나 고민을 기도 형식으로 털어놓고 함께 위로하고 종교적 권면을 해주는 시간이었다. 기도 모임이 끝나자 성진은 그의 아이디어를 펼쳐놓았다. 성진온 다가오는 부활절에 어울리는 예수 수난 오라토리오의 코랄과 함께 레치타티보에 해당하는 서사를 연극화해서 공연하자는 제안을 했다. 어느 누구도 반대할 명분이 없었던지 한 번도 생각하지 못한 아이디어라고 모두 박수로 찬성했다. 특히 H 장로는 만면에 웃음을 지었고 그는 벌써 오라토리오 무대를 꿈꾸고 있었다. 지휘자로서 단조로운 찬송가를 벗어나 수준 있는 합창을 할 수 있는 기회를 잡게 된 것이다.

문제는 대작을 완성하기 위해서는 연습에 상당한 시간을 투자하는 일이었다. 교포들은 생업에 바쁘고 학생들은 수업과 연구로 정신이 없었다. 하지만 시간은 참여자가 어떻게 생각하느냐에 따라 바뀔 수 있었다. 일상이 바쁘다고 영적 가치에 소홀하면 삶의 방향을 상실하게 된다. 배우는 대학생들과 교포들을 적당한 비율로 섞기로 했다. 아무래도 나이가 든 교포들은 기억력에 한계가 있으니 조역 위주로 하고 주역은 대학원생들이 맡는 것이 현명하다고 생각했다. 학부생들은 이수학점이 많아 코랄에 주로 참여하면 되리라. 대본은 희랍드라마 번역을 하고 남은 시간을 이용해서 연구실에서 혼신을 다해 쓰기로 했다.

지휘의 목표가 정해진 H 장로의 움직임은 기민해졌다. 산만해지기 쉬운 학생들을 가끔 초대해 파티를 베풀면서 연주를 위한 연습에 최선을 다하도록 격려를 아끼지 않았다. 교포 교인들과의 기도 모임과 사적인 심방을 통해서 접촉을 늘려 교회를 떠나 인간적으로 가까운 관계로 발전시켜나갔다. 그들은 모두 고국을 떠나 외로운 사람들이 아닌가. 각자의 생업과 자녀교육으로 타인과의 사교생활을 할 여유가 없는 이방인들이었다. 그러나 오라토리오 연습을 하면서 나이든 H 장로의 열성은 외로운 그들을 감동시키기에 충분했다. 성진은 별도로 발성연습과 솔로연습을 해서 그의 봉사에 걸맞은 노래를 하려고 노력했다. 교회당에서 가끔 연습이나 솔로로 노래를 하면서 그의 발성이 달라지는 것을 느꼈다. 무언가 아직 목소리가 트이지 않은 부분이 있다고 생각했는데 어느 순간 뻥 뚫리는 느낌을 받았다. 주일 특송을 하면서 그의 목소리가 거침없이 교회당에 충만하게 울려 퍼지자 가슴이 절로 떨려왔다. 오랫동안 노래했지만 성악가가 지휘자의 전폭적인 신임을 받는 순간 소리의 질도 달라졌다. 성진은 하나님의 임재를 성가를 들으며 느꼈고 지금 신에게 바치는 자신의 찬양으로 체험을 했다.

오라토리오 연습은 순조롭게 진행되니 이제 연극의 완성도를 높이는 일이 절실하였다. 성진은 기존의 부활절의 대사와는 차별화하고 싶었다. 스크로베니 예배당에 있는 조토의 벽화로 "유다의 입맞춤"이 그려져 있다. 여기에는 예수와 베드로의 선한 이미지와 유다의 추한 이미지가 대조적으로 재현되어 있다. 당시 14세기 유럽인들은 중세의 기독교 선악관에서 벗어나지 못 하고 있는 것이다. 조토는 그런 풍토의 한계에서 벗어날 수 없었다. 하지만 성진은 주로 악한 배신자로서만 재현되고 있는 유다를 인간적으로 이해할 수 있도록 그의 내면세계를 파고들었다. 유다라고 베드로처럼 예수의 수제자로서 인정받고 싶지 않았을까. 무슨 연유로 제사장들의 하수인으로 매수가 되어 자신의 스승을 팔아넘길 수 있단 말인가. 성경의 내용을 그대로 무대에 옮기면 관객에게는 너무 빤한 이야기가 된다. 그걸 뛰어넘어 유다의 배신의 동기를 찾아내야 하리라.

당시 로마의 지배를 받고 있던 유대인들은 로마의 통치 아래에서 갖은 고통과 모욕을 당했지 않았는가. 그들은 예수의 등장을 민족해방의 실마리로 보았으리라. 예수의 구원은 결코 현실 세계에서 육체적 해방을 언급하지 않고 영적인 세계에만 머무르고 있다. 그들이 목격한 예수의 기적은 당장 고통스러운 현실에서 벗어날 수 있는 희망을 주었지 않았던가. 하지만 예수는 유대인의 현실을 자꾸만 외면을 한다. 시몬과 같은 열성당원들이나 유다는 예수의 행보에 대해 답답함을 느꼈고 그들의 기대에 어긋나는 예수의 행보에 불만을 가질 수 있다. 가롯 유다도 이 부류에서 벗어나지 않았으리라.

성진은 악한 유다보다 고뇌하는 유다에 더 끌리고 있었다. 이런 효과를 살리기 위해 유다의 독백 속에 예수에 대한 기대와 실망을 대본에 삽입했다. 대사에 모순된 두 감정 사이에서 오가는 유다의 애증병존심리를 재현했다. 그렇다면 유다가 예수에게 다가가 입을 맞추는 것은 단순히 제사장들에게 팔아넘기기 위한 전략만은 아니다. 예수에게 입을 맞추려고 다가서는 그의 걸음마다 사랑과 미움이 교차한다. 순간마다 유다의 표정이 바뀌면서 그의 이중성을 드러내는 것이다.

유다의 배역은 대학원생 고유진이 맡았다. 그는 이공분야를 전공하면서도 찬양단을 이끌면서 감수성이 예민한 면모를 보여준다. 성진이 그를 주인공 유다 역으로 캐스팅한 것은 그의 감수성을 신뢰한 탓이다. 성진은 본격적으로 연습에 돌입하면서 그의 역할이 중요하다는 것을 강조했다. 유진이, 이번 성극은 W교회가 설립된 이래로 가장 중요한 행사가 될 것이네. 자네가 맡은 유다 역이 가장 비중이 높기 때문에 다른 배우들을 끌고 가야 해. 게다가 내가 보여주고 싶은 유다의 캐릭터는 성경에 통상적으로 나타난 깃과는 다르니 성격 분서을 날카롭게 해주기 바라네. 유진의 표정에 약간의 동요가 일어난다. 그는 평소 신앙이 깊어 김 목사의 해석에서 벗어나기 쉽지 않으리라. 지금의 표정은 성진이 요구하는 유다의 변형된 성격에 대해 달갑지 않다는 암시이다. 이 친구와 씨름을 좀 해야겠군. 성진은 속으로 뇌까리면서 그의 가다듬어지지 않은 대사를 담금질을 해나갔다.

　유진의 연기 연습은 성진이 우려했던 대로 좀처럼 진도가 나가지 않았다. 유다에 대해 그가 기존에 가지고 있는 고정관념이 유다의 인간적인 면모를 이해하는 것을 방해하고 있었다. 유다는 악한 생각과 행위의 수체이고 추하세 새힌해야 한다고 유진은 고집하고 있는 것이다. 성진은 유진의 닫혀있는 감정의 문을 열어주어야 했다. 유진이, 유다도 자네처럼 선악이 공존하고 있는 존재라는데 이해를 못하나? 유진의 표정이 더 굳어졌다. 사고가 굳어진 유진은 저절로 몸마저 경직되어 연기가 자연스럽지 못했다. 유다가 예수에 대한 신앙적 존경과 인간적 실망 사이에서 고통스러워하는 모습을 보이라고 성진이 다그친다. 연극배우는 자기 편견에서 벗어나서 맡은 역할 속으로 들어가야 해. 유진이 자네는 지금 유다 역이 아니라 자네의 분신 역할을 하고 있어! 답답한 것은 성진만이 아니다. 유다의 인간적인 면모를 감정적으로 받아들이지 못하는 유진은 성진의 요구가 심리적 압박이 된다. 갑자기 유진이 마룻바닥에서 뒹글며 소리를 지르며 울음을 터뜨리고 말았다. 이 순간부터 그는 경직되었던 몸과 마음이 봇물 터지듯 풀어지며 감정이 자유롭게 흘러가며 연기가 순조롭게 흘러갔다.

드디어 W교회의 부활절 성극 공연날이다. 오늘을 위해 석 달 동안 연습에 매진해왔다. 모든 교인들은 마치 자신들의 생일이나 되는 양 즐거워했다. 이 교회가 세워진 후 오라토리오라는 대작과 성극을 올리게 될 줄은 꿈에도 생각조차 못했으리라. 김 목사의 간단한 기도가 끝나자 H 장로는 성가대의 좌석을 배치하고 오라토리오 공연 준비를 했다. 성진은 배우들을 모아서 "부활의 노래"의 주제를 잘 살리도록 지시했다. 유진이, 이제 공연이니 긴장하지 말고 유다의 인간적인 고뇌를 잘 풀어내기 바라네. 모든 걸 주님께 맡기고 유다의 심중 속으로 들어가서 연습 중에 체험했던 대사에 대한 감정을 풀어내기 바라네. 유진은 침착하게 기도를 한 후 무대에 올랐다.

유진이 연습한 대로 공연을 잘 이끌어 나갔다. 각 장면이 끝나면 오라토리오 합창이 미끄러지듯 끼어들어 찬양을 했다. 통상적으로 오라토리오에서 밋밋하게 관련된 해설을 낭송하는 것보다 연극의 장면으로 처리하니 실감이 더 났다. 찬양과 연극의 조화로운 결합을 시도한 이번 공연은 대성공이었다. H 장로는 공연이 끝난 후 감사의 기도를 드리고 대원들을 치하했다. 그의 생애에서 다하지 못한 모친에 대한 효도를 다한 듯한 안도감이 감도는 모습을 보니 진한 감동이 왔다. 성진은 그의 한을 조금이라도 풀어주는데 도움이 되었나면 만족했다. 김 목시도 교인 전체가 축제처럼 즐긴 이 공연에 대해 예수의 부활처럼 느껴져 기쁨과 감사를 표현했다.

성진은 번역을 마무리하느라 바빴지만 공연을 통해 친밀해진 교인들과 기도 모임을 통해서 친교하며 우의를 깊게 했다. 여름방학이 오자 캐나다 퀘벡으로 여행을 떠나 모처럼 한가로운 시간을 즐겼다. 하지만 그의 머릿속에는 W교회의 찬양시간이 자꾸 떠올라 마음이 혼란스러웠다. 미국과는 달리 한가한 퀘벡의 정취는 독특한 분위기를 자아내고 있어 여행의 즐거움도 적지 않았다. 하지만 일정이 끝나는 대로 빨리 돌아가고 싶었다. 과연 H 장로가 그가 없는 동안에 찬양을 이끌어가면서 마주칠 어려움을 생각하자 마음이 편하지 않았던 것이다.

휴가를 마치고 롱아일랜드에 다시 돌아오자 성진은 번역을 마무리하기 위해 박차를 가하였다. 일요일에는 봄학기와 마찬가지로 H 장로를 도와 은혜로운 찬양을 하도록 도왔다. 하지만 교회 분위기는 전과 같지 않았다. 김 목사가 영세한 W교회의 적은 사레비를 보충하기 위해 사모를 미국 체신부 공무원에 시험을 보도록 하였다는 것이다. 사모가 시험에 합격하자 우체국에서 근무하는 시간에 아이들을 제대로 돌볼 수 없는 상황에 이르렀다. 미국 법에 의하면 나이가 어린 자식을 홀로 집에 남겨두고 일을 나가면 양육권을 박탈당하게 되어있었다. 이런 불상사를 방지하기 위해 김 목사는 점진적으로 교포 교인들이 매달리는 새벽예배, 수요예배, 금요예배를 차례로 폐지하기에 이르렀다. 사모가 그 시간에 직장에 나가면 김 목사가 대신 아이들을 보살펴야 했던 것이다.

교포 교인들은 이 예배들을 주일예배 못지않게 매우 중요하게 여겼다. 그들은 고국을 떠나 이방인의 설움과 난관을 이겨내기 위해 새벽기도에 열심히 나가는 경향이 강했다. 열악한 환경을 이겨내기 위해 신께 기도하고 신앙의 힘에 기대고 싶었으리라. 그런데 교포 교인들의 입장에서는 김 목사가 가정사를 이유로 예배를 주재하지 않거나 폐지하겠다니 믿을 수가 없었다. 사태가 심각해지자 그들은 김 목사에게 사례비를 인상해줄 테니 사모가 공무원직을 그만두고 교회 사모 직분에 전념해달라고 부탁했다. 하지만 김 목사는 아이들 교육비와 양육비 부담이 적지 않아서 사모의 직장을 그만둘 수 없다고 고집했다.

목사가 주재하지 않는 평일 예배가 두 달 정도 지속되면서 교인과 목사 간의 신뢰가 점점 약화되는 것이 눈에 보이는 듯했다. 김 목사는 자신의 부재 시 예배인도를 대학원생인 연주에게 진행하도록 지시해놓고 있었다. 그것은 교포 교인의 중심인 H 장로를 견제하려는 얄팍한 전략이었다. 장로로서 자존심이 상한 그는 몸이 좋지 않은 탓에 정서적으로 흔들리고 있었다. 안식을 얻어야 할 상황에서 결정적으로 평상심을 잃어버릴 위기가 갑자기 닥쳐온 것이다.

결국 H 장로가 도저히 참을 수 없는 사건이 십이 월에 일어나고 말았다. 마정숙이란 교인의 상가건물에 화재가 발생했던 것이다. 교인들은 서로 돌아가면서 기도 모임을 가졌었기 때문에 돈독한 형제애로 위로하러 마정숙 씨 집에 모였다. 그녀의 가족들은 놀란 가슴을 쓸어내리며 화재가 크게 번지기 전에 소방서에 의해서 진압된 것에 신에게 감사를 드렸다. 그런데 이틀이 다 가도록 목사는 나타나지 않았다. 사모의 근무로 아이들을 돌봐주느라 시간을 내지 못한 것이다. 다음날 교인들이 재차 위로 모임을 가졌을 때 H 장로는 드디어 폭발하고 말았다. 김 목사는 성직자의 탈을 쓴 사탄이요! 교인의 집에 화재가 났는데 어떻게 사흘이 지나도록 와보지도 않는단 말입니까? 낮에 못 오면 밤에라도 와서 위로해야지요. 그의 분노의 불은 너무 뜨거워서 어느 누구도 막을 수 없었다.

교포 교인들은 모두 화가 난 나머지 김 목사의 행태는 더 이상 묵과할 수 없다고 결정을 내렸다. 기도 모임에 목사를 호출해서 단단히 따져야 한다고 별렀다. H 장로는 성진에게도 기도 모임에서 김 목사의 모습에 대해 어떻게 생각하는지 물었다. 성진은 무슨 말을 해야 할지 난감해졌다. 교회가 두 동강이 날 찰나였다. 그렇다고 입을 다물고 있기에는 교인들의 상처가 너무 컸다. 성진도 목사의 무책임에 대해 한마디 거들어야 할 분위기였다. 이번 경우는 너무 심한 처사군요. 목사가 양떼를 돌보아야 할 때 자신의 일에만 신경을 쓴다면 곤란하죠. 조만간 양떼는 흩어지거나 늑대들에게 먹혀버리고 말겠죠. 하지만 김 목사를 비판하면서도 성진의 마음은 불편했다.

다음 주 정숙의 집 기도 모임에 김 목사가 참석했다. 분위기가 좋지 않다는 것을 느낀 탓인지 김 목사는 좌불안석이었다. 드디어 H 장로가 작정하고 입을 열었다. 목사님, 교인들이 원하는 평일 예배를 마음대로 폐지하면 어떻게 교회가 제대로 굴러가겠습니까. 게다가 교인의 집에 화재가 났는데 심방하지 않는 것은 목사직을 계속하겠다는 겁니까 아니면 포기하겠다는 겁니까. 교인들이 헌금하는 것은 목사님을 위한 것이 아니에요. 어려운 교인들을 돌보는 소명을 다하라고 힘들게 헌금을 하는 겁니다. 김 목사는 아무 말도 못 하고 당혹감과 모욕감으로 얼굴이 벌겋게 달아올랐다. 김 목사는 대충 사과를 하고 자리에서 일어나 말없이 돌아갔다.

그 후 김 목사는 교회에 아무 통보도 없이 한국으로 귀국해버렸다. 학생들에게는 연주를 중심으로 하여 찬양단이 임시로 이끌어 가도록 했다. 그 소식을 들은 H 장로는 큰 충격에 빠졌다. 김 목사의 마음을 돌리게 하려다 교회가 분열되는 파국으로 치닫게 된 것이다. 성진은 연구년이 마무리되어가는 시점에 일어난 이 사건으로 인해 W교회를 위한 일 년의 노력이 물거품이 된 것이 뼈아프게 고통스러웠다. 무엇이 잘못된 것일까. 미국에서 영주권을 얻어서 목사직을 하던 김 목사는 이곳에서 아이들을 낳고 키우고 교육을 시켜야 하는 부모이기도 했다. 교포들 모두가 힘든 이방인일 뿐이었다.

그는 영세한 W교회 사례금으로는 도저히 가정을 제대로 꾸려갈 수 없으니 교인들에게 부담을 주지 않으려고 사모의 취직을 추진했으리라. 그런데 그 일로 인해 교회에 소홀히 하게 됐고 분열시키는 결과를 가져왔다. 본말이 전도된 상황을 두고 모두 상처만 받고 돌아서고 말았다. 성진은 충격을 받은 H 장로를 위로하러 플러싱 자택으로 가서 환담을 했다. 특히 그의 병이 스트레스로 인해 악화되지 않기를 바라며 기도해주었다. 연구년이 끝나가는 시점에 성진을 위한 송별회가 열렸다. 하지만 김 목사의 축복은 받을 수 없었다. 그는 교포 교인들을 포기하고 H 장로가 떠나기 전에는 미국에 오지 않을 작정이었다. 사태가 진정된 후 돌아와 학생 중심의 선교만 하겠다는 속셈이었다. 존에프케네디 공항으로 떠나던 날 성진은 김 목사가 처음 이삿짐을 나르며 흘리던 땀방울이 떠올랐다. 그 땀방울들이 눈물이 되어 맺히다니, 성진은 아쉬움과 슬픔으로 기내 창밖만 물끄러미 쳐다보았다.

정교수 주기평가 사건

정구는 아침 일찍 우상진 교수로부터 전화를 받았다. 탁상시계 바늘은 일곱 시를 가리키고 있었다. 그는 재빨리 일어나 샤워를 한 후 간단한 조식으로 우유 한잔에 치즈와 오이 몇 조각을 곁들인 식빵 한 조각을 번갯불에 콩 튀겨 먹듯이 삼켰다. 그가 이렇게 서두르는 이유는 우 교수와 노동부 Y시 지청에 시간에 맞추어 가자고 약속했기 때문이었다.

우 교수는 교수협의회 회장으로 고문인 정구에게 지청에 동행해달라고 부탁해왔었다. 그가 정교수들에 대한 주기평가의 법적 부당성을 바로잡으려고 노동부에 제소했는데 고발인 신분으로 소환을 받았다는 것이다. 국민신문고에 신고한 문건이 중앙부서를 거쳐 Y시 지청에 배속되었다고 설명했다. 이런 경우 지청은 사건을 처리하여 중앙에 보고할 책임이 있다. 피고가 대학이라도 중앙의 명을 받은 지청의 소환을 피할 수 없었으리라. 이런 상황에서 지청의 사법경찰이 원고와 피고의 이야기를 청취하겠다며 교협 회장과 총장을 소환한 것이다. 비록 사건의 원고라고 하더라도 권력기관의 소환에 응한다는 행위가 정구에게 그리 달갑게 느껴지지 않았다.

방학동에서 Y시 노동부 지청까지는 승용차로 불과 이십분 거리였다. 건물 주위는 아침부터 주차장뿐만 아니라 주변의 도로에 승용차들이 줄을 선 듯이 주차되어 있었다. 그만큼 노동청에 각종 노동 관련 제소 건이 많다는 걸 짐작할 수 있었다. 특히 Y시를 비롯한 경기 북부에 위치한 기업들은 주로 중소기업이 대부분이고 그 중에도 영세기업이 많았다. 영세기업들은 사업 부진을 핑계로 노동자들에 대한 체임을 불사하곤 했다. 그만큼 사업의 위험요소가 많고 기업도산 시 불가항력적으로 노동자들을 희생시키려는 경향이 있었다.

정구는 우 교수를 따라서 건물에 들어가며 신세타령을 하듯 뇌까렸다. 어쩌다 교수랍시고 폼 좀 잡고 살려고 했더니 이런 험악한 곳을 드나들다니 한심하군. 평생 법 없이 살 놈이라는 이야기를 많이 들었는데 말이오. 그는 복도를 지나가는 노동자들의 어두운 얼굴을 살피면서 말을 이어갔다. 저 사람들도 고용주들의 불법적 해고나 임금체불을 하소연하러 왔겠죠. 하지만 그들의 상황이 십여 년이나 봉급을 동결당하고도 말 한마디 제대로 못 하는 교수들보다 차라리 낫다고 정구는 생각했다.

그들은 사법경찰들이 버티고 있는 이층 사무실로 들어섰다. 커다란 사무실 공간에 이십여 명의 사법경찰들 책상들이 중앙 공간을 둘러싸면서 세 방향의 창문 쪽으로 늘어서 있었다. 그 뒤에 목에 힘이 잔뜩 들어간 사법경찰들이 마치 판사라도 되는 양 척 버티고 앉아있었다. 그 앞에는 고소인와 피고소인이 양편으로 나뉘어 서로 공방을 주고받는 중이었다. 그들이 서로 제압하려고 크게 말하는 탓인지 어수선한 분위기를 연출하고 있었다.

정구는 사무실 분위기가 영 마음에 들지 않았다. 아무리 힘없는 노동자들의 문제를 다룬다고 하더라도 정숙한 분위기가 되도록 배치해야 될 게 아닌가. 건물 밖은 그럴싸하더니 안쪽은 영 아니군. 정구는 시민들에게 너무 성의가 없어 보여 거부감으로 속이 뒤틀렸다. 이건 마치 시장바닥이나 다름없어. 그에게 청력에 문제가 있는지 모르지만 탁 트인 공간에서 여러 사람이 함께 웅성거리면 도대체 정신이 집중되지 않았다. 점점 나이가 들어가는 걸 실감하지 않을 수 없었다.

사법경찰은 고소인과 피고소인의 신분을 확인하고 그가 소환한 배경과 연유를 느긋하게 밝혔다. 그들은 사법고시를 준비하다가 떨어졌거나 제풀에 수준을 낮춰서 법무부 산하 공무원직에 응시하여 합격한 자들일 것이다. 그들 뒤에 있는 작은 서고에는 관련 법 서적이 제법 꽂혀있다. 아마도 소환된 사람들 앞에 서면 판

검사 흉내를 내고 싶은 욕망이 치밀어오르리라. 정구 쪽을 맡은 사법경찰은 땅딸막하지만 살이 적당히 올라 거만한 모습을 보이며 제법 거드름을 피우고 있었다. 우 교수와 정구가 정해진 자리에 앉자 대학본부 대표로 K 팀장이 다가와 인사를 했다. 피고가 총장인데 겨우 팀장에게 위임을 한 것이다. 총장이 교협 회장을 상대하는 것을 껄끄럽게 생각하여 교무처 팀장에게 위임을 했다고 했다. 사실 교협 회장의 파트너로 겨우 팀장 정도가 참석하는 것이 격이 맞지 않아 기분대로라면 당장 총장을 부르라고 요구하고 싶었다.

무게를 잡던 사법경찰이 우 교수를 쳐다보며 약간 의아한 표정을 지었다. 회장님 서류는 잘 읽어보았습니다. 법과 교수가 아니신데 준비하신 분량도 적지 않고 꼼꼼하게 잘 작성하셨네요. 그는 상당히 깊은 인상을 받았다는 표정이 역력했다.

우 교수는 정교수 주기평가에 대한 판례를 샅샅이 뒤져서 이해하기 쉽게 고소인 서류에 정리를 해놓았다. 부산 K대의 경우 퇴직한 교수들이 중심이 되어 이번 건에 대해서 대학 측에 손해배상을 청구하여 승소했다는 기록도 첨부되어 있었다. 그들은 정교수 주기평가로 인해 호봉 승급이 안 되어 퇴직금이나 연금에서 손해를 입은 만큼 보상하라고 요구하였다는 것이다.

수년 전부터 사립대학들은 자의적인 판단 아래 대학생 등록금 동결을 빌미로 연구점수를 채우지 못한 정교수들의 호봉을 승급

시키지 않았다. 게다가 정교수들에게 연구논문을 쓰지 않는 대신 강의 시수를 늘리도록 압박하는 것이 이 악법의 요지라고 볼 수 있었다. 사법경찰은 교무처 팀장에게도 학교 측에서 이런 규정을 변경하면서 교수들의 동의를 받았는지 그들이 작성한 서류에 근거하여 차근차근 묻기 시작했다. 정구는 K 팀장이 교수 연수에서 규정에 대해 자세히 설명을 했기 때문에 별문제가 없다는 식의 납변을 들으면서 이 사건에 대해 천천히 거슬러 반추하기 시작했다.

정구는 정교수 주기평가라는 괴물 이슈가 왜 나타나게 되었는지 되새김질을 해보며 명상에 잠겼다. 진리를 가르친다는 대학이 무슨 근거로 비정상적인 괴물을 조작하려는 것일까. 아무래도 대학이 시장논리를 받아들인 것은 본말이 전도된 꼴이었다. 대학이 시대의 변화에 부응하는 것은 생존을 위해서 이해할 수 있었다. 하지만 대학교수에게 시장 장사꾼이 되라고 강요하는 것은 학생들에게 좋은 상품이 되라고 하는 것과 같은 논리이다. 장사꾼이 좋은 상품을 만들어 파는 것이 무엇이 나쁘냐고 반문할지 모르겠다. 사실 그건 말도 안 되는 개소리이다. 시장에 가서 잘 살펴봐라. 장사꾼들은 그저 고객에게 질이 나쁜 상품도 눈속임하여 팔아 돈을 벌면 그만이라고 생각하지 않는가. 그렇다면 교수들에게 장사꾼이 되라는 것은 교육의 본질보다 사기를 쳐서라도 취업만 시키라는 것과 다름없다. 이것은 분명 교육이라는 허울을 뒤집어쓴

헛소리인 것이다.

사실 인간은 능력이 천차만별이다. 선천적으로 뛰어난 놈들도 많지만 맹탕인 놈들이 더 많지 않은가. 그런데 자식을 위해서라면 빚을 내서라도 대학에 보내려고 하는 게 한국 꼰대들이다. 자식 교육을 위해서 세 번이나 이사를 마다하지 않았다는 맹자의 어머니를 닮아서 그럴지 모르겠다. 조선 500년이 유교의 영향 아래 있었으니 말이다. 문제는 대학 강의를 받는다고 무능력한 놈들이 좋은 상품이 될 수 없지 않은가. 이런 지적 딜레마에 빠지게 되는 자가 바로 팔자가 사나운 대학선생이다. 사실 능력만을 재료로 만들어내는 인간 상품에는 인간성이란 요소가 빠져있다. 결국 고품질의 상품으로 팔려가는 놈들은 좋은 인간이 아닐 가능성이 높다고 보아야 한다. 결국 대학교육이 양질의 사회를 만드는 데 역행을 한다고 볼 수 있는 것이다.

이번 경우에 정구에게 가장 찔리는 사안이 분명히 있었다. 학생들을 양질의 상품으로 만들려면 양질의 교수가 필수적으로 필요하리라. 이전처럼 오래된 강의록 한 권으로 평생을 우려먹으려는 교수들이 꽤 있다는 것은 아무래도 말발이 서지 않는 일이다. 사실 정구는 정교수가 되었다고 농땡이를 치는 동료 교수들을 볼 때마다 한심하다는 생각을 종종 했다. 교수를 그저 명예직으로나 알고 흥청거리며 사는 작자가 하나둘이 아니었다. 소위 일부 농땡이 교수들이 대학의 분위기를 흐리게 할수록 대학의 분위기는 날로 저질화되는 것이 문제였다. 소위 연구를 부실하게 하는 교수일수록 어용교수가 되어 스스로 교권을 땅에 떨어뜨리는 행위를 일삼는 것은 통계상으로 맞는 말이었다.

정구는 연구실적 평가에서 일부 교수들의 탈선을 알고서 대학 내 사회적 정의가 땅에 떨어졌다는 것을 체감했다. 연구실적이 부족하면 승진에서 누락될 뿐 아니라 심지어 재임용에 털릭하여 대학을 떠나는 경우가 비일비재했다. 그런 모습을 목격할 때마다 안타까운 심정을 금할 수 없었다. 하지만 약삭빠른 교수들은 교재를 개발한다는 명목으로 짜깁기 교재개발을 연구업적이랍시고 제출함으로써 위기를 넘겼다. 그것도 법인의 끄나풀 노릇을 하는 팀장들이 어용교수를 끌어들여서 교협 교수들을 견제하거나 공격하는 역할을 시키는 것을 마다하지 않았다. 부실교수들은 팀장들을 매수해서 실적 심사위원회에 어용교수들을 끼워 넣은 다음 엉터리 심사를 통해 위기를 넘겨버리는 것이다. 막상 그 자리에서 심사 비리를 안다고 하더라도 교수의 문제를 까발리기가 쉽지 않았다. 또한 교협 회장이 심사에 통과한 자들의 실적 부정을 교수 신분으로 나서서 고발하고 목을 자르기에 나서는 것은 쉽지 않았다. 자칫 교권과 교수들의 권익을 보호하는 것이 그걸 해치는 것으로 오물을 뒤집어 쓸 가능성이 높았다.

심적 딜레마에 빠져있던 정구는 우 교수와 K 팀장 사이에 벌어지고 있는 논쟁이 거칠어지자 시선을 돌려 지청이 소환한 현실문제로 돌아왔다. K 팀장은 우 교수의 날카로운 지적에 맞서 정교수 주기평가 규정이 정상적인 과정을 거쳤다고 변명하느라 땀을 흘리고 있었다. 제길 목구멍이 포도청이라고 자리를 보전하느라 억지 주장을 하는 저 친구가 안쓰럽군. 정구는 씁쓸한 미소를 지었다. 사법경찰은 교수들에게 동의서를 받은 것이 집단적이었는지 개인적이었는지 그에게 따져 물었다.

K 팀장은 사법경찰에게 자신이 작성한 서류의 모순을 노출하지 않으려고 안간 힘을 쓰고 있었다. 우 교수가 교수 연수 현장에서 교무처장이 우격다짐으로 진행시키려고 했던 이 규정에 대해 교수들의 동의를 받았는지 따진 덕분에 일방적인 진행을 막았던 적이 있었다. 교무처장이 이메일로 보냈지만 어느 교수도 이의를 달지 않았다고 해서 그걸 동의로 볼 수 없다며 우 교수는 판례의 경우를 들어 논박했다.

판례에 의하면 구성원에게 불이익을 주는 취업규칙을 개정하려면 일정한 비율의 구성원들이 모인 가운데 발의를 하고 그것의 유불리에 대한 충분한 토론을 거쳐 집단적 동의 절차를 밟아야 한다고 되어있었다. 이 조항에 대한 학교 관계자들의 입장은 눈 가리고 '아웅'하는 식이다. 그들은 교수 개개인에게 동의에 대해 전화나 이메일로 공지했다는 것이다. 그리고 동의율이 법에서 정한 기준에 도달했으니 법적으로 하자가 전혀 없다며 억지춘향이 노룻을 마다하지 않았다.

정구는 팀장의 구차한 답변을 듣자니 자꾸만 짜증이 났다. 제길 지랄하고 있네. 교수들을 가지고 놀고 있군. 교수들이 입을 다물고 있으니까 완전히 말 못 하는 벙어리로 알고 있어. 그는 목구멍 속으로 참을 수 없는 욕설을 웅얼거렸다. 사실 요즘 교수가 자신의 주장을 당당히 내놓는 분위기가 아니었다. 수년 전부터 신임교수들에게 실시하고 있는 연봉제와 비정년 트랙은 교수들의 입에 재갈을 물리는 제도가 되고 말았다. 정구는 목구멍 속으로 울분을 삼켰다. 신분이 불안정한데 어떤 놈이 올바른 이야기를 할 수 있겠어? 불만을 토로하다 힘 있는 놈 눈에 벗어나 목이 성치 못하니 말이야. 정구는 울컥해서 침을 뱉고 싶었다. 왜냐면 K 팀장은 그걸 뻔히 알면서 말장난하고 있기 때문이었다.

정구는 목구멍에서 삼켰던 말들이 튀어나올 것 같았다. 수입이 줄어드는데 누가 좋아서 동의했다는 거야. 법인의 하수인인 저놈은 교수들의 자율적인 동의를 구했다고 뻔뻔하게 나팔을 불고 있단 말이지. 정구는 K 팀장의 입언저리에 퍼져가는 비굴한 노예근성의 비웃음을 언뜻 보고 피가 거꾸로 도는 듯한 느낌을 받았다.

사법경찰은 K 팀장의 설명을 듣고는 표정이 굳어졌다. 헌데 이 규정에 의하면 교수들의 수입에 어떤 영향을 끼치는지 단도직입적으로 말해보세요. 늘어납니까 아니면 줄어듭니까. 그는 K 팀장의 눈을 직시하면서 번드레한 그의 궤변의 꼬리를 잘라버렸다.

K 팀장은 머뭇거리다가 사법경찰의 눈초리에 눌려 기가 죽은 목소리로 "아무래도 줄어들겠죠"라고 대답한다. 사법경찰은 한 단계 더 압박을 가한다. 그렇다면 집단동의 절차를 정상적으로 밟아야 됩니다. 인사권자가 개개인에게 전화를 한다든지 이메일로 동의를 하도록 유도하는 것은 힘없는 개인에게 심적 부담을 주는 거죠. 집단적 동의란 모든 구성원이 자유로운 분위기 속에서 토론을 하고 동의 여부를 자율적으로 선택하게 해야 된다는 말입니다. 그렇다면 팀장은 대학당국이 주장하는 동의율이 그런 분위기 속에서 나왔단 말이요? 그거 확언할 수 있어요? 사법경찰의 권위적인 태도에 부담을 느낀 K 팀장은 감히 맞서서 대답하지 못했다. 사법경찰과 K 팀장 사이에 자료 확인이 지속되자 정구는 다시 정교수 주기평가란 괴물이 출몰하게 된 배경에 대한 생각에 잠기기 시작했다.

최근 대학들은 교육부가 주도하는 경영평가에 매달려 가짜 통계를 바탕으로 구조조정이나 발전 계획서를 쓴다고 아우성이었다. 소위 대학발전이 통계 조작에 의해 만들어질 수 있다는 황당한 생각을 교육부 관료들이 하다니 그놈들은 협잡꾼들일 뿐이다. 수많은 학문 영역에서 각자가 지향하는 목표가 다른데 그걸 계량화해서 상대적으로 평가하겠다는 발상부터가 어불성설이 아닐 수 없었다. 그것도 당대에 반짝 나타났다가 사라지는 소위 베스트셀

라식 경향만 추종하는 것은 그야말로 근시안적 정책이 아닐 수 없었다. 진리와 정의를 부르짖을 수 있는 곳이야말로 대학이어야 할 텐데 돈이 진리와 정의를 대신하는 한국 대학의 현실은 정상 궤도를 한참 벗어난 꼴일 뿐이었다. 대학의 수준을 교수가 프로젝트를 얼마나 유치한 액수와 학생들의 취업률로 평가하겠다고 나선 교육부 관료들은 필시 대학의 본질을 망각한 시장주의의 추종자일 뿐이었다.

정구는 신자유주의적 경영을 앞세운 요즘 대학들의 행태는 너무 비인간적이라는 생각을 떨칠 수 없었다. 삼십여 전 그도 소위 보따리 장사라고 스스로 비하했던 강사 신분이었다. 강사들은 대학의 20퍼센트에 달하는 강의를 하면서도 수입이 열악하여 경제적으로 참담했다. 정구는 꼭두새벽부터 영등포에서 열차를 타고 대전을 오가며 강의를 하였다. 박사과정을 하면서도 생활비와 학비를 동시에 해결하고 가족들을 부양하느라고 불가피하게 하는 노동이 아닐 수 없었다. 물론 내학에서 강의를 한다는 보람으로 정신적인 보상을 받았던 것은 사실이다. 하지만 몸이 고달픈 만큼 수입은 따라가지 못해 경제적 수준이 소위 청소부보다 못한 처지였다. 정부도 강사의 신분을 정식 교원 신분으로 인정하지 않고 일종의 임시직으로 분류해 왔던 것이다.

정구는 하루에 여섯 시간의 강의를 마치고 돌아오면 목은 쉬고 몸은 천근처럼 무거웠다. 아내가 교사로 재직하고 있어 그나마 다행이었다. 강사는 그나마 방학 동안에는 한 푼도 벌 수 없는 백수가 되고 말았다. 불행 중 다행으로 박사학위를 취득하고 가까스로 수도권에 전임이 될 수 있었다. 정구는 강사 시절을 생각하면서 전임교수가 된 이상 최대한 그들을 돌보아주고 싶었다. 비록 순댓국에 막걸리를 같이 나누더라도 그들의 고통을 위로하고 싶었다.

대학의 사각지대에 있는 강사들의 생존문제가 언론에 오르내리자 심각한 사회문제로 대두되었다. 그들에게 최소한의 신분보장을 위해 시간수당 인상과 더불어 방학 중 수당과 의료보험, 그리고 일 년간 임용 보장을 해주어야 한다는 내용이었다. 물론 교육부의 근본적인 취지는 쌍수를 들고 환영할 일이었다. 하지만 대학을 돈세탁의 통로로 알고 있는 악덕 교주들이 정부의 취지를 선뜻 받아줄 리가 없었다. 언론에서 강사법 문제가 거론되기 시작하자 대학 내부에서 강사를 최대한 줄이려는 음모가 시작되었다. 강사법에 의해 그들에게 지급될 수당이나 의료보험금 등이 대학에 재정압박이 된다는 이유였다. 그에 대한 대비책으로 대학당국은 강사들의 호구지책인 시간 수를 대폭 줄여서 대신 전임교수들에게 넘기라고 학과를 압박했다. 그나마 호구지책인 강사들의 시수를 의도적으로 줄이려는 그들이 어떻게 교육기관이란 말인가.

그 당시 일부 전임교수들은 대학본부의 비인간적인 전략에 대해 그들이 듣기 좋은 말로 반대하는 경향도 있었던 것은 사실이다. 하지만 강사를 말살하려는 본부의 전략에 대해 적극적으로 방어하지 않는 비겁한 자세를 취했던 것도 부정할 수 없었다. 어떤 교수들은 강사들이 맡았던 강의 시수를 꿰차고 시간 외 수당을 올리는 행태에 맛을 들이고 있었던 것이다. 이러한 본부와 이기적 전임들의 결탁은 교수회의에서 강사 숫자 감소 정책을 정당화하는 절차를 겉으로는 열악한 대학 재정을 위해 어쩔 수 없는 고육지책인 양 포장하곤 했다.

당시 정구는 교수회의가 열릴 때마다 교협 회장으로서 강사 편에 서서 본부의 정책에 질타를 가했다. 여러분들은 교수가 되기 전에 이미 수년간 강사직을 수행했던 적이 있었죠. 그 시절에 눈물 젖은 빵을 먹으면서 살았으리라 생각합니다. 그런데 이제 입장이 바뀌었다고 강사들의 생존권을 전임교수가 빼앗는다면 그건 너무 잔인한 일이지 않습니까. 본부 또한 아직 강사법이 국회에서 통과되지도 않았는데 통과를 미리 예단하고 강사 숫자를 줄이라고 학과에 압력을 가하는 것은 너무나 비인간적이고요. 본부나 많은 교수들은 정구의 하소연에 대해 냉담한 반응을 보인 나머지 교수회의의 분위기가 썰렁해졌다. 전임들도 배고픈데 무슨 강사를 걱정하느냐는 식이었다.

본부와 야합하는 전임들은 정구의 주장에 소귀에 경을 읽는 식이었다. 상당수의 강사들을 잘라낸다면 그들이 담당하고 있던 시수의 강의를 어떻게 하려는 것일까. 전임들이 시간 외 수당이 탐나서 일부 강의를 한다하더라도 모든 강의를 해결할 수 없을 것이라는 생각은 정구의 착각이었다. 본부나 법인은 더 악랄한 음모를 꾸미고 있었으니 말이다.

정구는 정교수 주기평가에 대한 대학 당국의 저의에 치를 떨다가 사법경찰의 냉소적인 어조에 놀라 그의 고압적인 얼굴을 올려다보았다. 대학본부는 왜 교육부가 신분을 보장하는 정교수들을 자유롭게 연구하도록 놔두지 않는 겁니까. 정교수쯤 됐으면 논문이 아니더라도 저서를 쓴다든지 사회에 유익한 봉사를 할 수 있지 않습니까.

K 팀장은 방어적인 자세에서 벗어나서 교수들에 대해 공격할 수 있는 기회라는 듯이 포문을 열었다. 오죽하면 대학에서 이런 제도를 만들었겠습니까. 대학평가에서 연구점수는 필수적인데 정교수가 되자마자 연구에서 손을 떼어버리는 교수들이 많아요. 이를 막으려고 정교수 주기평가라는 제도를 어쩔 수 없이 만든 것이 아니겠습니까. 그는 대단한 빌미라도 잡은 양 의기양양한 표정을 지어보였다.

정구는 악한 제도를 만든 진의를 감추고 연구를 소홀한 교수들을 계도하려는 선의로 포장하려는 그가 가증스러웠다. 그는 팀장에게 진심을 말하라는 의미에서 냉소적으로 으르렁거렸다. 연구를 진작시키려면 더 좋은 방법이 있어요. 연구비를 정상화시키세요. 본부는 연구비를 반으로 잘라버렸지 않았소? 그 정도 연구비

받아가지고 연구하고 싶은 생각이 안 들어요. 게다가 자료 수집하러 책 사고 논문집 게재료를 내고 나면 남는 것도 없죠. 좋아요, 이 제도가 그런 선의를 가지고 있다면 왜 교수들에게 강의를 더 하라고 강요하는 거요. K 팀장의 얼굴이 붉으락푸르락 요동치고 있었다.

K 팀장은 말을 더듬거리며 사법경찰에게 설명하는데 어쩐지 어쭙잖다. 교수들에게 강요하는 게 아니고요. 연구 교수와 강의 교수 중에서 선택하라는 거죠. 연구를 하실 분들은 그대로 기존의 책임시수만 하시면 됩니다. 하지만 연구가 싫으신 분들이나 강의가 적성에 맞는 교수들은 시수를 좀 늘려주시라는 거죠. 사람마다 각자 더 좋아하는 취향이 있지 않겠습니까. 교수님들 중에는 연구 점수를 채우지 못하면 호봉이 올라가지 못하잖아요. 그런데 이 제도를 이용하면 승진할 수 있는 길을 터주는 것이라 더 유리하다고 볼 수 있어요. 그의 궤변이 정구의 속을 여간 불편하게 만드는 것이 아니었다.

이 제도의 저의를 꿰뚫고 있는 사법경찰은 주저하지 않고 K 팀장의 능청스러운 변명에 가소로운 시선을 던졌다. 그는 K 팀장의 얄미운 얼굴에 냉소의 화살을 쏘았다. 그렇게 좋은 제도라면 교수 대표인 교협 회장단이 왜 이렇게 반대하고 나서는 거요. 팀장은 이 제도로 인해 교수들이 받게 되는 경제적 손실이 없다고 말하는 거요? 만약에 교수들에게 유리한 제도라면 동의 절차가 중요하지 않을 수 있어요. 자신에게 유리한 제도를 누가 반대하겠어요. 이렇게 교수 대표께서 국민신문고에 내지도 않았겠죠. 그런데 유감스럽게도 이 제도가 불리하니 싫다는 거 아닙니까. 이런 경우에는 동의 절차가 매우 중요하고 필수적이죠. 그런데 귀 대학에서 실시한 동의 절차가 법적으로 하자가 있다고 볼 수 있어요. 그의 단도직입적 발언에 K 팀장의 안색이 어두워지면서 당황한 탓인지 붉어졌다.

K 팀장과 사법경찰이 옥신각신하는 사이에 교수 문제를 넘어 강사들이 절망의 숲을 허우적거리고 있는 모습이 정구의 눈에 선했다. 성구의 머릿속에는 강사로 뛰다가 그만둔 친구들과 후배들이 떠올랐다. 박사학위를 받고도 전임이 되지 못하고 알량한 강사 수입으로 가정을 이끌어가야 하는 고달픈 가장들이었다. 그들은 두 개 내지 세 개 대학을 떠돌아다니면서 이십 내지 삼십여 시간의 강의를 소화해냈다. 서울과 지방을 오가면서 강의를 하는 것은 일종의 장돌뱅이나 다름없었다. 지방대에 갈 때는 다음 날 강의를 가까운 대학으로 동선을 엮어서 일정을 만들고 대충 찜질방에서 잠자리를 해결했다. 강사의 처절한 현실을 친구의 입을 통해서 듣자니 여간 가슴이 아픈 게 아니었다.
나이가 들어가면서 자식 나이 또래도 안 되는 학생들의 강의평가를 잘 받기 위해 비위를 맞추는 것은 쉬운 일이 아니었다. 대학의 경영주의가 밀려오면서 지적 소비자인 학생들의 요구에 귀를 기울이고 있었다. 그들이 문제를 제기하면 다음 학기에 강사를 얼마든지 자를 수 있는 제도를 도입했다. 강사들은 학생들의 강의평가를 잘 받기 위해서 그들에게 잘 보이려고 억지춘향이 신세가 되고 있었다. 강사 자리마저 학생들의 강의평가가 좋아야 유지하게 된 것이다. 문제는 학생들이 나이든 강사들을 싫어하는 경향이 있어 육십 대의 강사들은 매 학기 마다 바늘방석에 앉아있는 격이었다. 나이가 들어가는 것도 서러운데 어린 학생들의 인기에 영합해야 하는 강사 자리가 얼마나 지겹겠는가. 하지만 가장으로서 살림하는 아내에게 돈을 쥐어주는 가장의 책임은 더욱 절박한 상황이 아닐 수 없었다.

얼마 전에 생활고에 시달리는 강사들이 스스로 세상을 등지는 사건이 두세 건 발생했다. 교수노조나 민교협 등에서 강사들의 문제를 여론에 호소하자 교육부는 '울며 겨자 먹기'로 의회에 강사법을 발의하였던 것이다. 이 법은 강사들에게 의료보험과 방학 기간 중의 지원책 등을 강구하려는 취지였다. 열악한 처지의 강사들을 도우려는 강사법이 논의가 되자 정작 그들을 강사로 활용하는 대학들의 반응은 정반대로 나타났다. 이 법이 가져올 재정적 부담을 줄이기 위해 강사들을 신속하게 잘라내려는 꼼수가 등장했던 것이다.

이런 반전과 전복이 얼마나 비정하고 비인간적인가. 최고 학력인 박사학위를 가지고도 기본생활을 영위하지 못한다면 당연히 국가의 지원이 뒤따라야 해결될 문제가 아니겠는가. 아무리 선의적 입법이라도 수용하는 대학이 악용해버리면 입법의 취지가 무색하게 될 수밖에 없었다. 정구는 교수회의 석상에서 정작 강사법이 통과되기 전에 강사들의 목을 자르려는 이유를 물었다. 이런 행태는 입법취지에 반하는 것이며 배고픈 강사 시절을 거친 교수들 자신에 대한 배신행위라고 강조하였다. 하지만 교협회장인 그의 발언은 예산을 줄이겠다고 작정한 본부 행정가들에게는 백약이 무효였다. 등록금 삭감으로 인해 어려운 재정 형편으로 어쩔 수 없다는 것이었다.

한 주일이 끝나는 소위 '불금'에 강의를 마치고 저녁에 막걸리라도 한잔 즐길 수 있는 친구들이 하나씩 잘려나갔다. 그들의 빈자리는 전임들이 시간 외 수당을 받으며 채워졌다. 참으로 강의를 두고 비정한 정책이 자행되고 있었다. 강사비를 줄이려는 대학당국의 잔머리는 거기에서 끝나지 않았다. 전임들의 시간외수당은 강사비의 절반도 안 되어 예산을 줄이는데 좋은 전략이 아닐 수 없었다. 하지만 대학당국은 그것으로 만족하지 않았다. 연구점수를 채우지 못하는 전임들에게 책임시수를 늘리도록 압박하는 꼼수가 등장했으니 말이다.

대학본부는 연구를 포기한 정교수들에게 이삼 년에 한 번씩 호봉승급과 연계된 심사를 받도록 몰아세웠다. 이미 정년이 보장된 정교수들이지만 강사비를 줄이기 위해 심리적으로 몰아세워 희생양으로 활용하겠다는 것이다. 모든 정교수들에게 연구트랙을 선택하지 않으려면 교육트랙을 선택하게 해서 추가수당을 주지 않고 강의를 더하게 하려는 정책을 통과시키겠다는 음모였다. 이 전략은 무능한 교수들을 몰아세우면서 강사비로 나가는 예산을 획기적으로 줄일 수 있는 묘책이 아닐 수 없었다.

자욱한 안개 속에서 모습을 드러내지 않던 괴물이 점차 모습을 드러내고 있었다. 제길 최고의 전문 교육을 한다는 대학이 이런 더러운 생각을 하다니 이런 곳에 몸을 담고 있는 내가 한심하군. 그야말로 제로섬 게임을 하도록 교수들을 몰아가다니 참 빌어먹을 작자들이야. 소위 박사과정을 만들어 제자들을 길러내는 교수들이나 그들에게 등록금을 챙기는 학교당국이 그들의 강의 기회를 차단하는 것은 아무리 생각해도 말이 안 되는 짓이라고 정구는 되뇌었다.

사실 십 년 이상 봉급을 동결해버리니 교수들은 경제적으로 쪼들리지 않을 수 없었다. 이렇게 해서는 최소한의 교수 품위를 유지할 정도가 안 되는 것은 말할 것도 없었다. 그렇다고 밥을 굶을 정도는 아니라고 대학당국은 애써 외면하고 있었다. 봉급 이외에 별도 수입이 전혀 없는 인문대 교수들은 골프나 비싼 외식은 생각할 수도 없었다. 상류사회의 사치를 꿈꾸는 교수들은 금전적 부족을 불만으로 드러내곤 했다. 정구는 아예 골프채를 광 구석에 집어넣어버렸었다. 괜히 골프채를 바라보면 스트레스를 받을 경우를 아예 차단하겠다는 생각이었다. 차라리 적은 비용으로 즐길 수 있는 테니스를 즐겼다. 술도 비싼 술집은 가급적 피하고 순댓국에 막걸리를 마시는 선술집을 자주 찾았다. 정구가 개인적으로 봉급 인상이 되어야 한다고 보는 것은 연구에 필요한 필수적인 자료를 구할 수 있는 경제적 여력을 확보하기 위한 고육지책이었다. 드라마 연구를 위해서 필요한 전문서적이나 관련된 해외 자료와 공연자료 등을 구하는데 주저해서는 안 된다. 하지만 막상 돈에 쪼들리면 푸념이나 하며 포기하게 되는 게 쩐의 생리가 아닌가.

그렇지만 아무리 배가 고파도 전임교수가 강사의 시수를 차지하는 것은 정당화될 수 없다고 정구는 생각했다. 어쩌다가 대학에 진입하지 못하고 밖으로 도는 강사들의 밥그릇을 넘보는 신세가 되었는지 참담할 따름이었다. 수입이 줄어든 교수들은 십년 넘게 봉급동결로 자연히 임금삭감을 당한 상태였다. 그래서 그들은 조금이라도 수입을 올릴 수 있는 기회가 있으면 움켜쥐고 싶은 심정이리라. 그렇다고 사회의 지식인으로 자처하는 그들이 정글의 법칙에 매몰되는 것은 아무래도 지탄을 면하지 못할 것이다. 게다가 자신들의 과거인 동시에 사회적 약자인 강사들의 밥그릇을 빼앗아 덜 채워진 더 큰 지갑을 채우려고 하다니 얼마나 파렴치한 짓이냐 말이다.

드디어 강사법이 국회에서 통과되고 각 대학에서 대비하라는 발표가 나자 그 위력을 실감하는 사태가 벌어졌다. 정구의 가장 친한 친구인 명수가 강사직을 잃었다고 연락이 왔다. 그는 술에 취해 전화를 걸어 투덜댔다. 야, 이놈아 교협 회장질이나 한다고 큰소리를 치더니 친구 강사 자리 하나 지켜주지 못하냐. 같은 시간수를 강의하면서도 강사보다 훨씬 보수를 더 받는 전임 교수놈들이 밑바닥 강사들의 시간을 뺏어다 배불린다는 것이 말이 되느냐 말이야! 명수의 말이 사실이니 뭐라고 대꾸도 할 수 없었다. 글쎄 어떻게 막아보려고 했지만 돈에 환장한 윗대가리들이 저러니 할 말이 없구나. 언제 술이나 한잔하자. 절망에 빠진 명수의 처지가 너무나 딱해서 전화기를 오래 붙들고 있을 수도 없었다.

육십 대 중반이 훌쩍 넘은 그가 강사 수입에 기대면서 지닌 자산을 유지하려고 상당히 내핍하며 살아왔다. 그가 지니고 있는 자산을 최소한 유지하려고 흥청거리던 버릇을 모두 잊고 사는 친구! 한때는 잘 나가는 학원 운영자였던 명수가 아닌가. 그것도 일장춘몽에 불과했다. 내조하던 그의 아내가 위암으로 갑자기 세상을 떠나버리자 마음의 안정을 잃고 말았다. 아내를 잃은 슬픔을 지우기 위해 술과 여자에 의존하는 무절제한 생활이 눈에 띄게 나타났었다. 아내가 없는 홀아비가 학원을 하며 돈 좀 벌었다는 소문이 났던 모양이다. 원래 돈 냄새가 나면 똥파리들이 덤비는 것은 어쩔 수 없는 세태이다. 술만 마시면 눈물바람을 하던 명수는 우연히 미인을 소개받으면서 달라졌다. 골프연습장이나 술집으로 쏘다니면서 가끔 전화를 걸어왔다. 정구는 불길한 느낌을 받았다. 결국 그는 꽃뱀인 그녀로부터 혹독한 수업료를 지불하고 학원을 정리한 후 대학 강사를 하면서 내핍생활을 해왔다. 그런데 이제 그나마 생존의 터전이 사라져버린 것이다.

정구는 명수에 대한 상념에서 빠져나와 정교수 주기평가 고소건을 정리하고 있는 우 교수와 사법경찰에게 고개를 돌렸다. 우교수는 정교수 주기평가에 대해 오랫동안 정리해온 자료들과 고소만으로 지역 기관끼리의 협력 관계가 있는 대학본부를 일방적으로 몰아세우기에 한계를 느끼고 있었다. 일단 사법경찰은 겉으로는 집단동의를 거지지 않은 대학당국을 탓하고 있지만 대학 문제는 관행적으로 교육부에서 담당하고 있다는 점을 언급하였다. 그 문제가 대학교수들의 취업규칙에 관련되지만 지금까지 노동부에서 다룬 적이 없다고 말하며 난색을 표하는 표정이 야릇했다. 그의 묘한 이중적 태도를 지켜보면서 이 사건을 법적 구속력으로 발전시킬 적극성을 발견하지 못하자 우 교수는 출구를 찾을 수밖에 없다고 느꼈다. 그의 노력이 가시적인 해결책이 되지 못하자 실망감을 보이고 있는 것이다.

사법경찰은 양측의 서류와 입장을 들어 본 후 제출한 서류와 변론의 일치 여부에 대해 검토하는 작업을 마무리했다. 대학당국이 취업규칙을 개정하는 과정에서 변칙적으로 집단동의를 받은 것을 어떻게 처리하느냐라는 문제가 그의 주안점이다. 교협 회장 께서는 학교의 장이 집단동의를 불법으로 처리한 것에 대해 처벌 받는 것을 원하십니까. 그렇다면 그의 불법사안을 형사소송으로 고발해야 합니다. 하지만 교협회장이 기관장인 총장을 처벌해달 라고 요청한다면 기관끼리의 협력 관계를 유지하려는 지청에 부 담으로 다가올 수 있다는 뉘앙스가 담겨 있었다.

　L 총장은 인사 비리에 대해 고발하는 이메일을 구성원들에게 공개적으로 여러 번 보냈다는 이유로 S 교수를 명예훼손으로 경 찰에 고발한 비교육적 인사였다. S 교수의 도발적인 행위를 저지 하려고 그의 손발을 묶으려는 수작이었다. 글쎄 총장이란 놈이 할 짓이 없어 교수를 고발했단 말이야. 그 친구의 자질을 의심했지만 이런 형편없는 수준인 줄 몰랐군. 정구는 총장의 행위가 한심해서 교협 회의에서 삿대질을 해가며 욕지거리를 하지 않을 수 없었다. 교수들은 대학의 총장이 교수의 비리 호소를 법적 고발로 처리한 것에 대해 분개했있다. 교내에서 토론해서 해결점을 찾든가 아니 면 교내의 징계위원회에 회부하는 것이 우선이어야 했다. 어느 교 수는 드러내놓고 자신이 변호사 출신이라고 해서 교내의 문제를 사법기관으로 먼저 끌고 들어간 것은 이미 총장으로서 자격을 상 실했다고 보아야 한다고 주장했다. 그렇다면 '이에는 이' 식의 대 응을 해도 총장이 걸고넘어질 명분을 상실했다고 보았다. 하지만 사법경찰은 최악의 경우는 피하려고 적당한 선의 타협을 암시하

고 있었다.

우 교수는 사법경찰에게 이 고발건의 실효성에 대해 솔직하게 물었다. 지청이 이사회에서 의결된 정교수 주기평가를 무효화할 수 있나요. 사법경찰은 집단동의가 변칙이라 할지라도 이사회의 결정은 별개의 사안이라 번복할 수 없다고 판단했다. 그렇다면 총장에 대한 징계 요구는 무의미하군요. 우리는 징계를 위한 징계를 요구하려고 여기에 온 것이 아닙니다. Y시 노동부 지청에서 얻어낼 수 있는 것은 집단동의가 제대로 되지 않았다는 사법경찰의 결론이라고 우 교수는 생각했다.

그는 정교수 주기평가 고발 건에 대해 어떤 식으로든 정리를 하려고 마무리 단계로 들어갔다. 그는 사법경찰의 우유부단한 태도에 대해 다소 불만을 느끼지 않을 수 없었다. 국민신문고를 통해 시민들의 억울함을 풀어주려는 취지가 어쩌면 형식적인 요식행위에 불과하다는 느낌을 받았던 것이다. 우리 사회의 정의가 옳게 서려면 사법부나 노동부가 약자 편에 서서 각 분야에서 이뤄지고 있는 부정의와 불법을 들추어내고 그에 대한 책임을 물어야 되지 않을까요. 교수들의 교권이나 인권이 침해를 받고 있어 이렇게 지청의 사법경찰에게 호소하는 자리를 가졌죠. 그런데 여기서 우리가 얻은 게 무엇입니까. 집단동의가 변칙적으로 처리되었다는 것을 확인했으면 그것을 바로잡을 수 있는 가시적인 조치가 있어야죠. 그것이 잘못되었지만 이사회의 결정을 번복시킬 수는 없다면 이런 자리가 무슨 소용이 있는 겁니까. 아무리 지역의 기관끼리의 협조 관계를 고려해야겠지만 지청은 대학의 구성원들의 기본권을 침해하는 사안은 분명히 방지하도록 최대한 노력을 하는 모습을 보여주어야 합니다. 솔직하게 말해서 저는 잘못된 사안에 대한 지청의 애매모호한 자세에 대해서 매우 부정적으로 보지 않을 수 없습니다. 우 교수는 사법경찰의 불투명한 자세에 대해 날카롭게 지적하고 나섰다.

우 교수가 돌발적으로 지적하고 나서자 사법경찰은 당황한 표정을 지었다. 그가 손상된 권위의식을 회복하려고 평정심을 유지하려고 애쓰는 모습이 오히려 부자연스러웠다. 그가 고소인과 피고소인 양측을 불러서 나름의 설명과 해명을 들었다면 이제는 무언가 해결책을 내놔야 한다. 그저 절충점을 찾는 것이 그가 노리는 전략이지만 총장이나 법인으로부터 제한된 범위를 위임을 받았을 뿐인 K 팀장은 자율적으로 절충할 수 있는 권한이 없다. 우교수 또한 교수들의 재정적 권익에 대해서 함부로 협상을 추진하기가 쉽지 않으리라. 사법경찰은 확실한 법적 근거로 어느 쪽의 잘못을 규정짓고 다른 쪽의 손을 들어주기는 부담스러운 모양이다.

사법경찰은 우 교수의 날카로운 시선을 어색하게 피하면서 마지막 입장을 밝히기 시작했다. 사실상 우리 지청에서 대학의 문제를 다룬 경우는 이번이 처음입니다. 물론 부산의 K 대학교에서 동일한 문제를 가지고 퇴직 교수들 중심으로 민사를 제기하여 승소했다는 것을 우 교수님 자료에서 확인할 수 있었어요. 그래서 이번 건의 문제는 우리 지청에서 결정하는 범위를 넘어서는 것 같습니다. 재정적 손실을 회복하시려면 부산의 K 대학교의 교수들처럼 민사소송으로 손해배상을 청구하시면 됩니다. 아니면 절차적 오류에 대해서 총장을 대상으로 형사소송을 제기할 수도 있고요. 저는 두 가지 방법을 제안해드리는 선에서 이번 건을 마무리하고자 합니다. K 팀장님은 더 큰 일이 벌어지기 전에 교수님들에 대해 절차적으로 법에 어긋나지 않기 바랍니다. 교협을 대표하는 우 교수님은 다소 서운하시겠지만 저의 입장을 이해해주셨으면 합니다. 그는 마지막 말을 마치자 양측에 악수를 청하고 자리에서 일어나고 말았다.

돌아가는 차 속에서 우 교수는 정구에게 씁쓸한 미소를 지어보였다. 그는 석 달 이상 자료를 모으고 판례 분석에 몰두했던 시간이 떠오르는 듯 허무하다는 표정을 감추지 않았다. 정구는 그의 마음을 위로하고 싶었다. 그들의 노력이 당장 대학을 개혁하는데 해결책을 주지 않았지만 대학 권력이 마음대로 칼을 휘두르지 못하도록 경고를 주었다는 것은 분명했다. 우 교수는 사법경찰의 이중적 태도에 대해 실망감을 감추지 않았다. 사법경찰 그 친구가 처음에는 뭔가 해보겠다는 제스처를 쓰더니 결국 용두사미가 되고 말았네요. 몇 달 동안 잠을 설쳐가며 공을 들였는데 너무 아쉬워요. 그래도 사회 정의를 다루는 공직자들이 확실하게 약자 편에

서서 도와주리라 생각했는데 역시 강자를 의식하고 회색분자가 되고 마는군요. 이렇게 교권을 위해 쉬지 않고 뛰는데도 지각이 없는 교수들은 보직이나 차지하려고 법인 친구들이 던져주는 떡고물을 탐내 쓰레기 더미에 코를 박고 있단 말이에요. 도대체 역사가 발전한다는 것이 가능한지 회의감이 드는군요. 우 교수는 허탈하다는 듯이 깊은 한숨을 쉬고 있었다.

정구는 먼저 교협 회장을 지냈다는 사실이 부끄러웠다. 수없이 성명서를 날리고 현수막을 붙이면서 성토를 했지만 이사회와 본부는 적폐의 관행을 조금 바꾸는 시늉만 내다가 다시 원점으로 돌아오곤 했다. 정구는 킥킥거리며 우 교수에게 그들의 궤변을 환기시켰다. 그 친구 P 이사가 한 말이 생각나요? 법인이 분열 되어서 인사비리도 하나씩 공평하게 나눠줘야 싸움이 안 난다는 궤변 말이요! 기가 막히는 적폐인데도 조금도 죄의식을 느끼지 못하는 괴물들인 게지. 그렇지만 역사란 바뀌지 않는 것 같지만 보이지 않게 바뀐다고 생각합시다. 댐이 무너질 때도 보이지 않는 구멍이 오랜 시간 동안 점점 커져 거대한 둑을 무너뜨린다고 하지 않소! 오늘 우 회장이 한 일이 그 조그만 구멍을 내는 일이었다고 자위합시다. 우 교수는 차창 앞만 쳐다보면서 고개를 끄덕이고 있었다. 그것이 긍정이든 부정이든 역사의 한 페이지를 썼다고 생각하는 듯 안경 너머로 그의 눈에서 한 줄기 밝은 빛이 스치고 지나갔다.

헛탕

이 작가는 소설가로 방랑벽이 있어 틈만 나면 낚시여행을 떠나곤 한다. 중근은 동료작가로서 그의 자유로운 영혼에 매력을 느낀다. 지루한 일상을 벗어나 낚싯대를 들고 계곡과 바다로 달려가는 로맨티스트. 매번 낚시로 잡은 물고기 사진을 카톡에 올리는 그가 멋진 집시처럼 보인다. 여행에서 돌아오면 지인들에게 고독한 밤을 홀로 텐트에서 지낸 경험을 미치 무용담처럼 들려주는 방랑자라고나 할까. 중근은 단조로운 책상물림에서 벗어나지 못하는 학자로서 그의 모험적 생활이 부러웠다. 술자리마다 풀어놓는 생생한 낚시여행 이야기에 귀를 기울이며 바닷물에 낚시를 던지는 상상을 해보기도 했다. 나이가 칠십에 가까운 그가 거침없이 실존적인 상황을 스스로 만들고 극복하는 모습이 신기하기조차 했다.

사실 이 작가는 사오일 정도 작정하고 낚시 여행을 떠나기 때문에 대학 강의 스케줄에 꽉 매인 중근은 함께 갈 수 없었다. 대학의 답답한 틀에서 좀처럼 벗어나지 못했다. 그와 동행해서 바닷가를 걸으며 작품을 구상하고 싶지만 그 희망은 항상 그림 속의 떡일 뿐이었다. 그런데 코로나로 인해 비대면 강의가 실시되고 있는 요즘은 일정을 조율하는 게 쉬워졌다. 동영상 강의를 미리 녹화를 해서 걸어놓으면 삼일 정도는 틈을 만들 수 있었다.

이 작가와 문인회 고 회장이 낚시여행을 가려는 계획을 내놓자 중근은 일주일 정도 연기해주면 합류할 수 있겠다고 말했다. 이 작가는 만면에 웃음을 짓고 쌍수를 들어 환영했다. 작년에 소설가협회 회원들과 걸었던 비렁길로 유명한 금오도를 거쳐 연육교로 연결된 안도가 목적지라고 설명했다. 중근은 금오도의 벼랑을 따라 아름답게 펼쳐지던 바다와 구불구불한 비렁길을 떠올렸다. 낚시는 별로 해본 적이 없어 자신이 없었지만 그들이 잡는 물고기를 회로 쳐서 소주를 마시는 것은 재미있을 것 같았다. 생선회에 술을 걸치는 장면을 생각만 해도 입가에 침이 돌았다. 따뜻한 방한복만 가져오면 준비는 일체 그가 하겠다는 말에 불쑥 그들의 낚시여행에 합류하기로 약속하고 말았다.

다음 주초가 되자 중근은 학생들에게 할 강의를 서둘러 녹화를 하고 차분하게 여행준비를 했다. 낚시팀과 화요일 오후에 함께 떠나지만 그들보다 먼저 이틀 앞당겨 목요일 밤에 돌아와야 한다. 금요일에 실시간 인강 수업을 진행해야 했다. 사실 그들보다 먼저 홀로 기차로 돌아오는 여행도 싫지만은 않았다. 차창에 기대어 경치를 보거나 여유 있게 작품집을 읽으며 기차를 타는 것도 달콤한 시간이 되리라. 바쁘게 돌아가는 일상을 벗어나 호젓하게 이런저런 생각에 잠기고 싶었다.

나이가 육십 대 중반에 들어서니 사실 텐트생활에 자신이 없었다. 눅눅한 바닥에서 자는 것이 더더욱 고통스러운 나이가 아닌가. 하지만 이 작가가 중근보다 세살 연상이란 걸 생각하니 살짝 오기가 나기도 했다. 이 작가도 해내는데 나라고 못할 게 있겠나. 그냥 떠나보는 거야. 낚시나 여행에는 도가 튼 사람이니 알아서 하겠지. 나도 젊을 때는 보이스카우트 대장 노릇도 했던 사람인데. 뭐! 이 까짓 낚시여행이야 대수가 있겠어. 그는 마치 캠프생활에 대한 두려움을 쫓으려고 혼잣말을 주문처럼 조잘댔다.

화요일 오전에 연구실에서 인강 수업을 마친 후 서둘러 돌아와 그는 장롱에 집어넣어두었던 겨울 방한복을 다시 꺼내어 배낭에 집어넣었다. 바닷가 밤바람은 아직도 차가워 방심하면 감기에 걸리기 십상이리라. 문제는 익숙하지 못한 환경에 적응할 수 있느냐이다. 체력도 문제이지만 거친 야외생활을 위해 철저한 준비가 필요했다. 하지만 이 작가가 할 수 있다는데 그라고 못할 게 있겠느냐는 자존심이 발동했다. 이거 저거 생각나는 대로 집어넣고 보니 배낭이 제법 불룩해졌다.

고 회장의 생업은 배관공사라서 이동수단으로 트럭을 이용하곤 했다. 낚시를 하려면 가지고 갈 짐이 적지 않았다. 낚싯대, 아이스박스, 텐트, 깔판, 솥, 버너, 크고 작은 그릇들을 실어야 했다. 트럭 뒤 짐칸에 짐을 실을 공간이 넓고 차 내부에 사람이 앉을 좌석도 두 줄로 되어있어 여유가 있었다.

중근은 아파트 앞에 도착한 트럭에 가방 하나 덜렁 실어놓고 뒷좌석에 혼자 앉기로 했다. 여수까지 가는 동안 단편작품을 몇 편 읽으면 좋으리라. 앞자리에서 운전하는 고 회장과 이 작가의 대화를 건성으로 들으며 작품 속에 빠져들었다. 책을 읽느라 눈이 피곤해지면 창밖을 보며 이번 여행을 하고 난 후 쓰고 싶은 작품을 구상하며 머리를 푹 쉬었다. 스펙터클처럼 스치고 지나가는 풍경을 망막에 찍었다 지우는 시간이 반복되었다.

트럭은 졸음을 쫓느라 커피를 마시거나 용변을 해결하기 위해 두 번 휴게소에 들렀을 뿐 줄기차게 달렸다. 광주를 지나자 벌써 어둠이 깔리기 시작했다. 낚시팀은 거의 저녁 여덟시가 되어 여수 항구에 도착했다. 이번 여행의 목적이 낚시라고 하지만 중근의 속셈은 여수 밤바다를 바라보면서 해안을 걷고 싶었다. 바다를 보면 코로나로 인해 쌓인 스트레스를 날릴 수 있을 것 같았다. 숙소로 정한 찜질방 건물이 바다를 마주보고 서있었다. 건물 옆 주차장에 트럭을 대충 대어놓고 너무 어두워지기 전에 잠깐 바닷가를 걸었다.

지난봄에 동료작가들과 와자지껄 떠들며 걸었던 휘황찬란한 밤바다 해변 도로와 분위기가 전혀 달라졌다. 코로나의 습격을 받은 해변 길은 게릴라들이 휩쓸고 지나간 거리처럼 황량함을 연출하고 있었다. 일 년 전의 낭만이 대체 어디로 사라진 걸까. 그 때는 "여수 밤바다"란 유행가가 끊임없이 흘러나오고 수많은 연인들이 정답게 손을 잡고 걷고 있었다. 술꾼들은 해변 선술집에서 정겹게 술을 마시며 흥청거렸있다. 그 달콤한 분위기가 연기처럼 사라져 아무런 자취도 찾을 수 없었다. 코로나로 사회적 거리두기를 하고 있는 탓에 관광객이 오지 않자 술집들이 일찍 철시한 것이다.

사실 중근은 한적한 상황을 미리 알고서 온 것이지만 이토록 적막강산인 줄은 상상할 수 없었다. 그는 영세 상인들이 경제적 고통을 받는 것을 생각하니 가슴이 아팠다. 더더욱 하루 벌어서 하루를 사는 항구 부근 잡역부들은 일자리를 잃고 시름에 빠져있으리라. 전번에는 여수 밤바다가 화려한 조명을 받으며 형형색색의 이미지를 만들어내면 수많은 관광객들이 뜨겁게 환호를 하곤 했었다. 문명의 환상들이 물결 위에서 춤추자 그들은 모두 소리 높여 노래하고 춤추며 문명의 위대함을 자랑하였던 것이다.

그게 불과 열 달 전이었다. 그런데 지금 보이지도 않는 바이러스가 나타나 순식간에 세계의 물질문명을 아무 쓸모없는 고철덩어리로 만들고 있지 않은가. 인류가 이 지구촌을 천국으로 만들 것처럼 떠들어댔지만 그것은 꿈에 불과하다는 허무감에 빠졌다.

중근은 '이 세상도 한 바탕 헛된 꿈이리라'하고 중얼거렸다.

시장에 들어서자 대부분 상점의 불이 벌써 꺼져있었다. 저녁식사를 걸러 출출해진 낚시팀은 서둘러 시장 안에 불이 켜진 생선점포를 찾기 시작했다. 문을 연 점포는 겨우 두 곳 남아있었다. 이 작가는 낚시를 자주 다닌 탓에 제법 흥정을 잘 했다. 광어 한 마리와 갑오징어를 사는 대신 폴락 한 마리를 서비스로 받아냈다. 그리고 문어 상점에서는 후줄근한 문어 한 마리를 싼 가격에 후려치면서 소라 몇 개를 덤으로 얻어냈다. 역시 침낭 하나로 노숙조차 불사하지 않는 노장다웠다. 인류를 벌벌 떨게 하는 바이러스와의 전투를 치르는 중이지만 후퇴만을 일삼는 패장은 결코 아니었다. 전쟁에서 이기려면 보급전략이 중요하니 팀의 책임자로서 강한 면모를 보이려는 의지가 보였다.

칼질한 생선을 가지고 위층 식당으로 올라가니 거기도 마찬가지로 썰렁했다. 전번과는 판이하게 다른 적막감이 묵직하게 자리를 잡고 있다. 어쩐지 여행객을 반기려는 따뜻한 미소가 주인장의 입가에서 어색하게 머뭇거리는 느낌이 들었다. 사실 코로나로 경기가 침체되어 장사꾼들에게는 손님 하나가 얼마나 반가운 존재이겠는가. 하지만 지금은 손님이 아닌 잠재적 코로나 확진자일 수 있다는 두려움으로 그들의 얼굴에 경계심의 초병이 무기를 들고 지키고 있었다. 식당에서의 거리두기는 저절로 이뤄지고 있었다. 커다란 식당의 홀에 오른쪽에 한 팀, 왼쪽에 다른 팀이 마치 비무

장지대를 두고 대치하고 있는 두 부대처럼 보였다. 흔히 볼 수 있는 여행팀 간의 눈인사조차 볼 수 없었다. 각 팀은 각자의 전투를 위해서 엄숙하게 식사하려는 형상이었다. 코로나가 무서워 방콕하는 시민들이 만들어낸 자연적 거리두기로 생겨난 전장이라는 생각에 중근은 실소를 금치 못했다.

낚시팀은 여수에 안전하게 도착한 것을 축하하며 건배를 하고 술을 마시기 시작했다. 겨우 한 시간만 허용된 술자리이다. 식당 주인은 두어 팀의 술자리에 만족하지 못한 눈치이다. 열시에 문을 닫겠다고 최후통첩을 보내왔다. 애주가를 자처하는 세 사람은 짧고 굵게 마시자며 속도를 냈다. 이런 썰렁함을 물리치는 것은 소주 몇 잔이면 충분했다. 술잔을 부딪쳐 코로나를 쫓아낼 수 있다면 백 잔인들 못 마시겠는가. 이태백은 친구와 우정을 나누기 위해 오백 잔을 마시자고 "권주가"에서 노래하지 않았던가. 중근은 낚시보다 두 문우와 나누는 우정을 소주잔에 담아서 마시고 싶었다. 인간미가 사라져가는 세상에서 진한 우정이야말로 삭막한 불모지에 대항하는 든든한 우군이라고 확신하자 가슴이 뜨거워졌다. 그들은 목구멍에 소주를 빠르게 털어 넣었다.

서둘러 마신 술 덕분에 금방 얼큰해지는 것을 느끼며 자리에서 일어났다. 그들의 숙소는 여객선 터미널 옆이라 그리 멀지 않았다. 바다 저편에서 불어오는 바람이 심상치 않았다. 뉴스에서는 강풍이 불어올 가능성이 높다고 예고했다. 강풍이 오려면 차라리 오늘밤에 몰아서 불어라. 이 작가는 어쩐지 불길하다는 중근의 푸념에도 낙관적이었다. 바람이란 게 기압골의 차이로 불어오는 거라 하루 불면 그 다음 날에는 잦아지기 마련이죠. 바다낚시 전문가의 말이 맞으리라고 생각하며 불모의 낚시에 대한 악몽을 떨쳐냈다.

오늘 밤에 묵을 찜질방은 지난 비령길 산행 때도 신세를 졌었다. 하지만 그때와 지금은 천지 차이로 보인다. 전번에는 침실 쪽에 자리를 펼 공간이 없어 좁은 복도 옆에서 겨우 새우잠을 청했었다. 전번의 상황과는 다르겠지만 그래도 어느 정도 붐비리라는 예상을 하고 들어갔다. 철제 플레이트로 비스듬히 경사면으로 된 출입문을 지나는 순간 그의 예상은 완전히 빗나가고 있었다. 접수구에는 한가롭게 쳐다보는 직원이 무심하게 그들을 맞아들였다. 여수 밤바다 축제 분위기는 최저점으로 떨어진 느낌이다. 관광지에는 전혀 어울리지 않는 차가운 바람이 찜질방을 돌면서 열기를 식히고 있다. 오늘 밤 꿈자리가 그리 좋지 않을 징조가 찬바람 속에서 유령처럼 출몰하고 있었다.

침실로 가기 전에 욕탕에서 간단히 씻기로 했다. 이 작가와 고회장은 썰렁함을 피하려는 듯 재빨리 탕 속으로 빨려 들어갔다. 중근은 찜질방에서 제공하는 실내복으로 갈아입고 잠시 의자에 앉았다. 갑자기 취기가 올라오더니 눈꺼풀이 무겁게 내려앉았다. 중근은 탈의실 의자에 기대어 깜박 잠이 들었다. 여수 앞바다 저

편에서 강풍이 몰려오고 높은 파도 소리가 그의 귓전을 때렸다. 바닷물 속으로 던진 중근의 낚싯대가 파도에 둥둥 떠가는 모습이 꿈속에서 영화 화면처럼 나타났다. 코로나가 여전한데 왜 무리해서 여행을 가느냐는 아내의 핀잔이 따발총이 되어 가슴에 박히자 심한 통증을 느꼈다.

누군가 중근의 어깨를 흔들었다. 잠이 갑자기 달아나면서 겨우 눈을 떴다. 두 문우가 목욕을 마치고 나와 그를 깨우고 있었다. 술을 너무 서둘러 마셨던 모양이에요. 중근은 겸연쩍게 말하며 일단 잠을 청하고 새벽에 목욕을 하겠다고 작정했다. 그들은 텅 빈 복도를 지나 단체침실 쪽으로 향했다. 전번 여행에 침실 공간이 부족해서 잠을 잤던 복도에는 손님은 흔적도 없고 적막강산이었다. 바이러스는 조용한 것을 좋아하는 모양이지. 인간이 너무 떠들어대니까 눈꼴이 시었던 모양이야. 중근은 섬뜩하니 조용한 공간을 향해 불평의 화살을 쏘았다. 화살은 날아가지 못하고 마치 부메랑처럼 그의 등으로 돌아와 어깨와 등의 과녁에 불화살이 되어 박혔다. 조금이라도 빨리 자리에 누워 보이지 않게 상처가 난 어깨와 등을 감추고 싶었다.

그 아픔은 너희들이 자초한 거야. 저질의 말초신경을 만족시키려고 바다에 던진 문명의 찌꺼기들 때문에 바다가 분노한 거라고. 바닷물이 썩어가고 북극의 얼음이 녹아서 수온이 오르고 온 바다가 몸살을 앓고 있단 말이야. 강풍이 불어 파도가 높아지고 태풍이 생기는 것도 모두 바다의 열병 증상이라고. 어둠에 묻혀가는 여수 바다는 파도를 부두로 밀어내며 앙칼지게 소리를 질렀다. 중근은 파도가 높아도 바다 깊은 곳은 잔잔하다는 해녀의 말이 생각났다. 그는 환상 속에서 바다 속으로 풍덩 뛰어들었다. 갑자기 사방이 잠잠해지고 침묵이 흘렀다. 바다는 세상의 소음을 바닷물의 깊이로 차단하고 있었다. 각양각색의 물고기들이 아름다운 해초 속을 소리 없이 유영하고 있었다. 중근은 두 손으로 애써 막았던 귀를 풀어주며 깊은 잠으로 빠져 들어갔다.

다음 날 아침 햇살의 날카로운 창이 동공을 찌르는 것을 느끼며 중근은 잠에서 깨어났다. 거대한 통유리로 만든 창은 거대한 푸른 화폭이 되어 잔잔한 바다를 펼치고 있었다. 햇빛이 강렬하게 비치는 바다 수면은 금색으로 빛나는 한 폭의 그림이었다. 어젯밤의 강풍은 간데없이 사라지고 평화로운 바다는 금빛 드레스를 입은 신부가 되어 온순하게 그를 맞이하고 있었다. 중근은 아직 잠들어 있는 고 회장을 옆에 두고 천천히 금빛 신부를 가슴에 포옹하였다. 신부는 그의 품속에서 따뜻한 온기로 녹아들었다. 그녀는 어젯밤의 불화를 잊었다는 듯 여수 앞바다의 로망스를 속삭이며 그의 온몸에 뜨겁게 마사지를 했다. 신부는 부끄러운 듯 금빛 입술을 가진 인형처럼 고백했다. 당신을 애타게 기다렸어요. 당신은 아름다운 노래에 취한 나를 두고 야속하게 떠나버리셨죠. 애절했던 당신의 노래를 기억하고 있어요. 금빛 파도는 중근의 노래에 맞추어 반주라도 하는 듯 박자에 맞추어 철썩거렸다.

중근은 금오도 비렁길의 전망대에서 동료작가들에게 들려주었던 가곡 "떠나가는 배"를 살며시 부르기 시작했다. "거센 물결 외치는 / 성난 바다로 떠나는 배 / 내 영원히 잊지 못할 / 님 실은 저 배는 야속하리 / 날 바닷가에 홀로 남겨두고 / 기어이 가고야 마느냐" 금오도 앞바다 수평선을 바라보며 노래하던 순간 젊은 날 떠나보낸 연인이 손을 흔들며 파도를 타고 오는 모습이 눈에 선했다. 하지만 신기루처럼 다가오던 연인은 노래를 감상하고 있던 작가들의 박수와 환호 소리에 놀라 사라지고 말았다. 젊었던 시절 그가 사랑했던 여인들이 다가왔다 사라지기를 반복하는 지금의 시간들이 이토록 고통스러운 까닭은 무엇일까.

중근은 아침 금빛바다를 보며 나지막하게 속삭였다. 섬으로 가서 그 시간들을 다시 호출해보는 거다. 저 금빛 여인이 나에게 입을 맞추고 다시 이별을 고하더라도 말이다. 금오도 비렁길을 바라보면 그녀를 다시 만날 수 있을까. 그가 환상의 연인을 만나는 순간에도 두 문우들은 눈치를 채지 못하겠지. 금오도 비렁길 곳곳에 서서 그를 맞이할 여인들을 말이다. 코로나의 무사들이 이리저리 칼을 휘둘러대는 비상시기에 연인을 찾아오다니 제정신이냐고 비난할지라도 어쩔 수 없다는 자괴감이 밀려왔다.

낚시팀들은 페리호 안으로 트럭을 몰고 들어가 주차한 후 금오도로 향하였다. 불과 한 시간 남짓 항해한 페리호는 금오도 여천

항에 도착했다. 낚시팀들은 벌써 흥분하고 있었다. 과연 대어를 몇 마리나 잡을 수 있을까. 어젯밤 몰아치던 강풍과 파도가 온순해졌지만 과연 물고기들이 바늘을 물도록 도와줄 것인지 의심하는 표정이 역력하게 나타났다.

우선 금오도 해안도로를 천천히 돌면서 중근은 비렁길을 올려다보았다. 고 회장과 이 작가는 낚시를 할 수 있는 캠프장을 찾기에 골몰하고 있다. 그들이 중근의 심중에 오고가는 금빛 연인을 향한 감정을 헤아릴 단계가 아니다. 그들의 여행 목적은 오로지 폴락이나 우럭 등을 낚아 올려서 대박을 터트리는 것이리라. 여수로 내려오는 중에 물고기를 몽땅 잡아 아이스박스에 담고 얼음을 채워 올라오라는 김 시인의 주문이 카톡에 떴다. 전번 쌍다리 계곡 낚시여행에서도 몽땅 잡을 수 있다는 이 작가의 약속이 공염불이 된 후 보이지 않게 신경을 쓰이게 했던 모양이다. 혼자 낚시를 가면 척척 잡아 올리던 물고기들이 왜 낚시팀들에게는 눈길을 주지 않는 것인가. 참가자들이 툴툴거리는 푸념이 안쓰럽다 못해 이작가의 자존심을 상하게 했는지 모른다.

비렁길을 따라 아른거리는 금빛 여인들의 환상을 뒤로 하고 낚시터 자리를 찾아 나섰다. 처음부터 어촌마을의 수익을 위해 설치된 캠프금지 푯말이 눈에 거슬렸다. 낚시에 적합한 곳이면 어김없이 약간의 좌대 시설을 만들어 놓고 자릿세를 받아 챙기려는 수작이 노골적이다. 하지만 이런 이기적 행태가 어찌 섬사람들만의 책임이겠는가. 어쩌면 어민들은 생업으로 낑낑거리며 일하는 데 한가하게 낚시를 즐긴 후 쓰레기만 남기고 가는 낚시꾼들이 꼴불견이었으리라. 당장 캠프장을 찾지 못하는 상황에서 그들의 마음을 이해할 수 있다는 자성의 가시가 심장에 박혀왔다.

낚시팀이 금오도 여러 곳을 들락날락하는 중에도 중근의 시선은 연신 비렁길 쪽을 향하고 있었다. 작년에 그 길을 걸을 때 갑자기 나타나 그를 안아주던 뇌쇄적인 여인들의 모습을 떠올렸다. 비렁길 한 고개를 돌아서면 아슬아슬한 벼랑 위에 서서 미소를 짓던 동백꽃 여인이 섹시한 입술로 그에게 다가왔었다. 동백꽃들은 진분홍색의 입술을 오므리고 있다가 활짝 벌리며 에로틱한 에너지를 그에게 발산하곤 했다. 꽃잎들은 강한 바닷바람을 맞으며 단련된 탓인지 피부가 탱탱한 여인이 되어 그에게 몸을 던졌다. 고 회장이 해안도로를 달리기 시작하자 해풍이 강하게 불어왔다. 그 순간 불어오는 바람에 동백꽃 여인들의 숨결이 묻어왔다. 중근은 눈을 감고 붉은 입술에 키스를 하고 몸을 맡긴 채 한참 환상 속에 머물렀다.

트럭이 갑자기 멈추며 그의 환상을 깨뜨렸다. 그곳은 작은 부두 앞에 세워진 어촌의 낚시터였다. 작은 만에 잘 정리된 좌대가 설치되어 있어 낚싯대를 던지면 대어를 잡을 수 있을 것 같았다. 이 작가는 어촌의 낚시터를 가리키며 빈정대었다. 저기서 낚시를 하려면 상당한 돈을 내야한단 말이지. 프로 낚시꾼이 이런 인조 낚시터에서 낚시를 던질 수 없어. 그의 표정을 보니 제대로 된 낚시꾼이라면 수평선이 펼쳐 보이는 방파제 위에서 낚시를 던져야 한다고 고집하고 있었다. 고 회장과 이 작가는 금오도에서 제대로 낚시를 할 수 있는 캠프장을 찾을 수 없다는 결론을 내리기 위해 트럭을 멈춘 것이다. 그들은 안도로 가기 위해 출발했다.

안도의 상황도 금오도와 별반 다르지 않았다. 크고 작은 어촌들이 낚시꾼들의 캠핑을 막고 있었고 웬만한 곳이면 좌대를 설치하고 돈을 받으려고 했다. 기적처럼 한적한 해안이 나타나 가까이 가보니 유채꽃 밭이 화려하게 피어있는 빈터가 보였다. 고 회장은 그곳이 마음에 들었던 모양이다. 유채꽃에 둘러싸여 잠을 잘 수 있겠군. 여기에 텐트를 치는 곳이 좋겠어요. 이 작가가 조그만 부두가 인접해서 낚시하기도 좋겠다고 거들었다.

중근은 무엇보다 바람에 휘날리는 유채꽃이 마음에 들었다. 오늘은 유채꽃과 사랑하며 잠을 잘 수 있겠네요. 이렇게 보기 드문 미인들이 거친 해변을 뒤덮고 있다니 놀라운 일이야. 그는 신이 나서 떠들어댔다. 유채꽃은 흔히 노랑색이 많은데 여긴 연분홍색이란 말이에요. 오늘 밤은 무척 아름다운 밤이 될 것 같은 예감이 듭니다. 잘하면 물고기도 적당하게 물어줄 거구요. 서울에서 남쪽 바다까지 왔으니 그 성의를 봐서라도 말입니다. 자 어두워지기 전에 우선 텐트를 칩시다. 그들은 트럭 위에서 짐을 풀기 시작했다.

텐트, 배낭, 침낭, 코펠과 식기류를 하나씩 내려놓았다. 그 순간 잔잔하던 바람이 다시 강하게 불기 시작했다. 풀어놓은 텐트 자락들이 바람에 날려 좀처럼 폴대를 세울 수 없었다. 바람의 향방이 마치 미친 년 널뛰기식이다. 된다 싶으면 금방 바람이 훼방꾼으로 등장했다. 다 된 밥에 재를 뿌리는 심술궂은 요정처럼 사방에서 불어대는 바람. 옆에 있으면 군밤을 한 방 날리고 싶은 심정이 굴뚝같았다. 이런 때의 바람은 모든 곳에서 불쑥 나서는 요정과 같다고 중근은 생각했다. 그렇지 않고서야 이렇게 텐트 자락을 마음대로 움직일 수 있겠는가. 낚시팀은 텐트를 세우다 말고 거센 바람과 싸우는 것은 어리석은 짓이라는 것을 깨닫고 뒤로 나자빠지고 말았다.

바람의 공격이 지칠 줄 모르고 계속되자 평소에 보여주던 이 작가의 자신만만한 표정이 금방 어두워졌다. 바람이 곧 잦아들면 낚싯대를 바닷물에 던져서 풍성한 술안주를 만들려는 계획을 수정할 수밖에 없기 때문일까. 그는 고 회장에게 바다에서 불어오는 바람을 막도록 트럭을 텐트의 바다 쪽으로 주차하자고 제안했다. 역시 자연에 속한 바다는 낚시팀의 뜻대로 움직이지 않는다는 것을 깨달은 것이다. 해변 쪽을 가로막은 트럭이 바람을 어느 정도 막아주자 텐트를 세우는 작업은 빨라졌다.

낚시팀은 유채꽃들이 춤을 추는 모습을 보니 제법 흥이 나기도 했다. 중근은 바람에 이리저리 휩쓸리고 있는 유채꽃들을 보면서 김수영의 시 「풀」을 속으로 속삭였다. "풀이 눕는다/비를 몰아오는 동풍에 나부껴/풀은 눕고/드디어 울었다/날이 흐려서 더 울다가/다시 누웠다//풀이 눕는다." 유채꽃들은 강한 해풍이 힘에 겨운 듯 누웠다 다시 벌떡 일어나 가냘픈 유채 줄기를 몇 번이고 곧추 세웠다. 바람이 강하게 불면 고개를 살짝 숙여서 몸이 꺾어지는 위기를 피하는 유채꽃의 지혜가 놀라웠다. 김수영은 이런 군집된 풀을 보고 권력의 폭력에 저항하는 민중들의 힘을 발견했던 것일까. 중근에게 해풍과 유채꽃들이 바람 따라 움직이는 모습은 마치 무대 위에서 펼쳐지는 발레처럼 다가왔다.

강약의 리듬을 반복하고 있는 해풍은 연약한 유채꽃 여인들을 능욕하는 듯했다. 삼지창을 들고 낚시팀의 희망을 짓밟고 있는 해풍은 바다의 신 넵튠을 닮아 있었다. 해풍은 유채꽃들을 거의 땅바닥까지 밀어서 눕히고는 재빨리 치마를 걷어 올려 그들의 처녀성을 앗아가는 동작을 노골적으로 춤과 음악으로 재현했다. 하지만 유채꽃들의 지혜는 바람보다 앞서서 그들의 공격을 무화시키고 있었다. 그것들은 바람이 짓눌러 몸을 능욕해도 바람에 묻어오는 깨끗한 포말로 더럽혀진 성기를 닦아내었다. 청순한 꽃 손을 흔들고 있는 유채꽃은 처녀성을 재빨리 복원시키는 신비로운 정화력을 지니고 있었다.

중근은 김수영의 「풀」 나머지 시행들을 재빨리 읊어나갔다. 그는 유채꽃들이 보여주고 있는 지혜와 정화력을 체득하려는 욕심으로 마치 무당이 주술을 쏟아내듯 입술을 빠르게 달싹거렸다. 그는 코로나로 온 세계가 어지러운 상황에서 해풍을 맞은 유채꽃으로부터 세상을 위한 정신적 백신을 얻고 싶었다. "바람보다도 더 빨리 눕는다/바람보다도 더 빨리 울고/바람보다 먼저 일어난다// 날이 흐리고 풀이 눕는다/발목까지/발밑까지 눕는다/바람보다 늦게 누워도/바람보다 먼저 일어나고/바람보다 늦게 울어도/바람보다 먼저 웃는다/날이 흐리고 풀뿌리가 눕는다" 중근은 바다를 향하여 손을 들고 나직하게 노래했다.

그래 나는 코로나의 폭력을 피하려고 안도에 온 거야. 코로나가 자만해진 인간을 쓰러뜨리고 위협하는 덕분에 고독의 감옥 속에서 모두 허우적거리고 있잖아. 우리는 낚시로 물고기를 잡으려는 것이 아니라 세월을 낚는 강태공처럼 세상의 오염을 피해 쉬고 싶은 거야. 그의 복잡한 심경을 바다의 신 넵튠도 알아주리라. 그들은 바람을 막아주는 트럭 덕분에 재빨리 텐트 작업을 마무리하였다.

하지만 바닷바람은 중근의 주술에도 아랑곳하지 않고 보이지 않는 강한 근육질의 사지를 휘둘러댔다. 아무래도 오늘 저녁 생선회를 펼쳐놓고 소주를 실컷 마시자는 원대한 꿈은 접어야겠군. 불길한 생각이 중근의 머릿속으로 스멀스멀 들기 시작하자 마음이 편하지 않았다. 캠프장소를 찾는다고 두 섬을 휘젓고 다녔을 뿐 아니라 텐트작업을 하느라 해풍과 씨름하고 나니 배가 여간 출출한 게 아니었다. 이 작가는 재빨리 상황 판단하고 전략을 수정하고 나섰다. 이가 없으면 잇몸으로 먹는 거죠. 엄청나게 맛있는 돼지고기를 마트에서 사왔으니 오늘 저녁식사는 고기파티를 하는 게 좋겠소이다. 약간은 연극적인 목소리로 국면전환을 하는 그의 목소리가 매우 희극적 효과를 자아냈다.

금강산도 식후경이란 말이 있듯이 연신 쪼르륵 소리를 내고 있는 창자를 진정시킬 필요가 있었다. 이 작가의 지휘아래 버너에 가스를 연결하고 불을 켠 후 코펠을 올려놓았다. 바람과 지루하게 씨름하던 이 작가는 해변에서 판판한 돌을 구해왔었다. 돌 위에서 돼지고기를 구우면 기름기가 쪽 빠지고 잘 타지 않는다. 그는 이 고기를 스톤스테이크라고 명명했다. 이름이 좀 거창하지만 맛은 그야말로 작명 값을 한다고 중근은 떠벌였다. 게다가 잘 구워진 스톤스테이크에 소주를 곁들이니 금상첨화였다. 식기 세척은 이 작가가 비싼 커피를 사서 마실 때마다 커피숍에서 슬쩍 실례를 해온 종이 냅킨으로 닦아주면 말끔하게 닦였다.

거구의 세 남자가 누울 공간으로 텐트가 좀 좁아 보였다. 식기, 버너와 식자재가 들어있는 아이스박스는 텐트 입구에 대충 쌓아놓기로 했다. 짐을 밖으로 내놓자 텐트 주위를 맴돌던 두세 마리의 도둑고양이가 슬금슬금 다가왔다. 스톤스테이크 냄새가 이놈들의 콧구멍을 간질이며 회를 동하게 한 모양이다. 식자재만 잘 단속하면 별 문제가 없어보였다.

벌써 암흑이 안도 바다의 사위를 감싸고 있었다. 바람이 심하여 밤낚시도 접을 수밖에 없었다. 차라리 내일 새벽에 낚시를 하는 게 좋겠어요. 이 작가는 떨떠름하게 한걸음 물러났다. 고 회장이 항상 트럭에 싣고 다니는 두꺼운 판지를 바닥에 깔아놓은 덕분에 습기는 완벽하게 차단되었다. 바람이 불어대는 바닷가의 밤은 여간 싸늘한 게 아니었다. 그들은 모두 두꺼운 겨울 잠바를 입은 채 침낭 속으로 파고 들었다. 침낭은 여인의 따뜻한 품처럼 아늑한 온기 속으로 그들을 끌어들였다. 잠시 후 잠이 슬며시 밀려왔다. 그들의 잠 속으로 바람과 파도소리가 함께 어우러져 파고들었다. 중근은 좁은 침낭 속에서 여러 여인과 혼음이라도 하는 듯 혼돈에 빠졌다. 잠에 취해 약간 몽롱한 의식 속에서 바람과 파도는 서로 부둥켜안고 애무에 몰두했다. 반죽기 속에서 여러 색깔의 아이스크림이 서로 밀어내고 빨아들이면서 섞이는 관능적 에로티즘이 몸을 휘젓고 있었다.

어느 정도 혼전이 오고 가더니 애무가 어느덧 육탄전으로 급변하고 있었다. 밖에서는 바람과 텐트가 공방전을 벌이느라 기총소사라도 하는 듯 '따다다다' 소리를 내며 엄청난 괴성을 내질러댔다. 낚시팀은 편하게 누워있을 상황이 아니라고 판단하고 벌떡 일어났다. 바람은 괴력으로 가냘픈 텐트를 짓누르기 시작했다. 이대로 가다가는 텐트가 송두리 채 뽑혀나갈 것 같았다. 폴대가 텐트의 기둥 역할을 전혀 하지 못하고 그저 소재의 탄력성으로 '눌렸다 솟았다'를 반복했다. 텐트를 떠받쳐주는 폴대와 펙들이 바람의 공격으로 거의 함락 직전으로 몰렸다.

그들은 놀라서 텐트에서 탈출하여 전투의 참상을 지켜보았다. 바람에 의해 텐트는 거의 폐허 수준으로 몰락하고 있었다. 조금 전 들렸던 기총소사는 바람의 잔인한 공격으로 텐트자락이 찢어져 나풀거리며 귀청에 폭격을 가한 것이었다. 팩에 연결했던 모든 텐트 줄이 늘어져서 바람의 공격을 방어할 힘을 잃어버린 상태였다.

그들이 텐트를 손보려고 여기저기 살피자 식자재와 식기류를 모아두었던 쪽에서 도둑고양이들이 놀라서 도주했다. 그놈들이 혼란을 틈타 우리들의 비상 식량을 탈취하려고 목 가까이 다가왔다니 놀랍군. 이 작가가 어이가 없어하며 뇌까렸다. 낚시팀은 겨우 정신을 차린 후 망치를 들고 텐트 정비에 착수하였다. 자칫 잘못하면 한 밤중에 바람이 몰아치는 해안가에서 동사를 할 뻔 했네요. 정비에 능한 고 회장이 너털웃음을 지으며 말했다.

아직 달빛이 내리는 해변으로 파도가 줄을 지어 몰려오는 모습이 훤하게 보였다. 대충 텐트가 제 모습을 회복하자 낚시팀은 녹초가 되어 다시 텐트 안으로 들어갔다. 잠이 멀리 달아났던 지친 몸이지만 일단 침낭 속으로 들어가자 눈꺼풀이 납덩이를 달고 수면의 심해 속으로 가라앉았다. 저기 심해에서 유유히 꼬리를 치며 유영을 하는 광어, 도미, 문어, 망둥어, 갈치, 꽁치, 낙지 등 온갖 물고기들이 몰려오고 있었다.

물고기들이 허우적거리는 중근의 옆으로 살짝 스치면서 지나갔다. 그들은 민첩하지 못한 그를 비웃으며 깔깔댔다. 그 주제에 우릴 잡겠다고? 바다는 우리가 사는 텃밭인데 왜 인간들이 들어와서 오염시키는지 해명이나 해보시지! 너희들의 욕심 때문에 바닷물에 미세한 플라스틱들이 녹아들어 바다에 죽음의 재를 퍼뜨리고 있어. 그런데 그것도 모사라 낚시까지 들이대며 우리를 죽이려고 유혹하려 든단 말이야! 대자연이 오만한 인간들을 코로나로 징벌하고 있는데도 반성하기는커녕 이 판국에 낚시를 하겠다는 거야? 도대체 양심이 조금이라도 있는 거냐고? 물고기들이 주둥이로 중근의 목과 얼굴을 툭툭 치며 공격하고 지나갔다. 중근은 놀라 몸을 이리저리 비틀며 손짓과 발길질을 해서 물고기 떼를 쫓으려고 허우적거렸다.

중근이 어둠 속에서 허공을 향해 계속 발길질을 하자 이 작가가 깜짝 놀라서 그를 흔들어 깨웠다. 무슨 악몽이라도 꾼 모양이죠? 텐트 문 쪽으로 발길질을 해대더라고. 중근은 머리를 갸웃거리며 잠시 꿈을 되새겨보았다. 정말 신기한 꿈이에요. 물고기들이 떼로 몰려들며 바다를 망쳐놓았다며 나를 벌하려고 덤벼들다니. 아무래도 께름칙해요. 오른쪽에서 자던 고 회장도 두 사람의 두런거리는 소리에 잠이 깬 모양이었다. 밖에서 도둑고양이가 텐트 입구에 쌓아놓은 식자재 아이스박스 쪽에서 어둠 속으로 달아나는 소리가 들렸다. 세 사람은 일제히 텐트 밖으로 뛰쳐나가 피해 상황을 점검했다.

중근은 물고기 떼의 공격을 받던 꿈의 상황이 현실에서 도둑고양이 침투로 이어졌다는 생각에 소름이 돋았다. 도둑고양이는 밖에 내다놓은 계란판과 아이스박스를 열려고 애쓰다가 낚시팀이 불을 켜고 밖으로 나서자 어둠 속으로 내빼고 만 것이다. 흐트러진 것들을 대충 정리하면서 큰 피해는 아니라고 안심했다. 모두 출출하다고 투덜대자 이 작가는 일단 밤참으로 라면을 끓여 먹으면서 얘기를 하자고 텐트 안으로 들어왔다. 시계를 보니 새벽 네 시였다.

식사 후 고 회장은 이대로 낚시를 포기할 수 없다고 비장한 표정으로 일어섰다. 바닷바람은 여전히 바다에서 해안 쪽으로 파상적으로 불어왔다. 낚시여행의 주창자인 이 작가는 도와주지 않는 해풍을 원망했다. 바람이 이렇게 불면 수온이 내려가 물고기가 나오지 않아요. 물고기 맛을 보기는 참 힘들게 됐네요. 그와 중근은 고 회장의 낚시가 성공하기를 기원하며 다시 새벽잠을 청하기로 했다. 마음을 비우니 해풍의 앙탈도 그리 싫지 않았다. 절이 싫어지면 중이 스스로 떠나면 되는 것 아닌가. 까짓, 물고기도 물지 않는 낚시터를 저주하며 트럭을 몰고 가버리면 그만이라는 생각이 들었다. 에이 모르겠다, 잠이나 퍼질러 자자! 썰렁한 바람이 몰아치는 해변 텐트 속에서 침낭 밖으로 목만 달랑 내놓은 채 온기를 즐기는 것도 여행자만의 돈 안 드는 쾌락이리라. 중근은 놀래미를 잡았다는 이 작가의 외침을 듣고 잠에서 깨어났다. 어느덧 밖은 꽤 밝아진 상태였다. 그가 잠든 사이에 고 회장이 낚시하는 선창가로 가서 도와주고 있었던 모양이다. 그래도 낚시팀의 최고참 고수가 아닌가. 낚시를 하러 와서 물고기를 구경도 못하고 가면 안 된다는 절박감이 작용한 것이리라. 고 회장이 낚시를 별로 하지 않았지만 그의 끈기는 알아주어야 한다고 이 작가가 혀를 내둘렀다. 사실은 낚시란 낚시꾼과 물고기 사이의 인내 싸움이 아니겠는가. 중근은 선창가로 달려가서 고 회장이 잡은 놀래미를 살펴보면서 헤밍웨이의 「노인과 바다」의 한 장면을 떠올렸다.

늙은 어부 산티아고가 거대한 청새치를 잡으면서 얼마나 기나긴 혈투를 벌였던가. 그는 84일 동안 고기 한 마리 잡지 못한 초라한 어부를 바라보는 동네 사람들의 시선이 견딜 수 없었다. 드디어 85일째 되는 날 거대한 청새치가 낚시에 걸렸을 때 산티아고는 엄청난 희열과 자부심을 느낀다. 사실 오랫동안 물고기를 잡지 못해 대단한 어부라고 인정받았던 평판이 무색한 상황이었다. 산티아고는 생활고보다 어부로서 자긍심을 잃어버린 자신이 안타까웠으리라. 그의 유일한 후원자 소년 마놀린의 도움이 없다면 생존할 수도 없었던 늙은 어부 산티아고. 어쩌면 지금 낚시팀은 산티아고가 느끼는 절망감을 느끼고 있는 것은 아닐까.

헤밍웨이는 산티아고의 절망을 극복하도록 상황을 반전시킨다. 드디어 그가 자신과 배를 끌고 갈 정도로 힘센 청새치를 잡는

250

장면을 감동적으로 재현한 것이다. 산티아고는 사흘이나 혈투를 벌이다 드디어 작살로 청새치를 잡는다. 하지만 청새치의 피 냄새를 맡고 쫓아온 상어의 습격을 피할 수 없다. 결국 그에게 남은 건 뼈만 앙상한 물고기 시체일 뿐이다. 산티아고는 청새치를 잡는 것보다 그것을 지키느라고 상어와 싸우는 시간이 더 힘들고 고통스러웠다. 그는 청새치와 혈투를 벌이면서 어느새 물고기와 친구가 된다. 그의 생존을 위해 물고기를 잡았지만 그를 위해 존재한 물고기에 대해 최소한의 연민을 가졌던 것이다. 비록 손에 남은 것은 거의 없지만 어부로서 자존심을 회복하는 과정이 더욱 값지다고 느끼지 않을 수 없다.

고 회장이 잡은 자그만 놀래미 두 마리를 두고 낚시팀은 신이 나서 어쩔 줄을 몰랐다. 그 까짓 놀래미 두 마리가 무슨 의미가 있느냐고 반문할지 모른다. 하지만 낚시팀이 안도까지 와서 아무런 소득 없이 물러난다는 것은 치욕이 아니겠는가. 이 작가는 회칼을 꺼내어 마치 의식을 치르듯이 놀래미를 정성스럽게 회로 친다. 중근은 이 작가의 진지한 칼놀림을 보면서 몇 해 전 몽골 초원에서 양을 잡던 도축인이 생각났다. 몽골 인사들이 봉사활동을 하는 한국 대학생들을 대접하려고 양 한 마리를 내놓아 발생한 일이었다.

중근은 봉사 팀의 책임자로 학생들에 관련된 모든 사안에 관심을 기울여야 했다. 양을 도축하는 현장에서 도축인이 단순한 칼잡이가 아니라 종교적 의식을 치르는 제사장처럼 보였다. 그는 양의 몸체를 정확하게 좌우로 갈랐으며 몸의 모든 내장기관에 부정이 타지 않도록 정성을 다하고 있었다. 그가 자른 양고기들이 사람의 식욕의 대상이 아니라 제단에 바치는 신성한 제물로 보였다. 중근은 지도교수로서 속으로 기도라도 하는 듯 읊조렸다. 학생들이 저 양고기를 먹고 힘을 내어 사고 없이 봉사에 전념하면 좋겠습니다. 이 음식을 통해 봉골 반점을 공유히는 인종끼리 진정한 친구가 되면 좋겠네요. 중근의 기도는 사실 도축인의 진지한 의식에서 감동을 받고 나온 것이었다.

　드디어 이 작가가 정성스럽게 잘라낸 놀래미 여섯 조각을 소주에 곁들여 먹으며 안도에서의 낚시 여행을 기념하기로 했다. 마치 거대한 청새치를 잡아 단숨에 자존심을 되살리는 산티아고처럼 그들은 의기양양하게 서울의 문우들에게 보낼 사진을 찍은 후 놀래미 한 조각을 입에 넣고 눈을 감았다. 이렇게 작은 놀래미가 우리에게 엄청난 감격을 주는구먼. 이 작가가 안도 낚시여행의 의미를 정리하고 나섰다. 이제 그냥 서울로 돌아가도 시운히지 않겠소이다. 중근도 그의 말에 동조하며 소주를 한 잔 걸쭉하게 마셨다. 한 조각의 놀래미는 결코 풍성하게 차린 횟집 요리보다 초라하지 않았다. 그저 주린 배를 채우려는 동물적 식욕이 아닌 제사를 마친 후 음복을 하는 제의 참여자의 영성이 묻어나왔다. 이 순간 놀래미는 낚시팀 탐욕의 희생물이 아니라 바다와 일체감을 가지기 위한 제물이 되었다.

안도 바다가 제공한 최후의 놀래미 조찬을 마친 낚시팀은 그들의 여행계획을 바꿔야 한다는 분위기에 휩싸였다. 더 이상 그들의 식욕을 위해서 마구잡이 낚시를 해서는 안 된다는 깨우침이 가슴 속에 새겨졌다. 그 순간 중근은 아침 햇살이 붉게 물들어오는 수평선을 바라보았다. 그리고 꿈속에서 그를 공격하던 물고기들이 파도를 타고 힘차게 유영을 하는듯한 착각에 빠졌다. 바다 여기저기 저인망과 온갖 어망들이 생명을 노리고 있다는 것을 모른 채 그들의 생명의 터전을 무한정 신뢰하는 물고기들이었다. 한 생명이 다른 생명을 빼앗는 것이 생태계의 거대한 먹이사슬일 뿐이라는 정의는 인간의 이기적 독선임을 애써 부인해온 인간들. 분명 그 무리 안에 낚시팀도 끼어있었던 것이다.

몇 마리 물고기를 잡는 것이 무슨 죄가 되가 되겠는가라고 반문하며 떠나온 낚시 여행이었다. 중근은 이른 아침 거친 물살을 헤치고 전진하는 물고기들과 가까운 친구가 되었다고 느꼈다. 이제 술을 마시며 생선회를 폭식했던 과거와는 달라져야 하리라. 이 작가는 성스러운 의식을 마친 후 중대 발표라고 할 듯 진지한 표정을 지었다. 그는 주말까지 낚시를 하려는 계획을 포기하고 중근과 함께 서울로 돌아가자고 고 회장에게 제안했다. 다만 서울에서 군침을 흘리고 있을 김 시인을 위해 여수에서 생선회를 사서 가져가자고 덧붙였다. 낚시팀은 이의 없이 텐트를 정리하고 임포항으로 출발했다. 서울에서 출발할 때 장담했던 허풍과 너무 다른 낚시여행의 결과가 다소 쑥스러웠다. 하지만 한 밤중에 서울에서 만나 문우들과 나눌 생선회는 예수가 제자들과 나누었던 만찬과 같으리라고 중근은 확신했다.

고려인 처녀 율여의 코리언 드림

정완은 크즐오르다 공항에서 택시를 타고 캠퍼스촌에 위치한 교수아파트와 가까운 도로변에 내렸다. 중앙아시아의 뜨겁게 달궈진 지표에서 한여름 열기가 올라와 숨이 막힐 지경이다. 캐리어를 끌고 가는 손바닥이 묵직한 무게로 계속 눌리다보니 쓰라리다. 캐리어는 한 학기 동안 먹을 한국식 기본 반찬들로 가득 채워져 있다. 아내가 조금의 빈틈도 없이 단단하게 꾸린지라 생각보다 무겁게 느껴진다. 바캉스를 떠난 거주자들이 아직 돌아오지 않은 아파트는 어쩐지 휑한 분위기이다. 아파트 벽면은 관리인들이 페인트칠을 하다만 거친 칠 자국으로 난삽하기 짝이 없다. 미완의 칠 자국들이 마치 흑인들의 벽에 그려놓은 그라피티처럼 섬뜩하게 다가와 동공을 찌른다.

정문으로 들어가려던 정완은 갑자기 발걸음을 멈춘다. 수위실에서 그를 맞이할 여성 관리인 대신 도색작업을 위해 설치한 디딤대가 이층계단 앞을 가로막고 있다. 환기가 안 되는 실내에서 페인트에 섞었던 휘발유 냄새가 코를 찌른다. 학기를 시작하기 전에 본국이나 고향에서 돌아올 교수들을 산뜻하게 맞이하려는 도색작업이리라. 신속한 작업을 위해 정문에서 위층으로 가로질러가는 이층계단을 잠시 막아놓은 모양이다. 짐을 들고 중앙계단으로 들어가기에는 쉽지 않을 것 같다.

정완은 사용한 적은 없지만 건물 오른쪽 끝에 올라가는 비상계단이 있다는 것을 기억해낸다. 엘리베이터가 없어 삼층에 위치한 그의 방까지 무거운 캐리어를 들어 올리는 일이 만만치 않다. 매 계단마다 캐리어를 천천히 잡아 올려 삼층에 드디어 다다른다. 무거운 짐을 올리느라 뿜어낸 몸의 열기와 뜨거운 태양열이 만나면서 온몸에 땀이 빗물처럼 흘러내린다. 삼층 복도는 아무도 없는 듯 침묵이 지배하는 적막강산이다. 며칠 지나면 개학이 가까워지고 다시 활기를 찾으리라. 당분간 여기서 혼자 지낼 생각을 하니 갑자기 우울해진다. 그 순간 왼쪽 라인에서 귀에 익은 여인의 음성이 반갑게 터져 나온다.

"최 선생님, 언제 도착하셨어요?"

안 선생이 갑작스런 그의 도착에 놀라 달려온다.

"안 선생님, 도대체 어떻게 된 거죠?"

정완도 그녀와의 예기치 못한 재회에 깜짝 놀라 악수를 청한다. 그녀는 뜻하지 않은 체류에 대해 서둘러 해명하기 시작한다.

"크즐오르다 국립대 한국어 교수로 근무를 1년 더 연장하려고 했지만 모두 수포로 돌아갔어요. 하지만 교육원과의 계약 기간이 7월 말까지라서 어쩔 수 없이 이런 찜통에서 갇혀있었죠. 다른 나라라도 가려고 코이카에 지원했어요. 서류심사가 통과되었다고 연락이 왔고요. 하지만 까다로운 건강진단에 통과해야 해요. 칠월에 한국으로 귀국해서 진단을 받았는데 그 결과만 남았죠. 최 교수님도 아시지만 제가 당뇨가 약간 있어서 결과는 장담하지 못해요."

안 선생의 얼굴에 어두운 그림자가 스쳐간다. 그녀는 내일 출국하기 위해 짐을 싸고 있다며 그녀의 방으로 안내한다.

정완은 짐을 옮기느라 기진맥진한 몸을 추스른다. 그는 두 달 동안 소식을 몰랐던 그녀의 근황이 자못 궁금하다. 지난 학기 기말고사 성적처리를 마치고 정완이 러시아 여행을 하기 위해 떠나기 전날 밤 안 선생이 일으켰던 소란이 아직도 기억에 생생하다. 거의 히스테리에 달했던 분노는 분명히 극도의 피해의식에서 비롯되고 있었다. 그녀는 이곳에서 한국어 교수로 1년 더 연장하고 싶었지만 학생들의 문제제기로 좌절되고 말았다.

카작 학생들은 학습의욕이 별로 높지 않아 수업시간에 집중하지 않았다. 사회주의 경제에 젖은 사회에서 대학을 졸업해도 취업의 기회가 그리 많지 않은 탓이었다. 과잉 의욕의 소유자인 안 선생은 한국의 치열한 학습 분위기와 다르게 이완된 학생들을 자주 야단친다는 소문이 자자했다. 결국 안 선생에게 고성으로 야단을 맞은 학생들은 열정을 이해하지 못하고 그녀에 대한 적의를 학교 당국과 알마티교육원에 쏟아냈다. 결국 안 교수의 성격에 대한 학생들의 불만이 그녀의 재계약을 좌절시키고 말았던 것이다.

방안에는 차분해 보이는 고려인 여학생이 정완에게 말없이 눈인사를 했다. 안 선생이 나서서 서둘러 그녀를 소개했다.

"고려인협회에서 주관하는 한국어 교실에서 가르쳤던 여학생이에요. 이름은 율여라고 하죠. 한국으로 유학을 가고 싶어해요. 급한 일이 있으시면 부탁하시면 도움이 될 겁니다."

"율여라고요? 율여라, 참 예쁜 이름이네요. 만나서 반가워요, 율여씨!"

정완은 '율여라!'라고 나직하게 읊조리며 그녀의 청순한 얼굴을 다시 쳐다보았다. 율여는 초면인 정완이 이름에 호기심을 보이자 수줍은 표정을 지었다. 그녀는 안 선생의 눈치를 살피고 있다. 무척 어려워하는 분위기를 보니 사제지간이 그리 따사로운 관계는 아니었던 모양이다. 정완은 안 선생이 무언가 긴밀한 말을 하고 싶은 분위기를 느꼈다. 그녀는 율여 앞에서 차마 꺼내기 어려운 모양인지 머뭇거리고 있었다. 아무래도 대충 짐을 꾸린 상태라 율여를 먼저 보내려고 결심한 것 같았다. 그녀는 율여에게 한국어 교육도서와 선물을 건네며 말했다.

"율여야, 그럼 내일 출발하기 전에 와서 나머지 정리를 좀 하자. 수고했다. 앞으로 최 교수님을 가끔 도와드려라."

율여는 안 교수의 암울한 눈길이 부담이 되었던지 얼른 눈인사하고 빠져나갔다. 그녀가 나가자 안 선생은 머뭇거리며 말을 꺼냈다. 아무래도 한국학과 교수로서 재계약이 실패한 이유를 미심쩍어하는 표정이나. 카작 희생 이외에 누군가 그녀의 등에 칼을 꽂았다는 피해의식을 가지고 있으리라.

"최 선생님께서 지난 학기 말에 러시아 여행을 떠나기 전에 슐츠 대외협력 처장을 만나셨다고 하셨잖아요. 그때 그 사람이 저의 재계약에 대해서 뭐라고 하던가요?"

"슐츠는 재계약을 않겠다는 알마티교육원 관계자의 말을 따랐을 뿐이라고 하던데요. 교육원에서는 학생들의 불평불만을 듣고 골치가 아팠다고 하더군요. 서로 책임을 미루는 느낌을 받았어요. 누구의 말을 믿어야 할지 모르겠지만 어디에서도 정확한 말을 들을 수 없을 겁니다."

안 선생은 카프카의 『성』의 주인공이 된 듯 착각에 빠져있다. 그녀를 해치려는 자가 분명히 존재한다고 확신하고 있었다. 하지만 그의 소재는 짙은 안갯속이라서 엄청난 혼란에 빠져있는 꼴이었다. 그녀는 지금 피해망상증이라는 거대한 홀에 빠진 생쥐 처지였다. 처량한 이방인이 안개에 싸인 낯선 도시에서 탈출구를 찾지 못하고 헤매고 있다고나 할까.

이방인이 낯선 도시에서 자신을 밝혀줄 신분증을 잃어버리면 머무를 수 없다. 내국인들은 신뢰할 수 없다고 판단되는 이방인을 마치 스폰지에서 물을 짜버리듯이 내팽개칠 뿐이다. 정완은 좌절감에 빠져있는 안 선생을 안타까워 더 이상 바라볼 수 없었다. 정완은 제 코가 석자인데 아무것도 도울 수 없다는 무력증에 빠졌다. 내일 그녀가 한국으로 떠나면 혼자 고독한 아파트를 지켜야 한다는 두려움이 밀려오자 정신이 아득해졌다. 정완은 공항으로 출발하기 전에 오겠다고 인사하고 도망치듯 안 선생 방을 나섰다.

다음날 아침 정완은 눈을 뜨자마자 시계를 봤다. 안 선생이 공항으로 떠나기 전에 아파트 앞에서 배웅을 해야 한다. 떠나갈 시간이 임박하고 있나. 게다가 한국으로 떠나는 안 선생의 캐리어를 날라주기로 했었다. 캐리어는 제법 무거웠다. 어제 삼층에서 택시를 타는 곳까지 이동을 도와달라는 안 선생의 부탁이 있었다. 연약한 여성의 힘으로는 다루기 쉽지 않은 무게였다. 삼층 방에서 일층 로비까지 내려가고 택시 정류장까지 이백 미터 정도 끌고 이동하는 것도 만만치 않았다. 하지만 마지막으로 가는 안 선생의 쓸쓸한 뒷모습을 감당하지 않으면 마음이 편하지 않을 것 같았다.

정완은 운동복으로 갈아입고 안 선생의 방 쪽으로 서둘러 갔다. 방문밖에 캐리어를 내놓고 기다리는 안 선생과 율여가 보였다. 아침 일찍 집을 나서 그녀를 배웅하려는 율여가 기특했다. 보기 드문 의리라는 생각이 뇌리를 스쳤다. 선생의 실수를 상스러운

말로 곧잘 비웃는 한국 학생들이 떠올랐다. 안 선생의 권위적인 모습을 어려워하면서도 제자로서 할 도리는 다하겠다는 속마음이 드러났다. 한국으로 유학을 가서 코리안 드림을 성취하려던 계획에 차질이 생겼을 텐데 은사에게 최선을 다하는 고려인 처녀가 유별났다. 안 선생이 떠나면 누가 율여의 꿈을 키워줄 것인가. 정완은 안 선생의 한국어 교육활동을 조금이라도 이어가야 한다는 의무감을 느꼈다.

정완이 무거운 캐리어를 들고 계단을 하나씩 내려가는데 율여도 작은 가방을 들고 따라왔다. 교수아파트 앞거리는 많은 학생들과 시민들이 오가고 있어 차량통행을 막고 있었다. 택시를 잡으려면 한참 걸어야 했다. 안 선생은 좀 미안한지 스스로 끌고 가겠다는 눈치를 보이지만 정완은 정류장까지 도와주겠다고 고집했다. 안 선생도 그의 강한 의지를 읽었는지 침묵을 지키며 작별의 아쉬움과 더불어 못마땅한 표정을 지으면서 따라왔다. 율여는 우울한 안 선생의 분위기를 직감적으로 느끼는 듯 말이 없다. 그녀는 떠나는 스승에게 감히 위로의 말조차 건네지 못하고 있다. 안 선생이 평소 감상적인 표현을 매우 싫어하는 성격임을 익히 알고 있어서일까. 제3세계 국가인 카작 학생들을 도와주려다가 팽을 당하는 기분이 좋을 수가 없으리라.

드디어 택시가 도착했다. 뒤 트렁크에 캐리어를 집어넣고 좌석에 앉는 안 선생에게 좋은 일이 있으면 연락해달라고 부탁하고 손을 흔들었다. 율여도 서운한지 눈시울이 약간 붉어졌다. 하지만 눈물은 결코 흘리지 않으려고 애쓰는 것이 역력했다. 감정을 절제하라는 선생의 모토를 속으로 읽었기 때문일까. 그래 조금 서운해도 산뜻하게 헤어지는 것이 떠나는 자나 남는 자 모두 마음이 편하리라.

정완은 아파트 쪽으로 돌아서며 율여에게 밝은 표정을 지었다. 한국으로 떠나는 안 선생은 어차피 또 다른 생활을 시작해야 한다. 남아있는 정완에게는 무서운 고독이 기다리고 있다. 그는 황량한 도시에서 나름대로 뜻을 이루어야 하리라. 그는 한국어를 배우려는 율여에게 한국어 선생이 되어주자고 마음을 먹었다. 혼자 방콕을 하느니 율여를 가르치며 공허의 시간을 채울 수 있겠다는 계산도 작용했다.

"율여야, 너 한국으로 유학을 가고 싶다고 했지? 한국 대학으로 가기 위해 안 선생님과 열심히 한국어를 공부해왔잖아. 안 선생님 대신에 내가 도와주마. 그리고 내가 급한 일이 있을 때 네가 좀 도와주면 좋겠다."

"무슨 일인데요?"

율여는 한국어를 가르쳐주겠다는 정완의 말에 반색을 하며 빤히 쳐다보았다.

"그리 어려운 일이 아니고 한국어를 못하는 고려인들과 만날 때 통역을 해주었으면 좋겠구나. 고려인교회에서 크리스마스 성극을 만들고 있는데 말이 통하지 않아 힘이 들거든. 네가 통역을 해주면 도움이 되겠지. 고려인 배우들이 한국어를 못해서 정확하게 의미를 전달을 못하니 답답하더구나."

율여는 흥미를 가지고 빤히 쳐다보더니 정완에게 질문을 했다.

"사랑 교회에 별도로 도와주실 분이 없나요?"

"전문적으로 하는 고려인 여성이 있는데 생업이 있어서 자주 나오지 못하더구나. 그리고 내 영어를 통역해주던 친구가 있었는데 마침 어머니가 아파서 도와줄 수 없단다. 작품을 만들어야 하는데 난감한 상황이거든. 너도 작은 역을 맡아서 연기도 배우면 좋지 않을까? 자연스럽게 나와 한국어로 이야기도 할 수 있고 말이야."

"그렇다면 제가 통역을 해드릴게요. 그리고 무슨 다른 일도 있나요?"

"그래. 우선 중고 자전거를 하나 사고 싶구나. 교회에서 연극연습을 하면 자주 가야하는데 택시로 매번 가는 깃도 섭지 않거든. 그리 멀지 않은 거리이니 자전거가 편리할 거야. 네가 좀 안내를 해줬으면 좋겠다."

"그럼 내일 함께 시장으로 자전거를 사러가요. 제가 내일 아침에 교수님 아파트로 가겠습니다."

정완은 율여와 아파트 앞에서 내일 만나기로 하고 작별을 했다.

이튿날 아침 율여가 방에 노크를 하자 정완은 기다렸다는 듯이 문을 열고 그녀를 맞이했다. 어제 시장으로 가서 자전거매장에 들르기로 했었다. 지난 학기에 드나들었던 시장은 주로 고려인들이 내다 파는 양파, 배추, 마늘 등의 채소류 가게였다. 카작인들이 만들어 먹는 샐러드용 채소로는 김치를 만들기에 적절하지 않았다. 환갑을 넘긴 그는 김치를 며칠만 안 먹어도 속에서 참을 수 없을 정도로 그 냄새와 맛이 그리워진다. 지난 학기에 운동 삼아 반찬 거리를 배낭에 잔뜩 지고 걸어 다녔더니 여간 힘이 드는 게 아니었다. 자동차로 마트를 드나들던 한국생활과는 판이하게 달랐다. 무거운 배낭을 지고 걷다 보면 어깨가 끊어질 듯 아팠다. 더 이상 젊은 나이가 아닌가 보다. 봄학기를 마치면서 그는 중고 자전거를 구해서 쓰다가 원하는 고려인에게 주면 좋겠다는 결론을 내렸다. 하지만 정완이 자전거 매장을 찾으러 온 시내를 구석구석 돌아다녔지만 발견할 수 없었다.

율여는 자전거를 사려면 반대편 시장으로 가야 한다고 설명했다. 이방인이 이국에서 쉽게 살아가는 첩경은 생필품을 싸게 파는 재래시장을 꿰뚫는 것이다. 반대편 시장에 대해선 이삼 년 교수 생활을 한 동료들도 전혀 언급하지 않았었다. 그 시장은 허름한 구조로 교수아파트에서 그리 멀지 않은 반대쪽에 자리하고 있었다. 자전거 매장이라고 말하지만 실상은 시장 거리에 서너 평의 철제로 만든 공간에 불과했다. 그저 햇빛 가리개로 가게 앞에 비닐 천막을 내걸었을 뿐이다. 중앙아시아의 뜨거운 햇볕을 막기에 는 너무도 허름했다. 자전거 매장은 천막 아래에서 자전거 수리와 판매를 하고 있었다. 매장이라기보다 조야한 수리점 수준이었다.

정완은 얼른 매장 앞 좁은 골목에 내다 놓은 자전거를 둘러보 았다. 그가 원하는 중고 자전거는 눈에 띄지 않았다. 겨우 석 달 반 성도 타고 치분해야 하는데 비싼 새 자전거를 사는 것은 낭비 이리라. 율여는 그의 생각을 알아차렸는지 인터넷에서 중고 자전 거사이트를 찾아보겠다고 귀띔을 했다. 그녀가 보여주는 사이트 를 보니 중고자전거가 그럴듯하게 올라와 있었다. 율여는 사이트 에 적힌 전화번호로 연결하여 거래를 주선하겠다고 나섰다.

남의 일이지만 적극적으로 나서 도우려는 적극성에 정완은 여 간 고맙지 않았다. 자기 일에 바빠서 남을 돕는 것은 꿈도 꾸지 못 하는 한국의 젊은이들을 생각하니 실감이 나지 않았다. 때가 묻지 않은 처녀가 아니라면 무려 반나절을 남의 일에 매달려 있지 않으 리라.

시장에서 그리 멀지 않은 아파트에 사는 고등학생의 자전거라 고 율여가 설명했다. 쇠뿔도 단김에 빼라고 하지 않던가. 그들은 택시를 타고 자전거를 보러 가기로 했다. 시내 광장도 아니고 자 기 아파트 앞으로 오라고 요구했다. 마음에 들지 않지만 어쩔 수 없었다. 지금 당장 자전거가 아쉬운 정완은 다소 어쭙잖아도 받아 들일 수밖에 없었다.

266

약속장소에 가면서 율여의 가족 이야기를 들어보기로 했다. 특히 가족에 관한 이야기를 들어보면 그녀를 깊게 이해할 수 있으리라. 그녀의 가족은 경제적으로 풍족하지는 않지만 매우 단란하게 살아가고 있었다. 율여는 큰딸로서 책임감도 강하고 부모를 도우려는 희생정신이 돋보였다. 하지만 율여가 들려준 가족이야기는 많은 고려인들과 대동소이한 비극성을 담고 있었다.

사실 정완은 율여에 대해서 아는 게 별로 없지만 그녀의 이야기는 가족의 그림을 어렴풋이 그려주었다. 그녀의 가족 이야기는 디아스포라로서 고려인들의 고달픈 이주민 삶의 한 조각이 되어갔다. 율여의 할아버지는 함흥출신으로 일찍이 블라디보스토크로 이주하였다. 이어서 스탈린 강제이주 때 그곳을 떠나 우즈베키스탄으로 강제이주를 당했다. 그 후 소연방 시절에 경제 사정이 악화된 우즈베키스탄을 떠나 카자흐스탄으로 거주지를 옮겼다. 인간에게는 이주의 디엔에이가 있어 아프리카에서 남미의 남단까지 퍼져나갔다는 학설을 읽은 적이 있었다. 하지만 그것은 생존의 영역을 확장하려는 자유의지가 작용한 것이리라. 대부분의 고려인들처럼 율여네 가족은 정치적인 억압이나 생존 그 자체를 위해 어쩔 수 없이 이리저리 이국을 옮겨 다녔을 뿐이다.
소연방 시절에는 중앙아시아 각국 시민들이 서로 자유롭게 이주를 허용했기 때문에 우즈베키스탄에서 카자흐스탄으로 이주한 것은 별로 문제가 되지 않았다. 그야말로 먹고살기 위해서 연방의 국경 안에서 이사를 한 것에 불과했던 것이다. 율여네 가족들은 이주 후 카자흐스탄 시민권을 취득하지 않고도 그럭저럭 먹고 살았다. 하지만 고르바초프가 주도한 글라스노스트와 페레스트로이카 정책에 의해 개방과 개혁을 내걸면서 중앙아시아 각국은 갑자기 독립하게 되었다. 결국 살아남기 위해 여기저기로 이주한 고려인들은 대부분의 디아스포라들이 그러하듯 뿌리가 없는 뜨내기가 되고 말았다.

지금 율여네 가족들은 우즈베키스탄 시민권을 가지고 카자흐스탄에 살아야 하는 처지이다. 카자흐스탄 시민권이 없는 율여네 가족들도 이미 경제적으로 크즐오르다에 정착한 상황이다. 율여의 어머니는 시장에서 소소한 장신구를 파는 가게를 운영하고 있다. 생활력이 강한 어머니는 가게를 조금씩 키워가고 있다. 카작인들은 돈은 없어도 화려한 옷치장을 좋아하는 편이다. 그녀의 어머니는 카작인들의 취향을 간파하고 값싼 모조 보석가게를 열었다. 요새 그녀는 모조 장신구를 팔아서 버는 돈이 쏠쏠하단다.

어머니는 딸의 코리안 드림을 적절히 이용하려는 교활함도 보였다. 그녀로 하여금 주말에 가게에서 일하도록 부추기고 있다. 가게에 나와 돈을 벌어 유학자금을 벌어보라고 설득했던 것이다. 그녀는 자신의 코리안 드림을 위해서 어머니의 부탁을 거절할 수 없었다. 사실 돈에 대한 어머니의 유혹은 공부해야 할 율여의 시간을 뺏는 데 한몫을 하고 있다.

술을 좋아하는 율여의 아버지는 배관공으로 자그마한 집 내부 공사나 하수구 등의 일을 하고 있다. 일거리가 그리 많은 것은 아니다. 자질구레한 하청공사를 맡아서 하는 업체를 운영했었지만 경기가 좋지 않아 얼마 전 그만두고 말았다. 요즘은 가끔 얻어걸리는 하수구 배관공사를 할뿐 빈들거리는 때가 더 많아졌다. 일거리가 없을 때는 동네 카작 친구들과 술판을 벌이며 시간을 보내고 있다.

이런 어설픈 상황에서 율여네 가족들은 카작에 정착한 것 같지만 제대로 자리 잡은 느낌이 들지 않았다. 경제적으로는 어머니의 악착같은 생활력에 의존하지만 하루 종일 시장바닥에서 겪어야 하는 고생이 적지 않다. 게다가 어머니가 나이가 들어갈수록 몸이 가끔 아플 때가 많아졌다. 이런 때는 가게 일은 별수 없이 율여의 몫이 되었다. 가족을 사랑하는 율여는 두말하지 않고 가게로 달려갔다. 어쩌면 율여는 자의 반 타의 반 돈을 쫓아야 하는 점에서 어머니의 자질을 타고 났는지도 모른다.

율여네 가족들은 실질적인 불이익은 없더라도 정체성 문제에 대해 약간의 콤플렉스를 느끼고 있었다. 그들은 크즐오르다에서 경제활동을 하는데 아무런 지장이 없지만 시민권이 없어서 사회 정치적인 권리는 제약을 받지 않을 수 없었다. 특히 율여의 어머니는 그들의 시민권 문제에 대해서 가족들에게 함구령을 내렸다.

이로 인해 생길 수 있는 작은 불이익이라도 방지하겠다는 의지였다.

그들이 시민권에 예민해진 사건이 있었다. 한국어를 가르치던 파견 교수가 율여를 위해 한국정부의 장학금을 추진했지만 시민권 문제로 실패하고 말았다. 장학금을 받으려면 그들의 시민권이 등록되어있는 우즈베키스탄으로 돌아가서 그쪽 한국 영사관의 허락을 받아야 했다. 실제로 그곳에 거주하지 않는 율여가 영사관의 허락을 받는 것이 불투명해지자 포기해버렸다는 것이다.

율여와 함께 도착한 곳은 소연방 시절에 지은 시민아파트로 소박하다 못해 무채색의 단조로운 건축물이었다. 사막 지역에 이런 집단거주지가 있다는 것만으로도 다행일지 모른다. 율여가 전화를 하니 고등학생과 모친이 자전거를 사층에서 끌고 내려왔다. 아마 고등학생이 타기에는 너무 작아 팔려고 하는 모양이다. 당연히 정완에게도 자전거 사이즈가 맞지 않았다. 책상물림인 정완이 기계에 대해 세밀하지 못한 것을 보고 율여가 꼼꼼하게 살폈다.

러시아산 자전거는 별도의 브레이크가 없고 페달을 거꾸로 돌려서 바퀴를 멈추게 하는 장치가 되어있었다. 사실 위험한 상황이 왔을 때 본능적으로 브레이크를 잡아야 하는데 익숙하지 않으면 안전할 수 없었다. 중학생에게나 알맞은 사이즈도 문제이지만 브레이크 시스템이 다르다는 점을 율여는 강조했다. 그녀의 신중함에 정완은 새삼 놀라지 않을 수 없었다.

첫 번째 거래가 이렇게 해서 실패하자 율여는 정완의 얼굴을 빤히 쳐다봤다. 인터넷사이트 거래를 지속할 용의가 있느냐고 묻는 표정이었다. 정완은 한 번 칼을 뽑았으니 여기서 그만둘 수는 없다고 생각했다. 하루 종일 매달린 자전거 문제를 중도에 포기하면 시간이 너무 아깝지 않은가.

사이트에서 알아낸 다음 거래자는 크즐오르다역 인근 지역에 살고 있었다. 율여가 여러 차례 전화를 걸어 방향에 대해 설명을 듣고서야 가까스로 만났다. 벌써 사방이 어둑해지고 있었다. 골목에서 만난 늙수레한 사내는 그들을 낡은 가옥으로 안내했다. 그가 마당으로 끌고 나온 자전거는 그야말로 쓸 만한 부분이 거의 없는 고철 덩어리였다. 자전거 뼈대와 바퀴만 새로 손을 보았는지 말짱해 보였다. 사실 석 달 남짓 쓸 자전거라 시장의 수리점에서 손을 보면 그런대로 써도 되겠다는 계산을 했다. 사이트에 그럴 듯하게 찍어서 올린 사진은 눈속임에 불과했다. 더 이상 돌아다니는 것은 율여만 힘들게 할 뿐이다.

정완은 고물 자전거를 수리해서 쓰겠다고 율여에게 눈짓을 했다. 대신 고물 자전거의 하자를 구체적으로 밝혀 가격을 대폭 깎기로 했다. 마음이 약한 정완은 뒤로 빠지고 율여가 페달, 안장, 브레이크 등을 거론하며 거의 반 가격으로 후려쳤다. 주인도 물건의 실상을 알고 있는지 율여의 요구를 선선히 받아들였다.

율여의 거래행위를 보면서 한두 번의 솜씨가 아니라고 정완은 판단했다. 분명히 어머니의 디엔에이를 물려받았으리라. 그렇지 않고서야 저렇게 능수능란하게 거래를 할 수 없지 않은가. 그는 속으로 혀를 내두르며 자전거를 잘 수리해서 쓰다가 떠날 때 율여에게 선물로 주면 좋겠다고 생각했다. 어둠이 내리는 도로를 향해 고물이 다 된 중고 자전거를 끌고 나갔다. 가난했던 젊은 시절에 느꼈던 처량한 심정이 갑자기 밀려왔다. 고물 자전거가 과거의 가난을 연상시키다니 안 선생의 절제와 냉소가 부러웠다. 잊으려고 묻어두었던 젊은 시절의 상처가 호수의 파문처럼 밀려와 가슴 언저리에서 출렁거렸다.

다음 날 아침 정완은 고물 자전거를 수리하러 시장으로 다시 나섰다. 율여는 연이틀 정완의 동행이 되어주었다. 아직 앳된 표정이 풋풋하기 짝이 없다. 길을 가다가 율여가 문득 허름한 교회를 가리켰다. 어렸을 때 다닌 적이 있는 고려인 교회란다. 지난 학기에 크즐오르다 국립대 개교행사에 온 정완에게 구 교수가 언뜻 말했던 교회임을 알아차렸다. 고려인교회라는 단어 하나가 정완에게 큰 의미로 다가왔다. 허름한 건물이라 그냥 지나칠 수도 있는데 묘한 인연이라고 생각했다. 조만간 들러야겠다고 다짐하며 시장으로 부지런히 걸어갔다.

가게 주인은 고물 자전거를 끌고 온 정완에게 미소를 지었다. 나이에 어울리지 않게 너무 인색하다는 생각을 한 것일까. 고물 자전거를 고치는 일로 버는 돈이 만만치 않으니 그에게 손해는 아니었다. 정완은 선반에 전시된 새 부품들을 가리키며 새 자전거로 탈바꿈시켜달라고 주문했다. 자전거 골조는 튼튼하니 가격을 깎은 만큼 새것으로 갈아버리면 새것이 되리라. 어차피 자전거를 율여에게 주리라 결심했으니 산뜻하게 새것으로 변신시켜야 한다. 율여 또한 석 달 후에는 자전거를 주겠다는 정완의 말을 반신반의하며 기술자에게 잘해달라며 부탁하며 상큼한 미소를 지었다.

아파트로 돌아가는 정완은 율여의 친근한 표정을 읽을 수 있었다. 이틀 동안 도우미를 하더니 그에게 친근감을 표현했다. 시장으로 가면서 힐끗 본 고려인 교회건물이 시야에 들어왔다. 교회 내부가 궁금한 정완은 교회로 발걸음을 옮기자 율여도 따라왔다. 교회시설은 한국의 시골 교회보다 열악하게 보였다. 궁전 규모의 한국대형교회에 비하면 구멍가게에 불과했다.

그가 입구에 있는 목사실을 노크하자 카작 관리인이 다가왔다. 눈길이 선량하기 짝이 없었다. 정완이 말이 통하지 않는 걸 잘 아는 율여가 앞에 나서 정완의 뜻을 전했다. 그는 미소를 잃지 않으며 뭔가 설명하려고 했다. 영적인 눈빛에 선한 아우라가 그려져 있었다. 목사는 출타 중이라는 그의 설명을 율여가 전했다. 그때 고려인 사내가 교회 안으로 들어왔다. 그는 한국에서 온 교수라는 것을 알고 반갑게 악수를 한다. 그는 교회의 집사로 교회의 소소한 일을 돕고 있단다. 남자는 몸이 아파서 일을 그만두고 교회 봉사로 소일한다고 자기소개를 했다. 그를 보면서 이 교회가 물질적인 축복은 아니더라도 영적인 안식처를 제공하겠다고 느꼈다.

율여는 고려인 신앙공동체에 그리 관심이 없는 표정이다. 정완에게 교회 관계자들의 이야기를 통역하면서도 별로 흥미를 보이지 않았다. 그녀의 눈에는 소박한 고려인교회가 너무 빤한 모습이라서 그럴까. 그녀는 매일 한국 드라마를 보며 한국어 듣기 훈련을 하고 있다. 몸은 카작에 살고 있지만 마음은 화려한 한국 배우들의 이미지에 꽂혀있다. 무서운 안 선생의 한국어 수업에 적극적으로 매달린 것도 그들의 모습을 닮고 싶은 청춘의 열망이 아니겠는가. 한국어라는 언어를 마치 코리안 드림을 여는 열쇠로 알고 있는 모양이다.

율여는 눈앞에 아른거리는 한국 드라마가 던져주는 이미지를 황금열쇠라도 되는 양 허공을 향하여 두 손을 허우적거리고 있다. 안 선생은 종종 한국 학생들의 저돌적인 공부와 극단적인 경쟁심을 학습 동기로 삼았단다. 무서운 사감의 이미지를 닮은 안 선생의 모습이 떠올랐다. 그녀는 일단 불이 붙으면 학생들이 목표를 달성하도록 내리치는 회초리로서 폭력적인 언어를 쏟아냈다. 하지만 불행하게도 그녀의 거친 말 때문에 카작 공동체에서는 축출 대상이 되고 말았다. 그녀의 지나친 욕망이 말을 거칠게 만들고 제자들을 적으로 만들었던 것이다.

고려인 학생들을 가르치면서도 느슨한 수업 태도에 대해선 사정없이 야단쳤던 모양이다. 하지만 율여는 다른 카작 대학생과 달리 마지막까지 안 선생을 도우며 의리를 저버리지 않았다. 그녀의 눈에는 무력하기 짝이 없는 고려인 사회보다는 돈과 출세의 지름길인 안 선생의 언어 회초리가 더 확신을 주었는지 모른다. 안 선생의 냉소적인 말 정도야 참아줄 수 있다는 가벼운 마조히즘에 빠졌다고 할 수 있다. 가혹한 수업이지만 미래 속에서 피어나는 환상은 달콤했으리라.

교회를 나와 헤어지기 전에 정완은 율여와의 한국어 공부 계획을 세웠다. 말하기 공부는 만날 때마다 대화를 하며 고쳐주기로 했다. 그녀가 느끼는 난점은 한국어로 말할 때 현저하게 떨어지는 어휘의 문제였다. 드라마를 들으며 이해하는 단어가 말하는 순간 떠오르지 않는 것이다. 정완은 한국어에 대한 작은 의문이라도 카톡에 자주 올리라고 주문했다. 말을 가르치는 선생은 학생과 거리감이 있어서는 안 된다. 가급적 자주 만나서 얼굴을 마주 보며 이야기하면 언어가 내포하고 있는 감정을 이해하는데 도움이 된다. 말은 언어 자체로만 존재하는 것이 아니라 몸으로 느끼고 표현하는 보디랭귀지를 포함하기 때문이다. 그런 관점에서 스트레스를 주는 안 선생의 교육방법은 그리 효과적이라고 볼 수 없었다.

정완은 한국어 공부에 박차를 가하기 위해 성극에 참여하라고 다시 율여를 설득했다. 이 성극은 이 도시의 대형 한국식당인 한국관과 가까이 위치한 사랑교회에서 이루어진다. 봄학기에 있었던 부활절 성극을 보고 사랑교회 교인뿐만 아니라 다른 교회와 고려인들이 대단히 깊은 인상을 받았다고 했다. 긍정적 평가를 들은 송 목사가 정완을 불러 크리스마스 성극을 만들어 달라고 간곡하게 부탁했었다. 정완은 그녀의 청을 뿌리칠 수 없었다. 고달픈 이주의 삶에서 영적으로 위로를 받고 싶지만 고달픈 현실을 피할 수 없는 교인들이다. 사실 정완은 바쁘고 작품을 써야 할 시간이 너무 촉박했다. 하지만 그는 절박한 고려인들의 가슴을 쓰다듬어 주는 것이 더 중요하다는 결론을 내렸다.

그렇다고 마음대로 되는 것은 아니다. 서로 의사를 주고받고 마음의 문을 열게 하는 것은 언어의 소통이 필수적이다. 배우로 참여하겠다고 나선 고려인이나 카작인들 중에 한국어를 조금이라도 할 수 있는 자가 아무도 없었다. 한국어과 교수들의 도움으로 한국드라마를 보면서 한국어에 대한 귀가 조금 열리고 말을 겨우 몇 마디 하는 율여가 이런 상황에서 보배와 같은 존재가 아닐 수 없었다. 이 또한 얼마나 아이러닉한 일인가. 겨우 어린아이처럼 한국어의 말문을 열고 있는 율여가 다수에게 생각을 전달하는 메신저가 될 수 있다니 말이다.

생업과 교회의 다양한 모임으로 연극연습이 지지부진하자 정완은 한 달의 시간이 지난 시점부터 애가 달았다. 이번 크리스마스 성극은 그가 마지막으로 고려인교회에 남기고 싶은 표상이었다. 하지만 성극에 참여하겠다고 약속했던 친구들은 그들의 생업이 먼저였고 연습은 항상 뒷전이었다. 사실 먹고 사는 문제를 팽개치고 성극에 전념하라고 할 수는 없지 않은가. 주인공을 맡은 티무르가 연습에 태만한 것이 문제로 다가왔다. 기껏 길러놓은 젊은 리더들이 이런저런 사고를 칠 때마다 마음이 찢어질 것 같다던 송 목사의 고민이 생각났다.

더 이상 티무르를 방치했다가는 공연이 불가능하다고 판단한 정완은 주인공 티무르에게 볼멘소리를 했다.

"주인공이 연습에 태만하면 공연은 다가오는데 어쩌자는 거지?"

"사업 관계로 주말에 알마티에 다녀왔어요. 죄송합니다. 앞으로 노력할게요. 교수님께서 헌신적으로 하시는 데 면목이 없군요."

티무르는 상황을 모면하려고 정완에게 열심히 하겠다는 약속을 했지만 그 때뿐이었다. 정완은 송 목사에게 연극을 그만두겠다고 선언할까 고민하지 않을 수 없었다. 이런 곤혹스러운 상황에서 율여는 고려인 배우들끼리 오가는 이야기를 흘려듣고 정완에게 전해주곤 했다.

"교수님, 티무르에게 돈 문제가 있답니다. 자세하게 알 수 없지만 티무르가 알마티에 본사가 있는 가구사업 대리점을 한데요. 그런데 그가 카작 친구들과 카드 게임을 했는데 거기에 빠져서 상당한 액수의 빚을 졌다는군요. 그들에게 빚을 갚으라는 독촉을 받고 그걸 해결하느라 알마티에 자주 갔었데요."

정완도 티무르가 무척 어려운 상황에 빠졌다는 것을 짐작하고 있었다. 그가 연습에 몰입하다가 핸드폰으로 전화를 받으면 얼굴에 어두운 그림자가 드리워지는 것을 여러 번 목격했기 때문이다. 대개 게임을 하다가 돈을 빌려주는 자들은 갱 조직이라는 것은 파다하게 크즐오르다 사회에서 소문이 나 있었다. 그래서 티무르는 빚을 갚으라고 종용하는 전화가 오면 안색이 창백해지고 집중력을 잃었던 것이다.

이런 상황에서 티무르는 연습뿐 아니라 예배에도 빠지는 경우가 많아졌다. 사실 그는 예술적인 재능이 뛰어난 젊은이로 기타연주와 노래에도 뛰어났다. 그래서 사랑교회의 예배형식에서 매우 중요한 역할을 하고 있었다. 이 교회는 기도와 설교 사이에 틈틈이 찬양단의 노래로 예배 분위기를 고조시키고 있었다. 그런데 찬양단의 리더가 노름에 빠져 빚을 지고 갱들의 압박을 받는다면 이건 그냥 넘어갈 일이 아니었다.

정완은 율여에게 전해 들은 티무르에 관한 문제를 송 목사와 상의하기로 결심했다. 기껏 교회로 인도한 율여에게 교회의 민낯을 보인 것 같아 곤혹스러워 깊은 치부를 샅샅이 말하기도 부끄러웠다. 그래서 공개적으로 토론하지 못하고 말끝을 흐리고 말았다. 그렇다고 이대로 넘어간다면 지금까지 연습하느라 고생한 것이 헛수고가 되고 말 것이다. 정완은 율여에게 그가 배우들에게 주문한 것을 중심으로 연습을 시키라고 부탁하고 목사실로 향했다. 티무르 문제가 해결되지 않으면 예배나 성극 공연이 제대로 진행될 수 없다는 결론에 이르렀기 때문이다. 송 목사는 예배 후 목사실에서 정완과 함께 점심을 같이 하곤 했다. 약간 피곤한 표정을 짓는 송 목사에게 정완은 심각하게 티무르 문제를 토로했다.

"목사님, 크리스마스 성극 공연이 얼마 남지 않았는데 걱정이 됩니다. 티무르가 마지막 단계에서 연습에 참여하지 않아 연습이 진행되지 않는군요. 주인공인데 연습에 불참하는 날이 부지기수이구요. 찬양단을 이끌고 있는 그가 그런 노름에 빠지다니 어처구니가 없군요. 목사님께서 적극적으로 나서서 티무르를 설득해주셔야겠습니다."

정완의 암울한 부탁을 듣고 송 목사는 곤혹스러운 표정을 지었다. 한국에서 파견된 전도사로서 시작한 사명의식이 젊음을 이 교회에 송두리째 바치게 했다는 간증을 듣고 그녀의 헌신적 자세에 감동하지 않을 수 없었다. 그러한 헌신이 이슬람 사원이 여기저기 굳건하게 서있는 기독교의 불모지인 이 도시에 십자가를 세우게 한 것이 아닌가. 그런 여걸이 정완의 부탁에 난감을 표정을 짓다니 예사롭지 않았다.

"기껏 길러놓았더니 저 모양이군요. 아무것도 모르던 젊은 친구들을 오랫동안 교육을 시키고 교회의 리더로 세워놓았어요. 처음에는 교회에 충성하고 세속적인 삶을 떠나 주님의 자녀로 거듭나겠다고 맹세를 했죠. 하지만 그들을 둘러싸고 있는 삶들은 조금

도 달라지지 않았다는 것이 문제에요. 오염된 세상을 변화시키기
는커녕 다시금 세속으로 돌아가곤 하죠. 그놈의 돈이 문제지요.
먹고 살아야 하니 돈을 벌어야 하고 그러다 보면 다시 옛사람으로
회귀한단 말이에요. 젊다 보니 술이나 노름 같은 것들이 항상 유
혹하거든요. 교회의 리더로 세상의 빛과 소금 역할을 하라고 가르
쳤더니 다시 세상의 물이 들어 이런저런 사고를 칠 때마다 마음이
찢어질 것 같아요. 특히 율여 같은 새 신자들에게 미안할 따름이
죠. 전혀 본을 보여주지 못하니까요. 티무르 문제는 제가 적극적
으로 설득을 할게요. 이번 성극 공연을 성공적으로 올려주시기 바
랍니다.”

이런 행태를 보이는 것은 티무르만이 아니다. 대부분의 고려인
교인들은 성공한 소수를 제외하고는 각자의 생업이 원만하지 않
았다. 그들에게 성극에만 매달리라고 주문하는 것은 무리라고 정
완은 자책했다. 연극을 한다고 한 푼이라도 손에 쥐어줄 수 있는
형편은 아니지 않은가. 게다가 교회 일을 리드하는 교인들은 소
수이다. 그들이 맡고 있는 교사일이나 찬양단을 소홀히 하고 성
극 연습만 하라는 것도 어불성설이었다. 예배나 교회교육에 핵심
적인 일은 주기적으로 돌아간다는 것을 정완은 너무 잘 알고 있었
다. 그야말로 틈새를 이용할 수밖에 없었다. 정완은 초록은 동색
이라는 말대로 그들의 정서에 한층 더 가까운 율여를 통해 마음을
움직이기로 했다.

정완은 율여에게 한국유학을 가려면 한국과 긴밀한 관계를 가지고 있는 송 목사의 도움을 받아야 한다고 귀띔해주었다. 사실 송 목사는 한국의 큰 교회에서 파견한 선교사이다. 한국의 경우를 살펴보면 정완의 충고가 주효하리라는 것은 자명했다. 해방 직후 한국의 많은 인재들이 미국 선교사들의 추천과 도움을 받아 유학을 떠났지 않았던가. 그렇다면 어려운 고려인 처녀가 부강해진 한국으로 유학을 떠나는데 한국교회의 선교사들이 선교 차원에서 도움을 줄 수 있으리라. 다만 율여가 티무르류 교인들을 목격하고 교회를 부정적으로 보지 않을까 걱정이 되었다.

정완은 티무르 사건에 대해 율여가 어떻게 생각하고 있는지 의견을 듣기로 했다. 어느 날 연습을 마치고 돌아가며 정완은 조심스럽게 율여에게 물었다. 그녀는 티무르와 같은 구역에 소속되어 있어 개인적으로 그에 대한 정보를 소상히 알고 있었다. 정완이 걱정하는 것과는 달리 티무르처럼 소수인으로 살고 있는 고려인들의 삶을 살아가는 율여가 아닌가.

오히려 율여는 정완에게 한수 가르친다.

"교회에 충실한다고 해서 카작 사회를 떠나는 것은 아니지 않아요. 여기서 돈을 벌어야 살아갈 수 있거든요. 저도 가끔 교회에 나올 수 없는 날이 있을 거예요. 엄마가 아파서 가게에 못 나가면 제가 나가야 해요. 일요일에 시장에 나오는 카작인들이 많아요. 티무르도 사업을 하면서 카작인들과 어울리지 않으면 안 되거든요. 그들과 어울려서 술을 마시고 카드놀음도 하게 되는 거죠. 티무르도 아마 사업을 유지하려다가 돈을 잃고 신용으로 돈을 빌렸을 거예요. 빚을 해결하려면 사업을 정리해서 빚을 갚아야 하니 조금 시간이 걸릴 거예요."

고등학교를 졸업하고 가게에서 어머니를 도우며 실물경제를 어느 정도 파악한 율여는 생각보다 티무르에 대한 분석이 날카로웠다. 저도 티무르 오빠에게 부탁해서 성극을 잘 마무리하라고 할게요. 정완은 어리다고만 생각했던 율여가 갑자기 성숙한 여인으로 보였다. 요즘 율여가 눈화장과 루즈를 붉게 칠하고 그 앞에 자주 나타나는데 어른 티를 내는 청소년으로 보아서는 안 될 것 같았다.

교회의 시각만 가지고 교회 일에 태만해진 티무르에게 약간의 배신감과 서운함을 표시하는 송 목사보다 율여가 더 현실적이었다. 연출로서 성극을 잘 만들어야 한다는 강박관념을 가졌던 것이 민망하기 짝이 없었다. 송 목사와 정완이 눈앞의 목표만을 밀고 나가는 반면에 풋내기 처녀인 율여가 담담한 반응을 보이는 것이 대견했다.

정완이 율여에게 매주 교회에 참석하라고 충고한 것은 순수하게 송 목사의 선교를 돕겠다는 것만은 아니었다. 그녀가 배우들에게 정완의 생각을 정확하게 전달하는 메신저 역할을 하면서 한국어 연습을 할 기회로 삼으라는 의미였다. 말을 정확하게 전달하려면 한국어로 연출하는 정완의 말을 집중해서 듣지 않으면 불가능했다.

율여를 통역으로 쓰는 경우 정완은 세 마리 토끼를 한꺼번에 잡게 되는 효과가 있었다. 우선 성극에 필요한 통역을 확보할 수 있었다. 그 다음은 성극을 돕는 율여에게 한국어를 동시에 지도할 수 있는 기회가 되었다. 또 하나는 젊은 고려인들에게 선교를 하려는 송 목사를 돕는 결과가 되는 것이다.

정완이 세밀하게 계산한 것은 아니지만 율여가 통역 역할을 받아들이자 여러 가지 문제가 동시에 해결되어 내심 만족스러웠다. 율여는 배우들에 대한 정완의 주문을 충실하게 전달하는 통역자로서 만족하지 않았다. 대본의 문맥을 잘못 이해하고 있는 배우들에게 상황을 논리적으로 바로 잡는 능력을 보여주었다. 러시아어를 모르는 정완이 율여의 통역만으로 대사의 미묘한 의미를 전달하는 것은 가능하지 않았다. 눈치가 빠른 율여가 연출의 의도를 상당히 근접하게 이해하여 전달하는 것을 보고 감탄하기도 했다. 교회의 초심자에 불과한 그녀가 중요한 소통의 창구가 되었던 것이다.

율여의 적극적인 도움으로 막을 올리기 위해 정완은 연습에 속도를 내기 시작했다. 빚에 쫓겨 게으름을 부리던 티무르도 율여에게 설득이 되었는지 적극적으로 연습에 참여했다. 이 연극의 주인공은 좀 모자란 듯 보이는 목동이지만 신의 선택을 받아 예수의 탄생을 목격하는 행운을 얻었다는 이야기로 구성되어있다. 이것은 성경의 동방박사의 일화를 정완이 각색했다. 율여도 바보 목동이 짝사랑하는 여인으로 출연하고 있다. 고등학교에서 연극을 해본 가락이 있어서인지 연극적 문맥을 빠르게 알아차리고 감정이입을 하지 못하는 배우들에게 충고도 곁들였다.

성극 연습이 빠른 속도로 완성을 더해가자 교회에 대한 율여의 자세도 날로 달라졌다. 세상에서는 영리하고 계산이 빠른 자가 앞서지만 믿음의 세계에서는 바보 같은 목동이 하늘나라에 가깝다는 것을 깨닫는 것일까. 사실 지금 성극에 참여하고 있는 고려인들도 언젠가는 한국에 가서 돈을 벌어서 돌아와야 한다는 절박한 마음에 허덕이고 있다. 갈수록 먹고 살기 힘든 카작 사회에서 주변인으로 살 수만은 없지 않은가. 한국에서 이삼 년만 고생하면 평생 기반을 잡을 수 있다고 파다하게 소문이 나 있다. 고려인들은 한국에서 일하는 친구들과 선을 대어 한국 비사만을 고대하고 있는 실정이었다.

정완은 연습에 몰입하고 있는 율여의 눈을 직시했다. 지금 이 순간만은 율여의 마음에서 돈 냄새가 풍기는 코리안 드림에서 벗어나게 하고 싶었다. 티무르는 바보 목동의 역을 맡았다. 율여는 티무르가 사랑하는 동네 처녀 역을 맡고 있다. 그녀는 바보 목동에게 연민을 느끼고 왕따를 당하는 그에게 보호심리를 보여주고 있다. 하지만 그녀의 연민은 바보 목동에게 필요충분조건이 아니다. 바보가 원하는 것은 연민을 넘어선 사랑이다. 모든 마을 사람들은 바보 목동이 형편없는 겁쟁이라고 알고 있다. 율여는 진정 바보를 사랑할 수 있을까. 성공을 바라는 코리안 드림의 시각에서 바보 목동은 무능한 사람일 뿐이다. 그것만으로 모자란 인간을 결코 사랑할 수 없으리라.

　율여의 실리주의는 사랑을 갈구하는 바보 목동에게 넘어설 수 없는 장애물이 되고 있었다. 연민을 느끼면서도 하나의 여자로 다가설 수 없는 안타까움이 묻어나왔다. 율여는 조금씩 여자가 되어갔다. 여자가 되고 싶어 하는 율여의 마음을 정완은 느끼고 있다. 사랑을 느끼지 못하는 여자는 결코 여인이 아니듯이 그 문에 기대어 바라보기만 하는 율여는 완전한 여인으로 발전하지 못한다. 정완은 미완에서 성숙으로 가는 여인의 문을 열어주고 싶었다. 성극 스토리가 조금은 우화적인 이야기이지만 대본 속에는 분출하고 싶은 인간의 욕망이 넘실거리고 있지 않은가.

　목동은 한 여인을 사랑하는 사내로 처녀에게 다가간다. 하지만 율여는 여전히 가슴을 움츠리고 사내를 보듬지 못한다. 성극의 작가는 바보 목동이 예수의 탄생을 목격하고 사내다운 남자로 변화했다고 주장한다. 열 길 물속은 알아도 한길도 안 되는 사람의 마음은 알 수 없다고 하지 않는가. 양들을 향해서 송곳니를 드러낸 채 달려오는 늑대를 막아낼 수 있는 용기가 거룩한 영성만으로 생성될 수 있다고 보고 있다. 정완은 목동의 영성적 변화에 사랑의 욕망도 가세하고 있다고 분석했다. 여하튼 예수 탄생을 목격한 바보 목동은 한순간 백팔십도 변모한다. 율여는 사내다운 티무르의 변모에 여인의 내음을 발산하기 시작했다. 그녀의 가슴이 크게 융기되면서 매력적인 여인으로 탈바꿈한다. 마리아에게서 여인의 성징을 삭세한 것은 성서작가들의 엄청난 실수라고 정완은 생각했다. 비록 성령으로 잉태하였다고 하더라도 예수는 마리아의 자궁을 통해 태어났으니 말이다.

늑대가 나타났다는 소리에 큰소리를 치며 바보 목동을 무시하던 다른 목동들은 도망치기에 바쁘다. 늑대를 때려잡았다고 허풍을 떨던 목동이나 그를 비웃던 조무래기 목동들은 모두 도망을 치고 만다. 티무르는 변화된 목동으로 성숙했기에 늑대에 맞서 사랑하는 양떼들을 지켜야 한다고 고집한다. 사나운 늑대를 향해 나아가려는 그의 근육에서 힘이 느껴진다. 바보 목동에게 중성적인 친밀감을 보이던 처녀역의 율여는 이제아 여인의 육감적 매력을 발산한다. 이런 전폭적인 변화는 묘한 극적 아이러니 효과를 낸다. 엄청난 반전이기 때문이다. 율여도 반전을 보여준 바보 목동에게 찬사를 보내고 있다. 그녀도 대지적 여인으로서 조금씩 하늘나라의 가치를 알아가는 모양이다. 그것은 결코 중성적 성모 이미지가 아닌 것이다.

크리스마스 이브에 열린 성극 공연은 예상치 못한 성공을 거두었다. 교인들은 모두 일어서서 기립박수를 쳤다. 정완은 박수에 답례를 하기 위해 무대 앞으로 나가면서 율여에게 고맙다는 눈짓을 했다. 그녀가 환하게 웃고 있었다. 고맙구나 율여야! 네가 있어서 이 성극이 성공을 거둔 거야. 내가 너에게 주고 싶은 것은 중고 자전거만은 아니란다. 난 코리안 드림이 아닌 바보 목동에 대한 너의 사랑을 일으켜 주고 싶었던 거야. 정완은 속으로 기도처럼 읊조렸다. 이제 율여를 남겨두고 카작을 떠나가도 안심이 된다는 생각이 들었다.

율여가 꿈꾸는 한국은 결코 인간답게 살기에 쉬운 곳이 아니라는 생각에 쓴 웃음을 지었다. 율여는 그의 마음을 알았다는 듯이 환한 미소를 보내고 있었다. 송 목사는 정완의 연출에 감사의 선물을 하겠다고 나서더니 커다란 그림틀을 가지고 무대 위의 정완 쪽으로 올라왔다. 그녀는 선물 포장을 풀어서 큰 초상화를 보여주었다. 정완은 깜짝 놀랐다. 그림 속에는 바보 목동을 닮은 정완의 모습이 그려져 있었다.

성극을 연출하면서 그도 모르게 바보를 닮아갔던 모양이다. 어떤 수입도 되지 않는 성극에 한 학기를 바치려면 바보가 아니고선 불가능하다. 그의 눈에서 눈물이 글썽거리며 목이 메여왔다. 결코 이 순간을 평생 잊지 못하리라. 교회당 저쪽에서 그의 눈물을 보았는지 율여가 눈물을 닦는 것이 눈에 들어왔다. 한국어를 제대로 못 가르쳤지만 그녀의 가슴 속에 바보의 가치를 심어준 효과이리

라. 정완은 손을 들어 관객들에게 감사의 인사를 올리며 손을 흔들었다.

교인 모두가 율여가 되어 환송하는 교회 문을 나서자 정완은 어둠 속에서 별빛을 보았다. 순간 정완은 가슴 한가운데가 텅 빈 느낌을 강하게 받았다. 그동안 그의 마음을 가득 채웠던 푸른 보리밭을 닮은 여인이 휙 빠져나가며 손을 흔들었다. 막 피어오르는 봄꽃 같은 율여가 수줍게 주춤거리고 있었다. 이 사막 도시에서 내게 보여준 너의 작은 연정이 나를 견디게 했구나. 이제 나도 가로수가 혼란스럽게 바람에 흔들리는 크즐오르다 거리로 너를 내보내야겠다. 율여는 더 이상 앳된 소녀가 아니었다. 그녀는 보일 듯 말 듯 환상 속에서 떠나가는 정완에게 제법 육감적으로 입을 맞추었다. 정완은 자신도 모르게 가슴의 전율을 맛보았다.

이제 천국의 문을 열고나가 한국으로 돌아가리라고 생각하니 가슴이 답답해졌다. 교회 문밖에서 하늘을 보니 별무리가 제법 많아졌다. 그 아래로 어둠이 사랑에 빠진 여인의 살내음처럼 짙게 깔리기 시작했다. 어둠 속에서 안 선생의 불만스러운 눈빛 같은 별자리가 빛을 내다가 구름에 가려져 사라졌다. 그녀는 복잡한 감정과 어지럽게 뒤섞인 정완의 한국어 교육이 못마땅한 모양이다. 하지만 정완은 이제 안 선생의 차가운 눈빛도 외면할 수 있다는 자신감이 가슴에서 느껴졌다. 그는 차가운 눈빛들이 늑대처럼 으르렁거리는 한국으로 떠나가리라. 아무리 그곳이 지옥문일지도 돌아가야 한다는 자조가 정완의 입속에서 흘러나왔다.

다시 부르는 자유의 노래

초판 1쇄인쇄 2021년 4월 28일
초판 1쇄발행 2021년 4월 30일

저 자 박정근
발행인 박지연
발행처 도서출판 도화
등 록 2013년 11월 19일 제2013 - 000124호
주 소 서울시 송파구 중대로34길 9-3
전 화 02) 3012 - 1030
팩 스 02) 3012 - 1031
전자우편 dohwa1030@daum.net
인 쇄 (주)현문

ISBN ǀ 979-11-90526-35-7 *03810
정가 13,000원

도화道化, fool는

고정적인 질서에 대한 익살맞은 비판자,
고정화된 사고의 틀을 해체한다는 뜻입니다.